Till hat alle Freiheiten: er geht auf »die freieste Waldorfschule der Welt«, seine Eltern – ein anthroposophisch motivierter Schönheitschirurg und die Kuratorin eines innovativen Schau-Raums – fördern ihn, wo sie nur können. Als er nicht zum Abitur zugelassen wird, ist er plötzlich auf sich selbst zurückgeworfen und beginnt nachzudenken: Was soll aus mir werden, fragt er sich und beschließt so lange in seinem Zimmer auszuharren, bis er darauf eine Antwort weiß. Aus dem Zimmer wird ein Kokon, im Rückzug auf sich selbst glaubt er voranzukommen. Schließlich beginnt Till mit der Kreation einer autarken, nach seinen Regeln funktionierenden Separatwelt: Welt 0 – ein Zufluchtsort für alle, denen die reale Welt zu fordernd oder auch zu eingeschränkt ist. Und Till ist ihr Garant, denn er kämpft nicht nur für sich, sondern für eine ganze Generation, die in ihren Zimmern sitzt.

Kevin Kuhn, geboren 1981 in Göttingen, lebt in Berlin. Er hat Philosophie, Kunstgeschichte und Religionswissenschaften in Tübingen und Kreatives Schreiben und Kulturjournalismus in Hildesheim studiert. Seit 2010 ist er Lehrbeauftragter am dortigen Institut. *Hikikomori* ist sein erster Roman.

Kevin Kuhn

Hikikomori

Roman

Berlin Verlag Taschenbuch

MIX
Papier aus verantwortungsvollen Quellen
FSC® C019821
www.fsc.org

Februar 2014

Umschlaggestaltung: ZERO Werbeagentur, München
unter Verwendung eines Bildes von © FinePic®, München
Gesetzt aus der Adobe Garamond von Greiner & Reichel, Köln
Druck und Bindung: C. H. Beck, Nördlingen
Printed in Germany
ISBN 978-3-8333-0930-4

www.berlinverlag.de

Für Laura

1

»Hochkant, Till, das geht doch nur hochkant!« Karola hat die Arme vor der Brust verschränkt, in der Hand hält sie ein Sektglas. Während Till abermals versucht, die Couch aus seinem Zimmer in den Gang hinauszuziehen, dabei aber nicht um den Türrahmen herumkommt, sie nur weiter verkantet, stellt Karola ihr Glas auf das Sideboard und krempelt sich langsam die Ärmel hoch. Tills Bewegungen sind fahrig und bleiben wirkungslos. Karola fasst ihn an der Schulter, Till schaut auf, wischt sich die Strähnen aus der Stirn. Sie schiebt ihn bestimmt beiseite, streicht ihm kurz über die Wange, packt das vordere Ende, sagt: »Till, siehst du?«, und stemmt die Couch bis knapp unter die Lampe in die Höhe. »Jetzt du in den Gang.« Till nimmt den unteren Teil und wendet ihn in den Gang hinein. »Tata!«, sagt sie und setzt das Möbelstück behutsam auf dem Parkettboden ab.

Auf Tills Stirn hat sich lästiger Schweiß gebildet, Karola schaut ihn an, dann die Couch, die zwischen beiden steht, dann wieder ihn: »Was soll das eigentlich werden?«

»Das Ding kommt in den Keller.«

Sie zuckt mit den Schultern, sagt, »ja, von mir aus«, und geht einen Schritt zur Seite. Till beginnt, die Couch in Richtung Ausgang zu schieben. Sie nimmt das Sektglas wieder vom Sideboard und trinkt einen Schluck. Striemen auf dem Boden hinterlassend schiebt Till die Couch an ihr vorbei weiter den langen Gang entlang. Seine Mutter riecht übermäßig süß nach Kokoscreme. Erst passiert er die Küche, dann die offenstehende Flügeltür. Im Wohnzimmer wirft das Kaminfeuer tänzelnde

Schatten an die Wand, liegt Anna-Marie auf dem Sofa in Kissen gebettet, ihr Gesicht vom Laptop grell erhellt. Sie kommt Till vor wie ein vom Licht in den Bann gezogener Falter. Kurz treffen sich ihre Blicke, kneift sie irritiert die Augen zusammen, als könne sie seine Gedanken lesen, als spüre sie schon das versengende Licht, dreht sich dann aber wieder dem Bildschirm zu. An der Schwelle zum Eingangsbereich, von dem auch der zweite Gang zum Elterntrakt abgeht, umrundet Till die Couch, hebt sie leicht an und zieht sie hinter sich her bis zur Wohnungstür. Er verhakt die Tür und schiebt die Couch über die *Mi-casa-es-tu-casa*-Fußmatte ins Treppenhaus, drückt dort den Knopf des Aufzugs, der sich sodann surrend in Bewegung setzt. Die mintfarbenen Wände sowie die gleichmäßig verteilten LED-Spots des Treppenhauses erinnern ihn wie jedes Mal an die sterile, aber dennoch anregende Ordination seines Vaters. Ein Bild schießt ihm durch den Kopf: Oskar, wie er Nasen und Wangenknochen zurechtbiegt, Unterhautfettgewebe knetet, nach dem wahren Charakter des Menschen gräbt, wie er zu sagen pflegt, aus der Verschüttung befreit, Grundformen wiederherstellt.

Mit dem Signalton öffnet sich der Aufzug. Im Spiegel des Innenraums sieht Till, dicht hinter sich, seine Mutter. »Komm«, sagt sie, »ich pack mit an – die passt doch niemals hinein.«

Till hält kurz inne, dann nickt er ihr zu. »Warte«, sagt sie, eilt in die Wohnung und kommt mit den gleichen Filzpantoffeln an den Füßen zurück, wie auch er sie trägt. Karola geht voran, Till hinterher. »Nicht absetzen.« Karola keucht, das Gewicht der Couch lastet nun beim Hinuntersteigen der Treppe auf ihrem Rücken. Till sieht, wie ihre Muskeln verhärten, wie feine Adern entlang des Arms verlaufen und unter dem hochgekrempelten Stoff verschwinden. Erst gehen sie an den Yucca-Palmen der Nachbarn, dann im Erdgeschoss an der Hintertür der Bäckerei vorbei. Sie ist spaltbreit geöffnet, aber von Frau

Tretter keine Spur. Lediglich das Summen der Öfen, der süßliche Croissant-Geruch ist wahrnehmbar.

Mit der rechten Schulter drückt Karola die Tür zum Kellergeschoss auf und stellt als Erste das Sofa vor der Parzelle ab. Sie fährt sich mit dem Handrücken die Stirn entlang: »Ganz schön warm hier.« Till sucht in der Tasche nach seinem Kellerschlüssel. Die Holztür, an der eine große *TillTeg*-Schablone prangt, schwingt gegen die Betonwand. *Till* steht für Till, *Teg* für Tegetmeyer. Das erste *TillTeg* hatte er neben die Bäckerei Tretter, das zweite an die Hauswand gegenüber, das dritte ans Rathaus gesprüht, ab dem vierten schließlich wurde es ihm peinlich, seinen Namen zu hinterlassen, zumal sich noch nicht einmal die Polizisten in den vorbeifahrenden Streifenwagen dafür interessierten.

Der Keller ist mit allerlei Gegenständen vollgestellt, verstaut in Kisten, Regalen, unter Plastikplanen. Da das Mischpult mit Synthesizer und Effektgerät, dort die Tischtennisplatte, die Boots, das Snowboard, dahinter die Staffelei, zu Füßen der hölzerne, dreifächrige Buntstiftekoffer, da die Miniaturrampen des Fingerboard-Parks, eine Miniatur-Halfpipe, eine Handvoll Miniaturbänke im fingerhuthohen Grün verstreut: Miniaturbäume, sogar ein Miniatur-Hot-Dog-Stand.

»Was ist das?« Die Hände in die Hüfte gestemmt, blickt Karola auf den mahagonifarbenen Beistelltisch, die zwei ineinander verkanteten Stühle, deutet mit einem Nicken auf die massiven Streben, den Kopf- und Fußteil, den Lattenrost seines Betts.

»Das brauche ich nicht mehr«, sagt Till trocken.

Sie packt die Stühle und trägt sie an ihm vorbei in den Kellerflur. »Ich weiß, Till«, sagt sie und kippt den Lattenrost in die Vertikale, lehnt ihn an die Betonwand. »Das ist dein Keller, da kannst du reinstellen, was du willst. Das ist mir egal, weißt du. Aber bitte nicht das Bett!«

Till wendet den Blick ab, als würden ihre Worte nicht ihm gelten. Eine Heizungstherme beginnt zu brummen. Es kommt ihm vor wie das Brummen von Oskars Rasierapparat, wenn er früher auf der Waschmaschine saß und seinem Vater zusah, zwischendurch die Augen schloss und lauschte, wie die Klingen arbeiteten, wie Oskar den Tag begann.

Die Heizungstherme schaltet einen Ton höher. »Jeder normale Mensch benötigt ein Bett«, sagt Karola.

Er reißt ihr den Lattenrost weg, sagt: »Möbel sind überbewertet«, und kippt ihn zurück an die Werkbank. In fein beschrifteten Fächern klimpern Nägel und Vierkant-, Sechskant-, Flügel-, Rädel- und Kreuzlochmuttern.

»Schlaf auf dem Boden, dann schauen wir weiter«, sagt sie.

»Ich schlaf schon auf dem Boden.« Er packt die Couch am einen Ende und zieht sie endgültig durch die schmale Tür zu den anderen Sachen in die Kellerparzelle. Mit einem Ruck hievt er die Couchfüße auf den Beistelltisch. Als er hochschaut, ist Karola bereits verschwunden. Er greift in die Hosentasche und schiebt sich einen Kaugummi in den Mund. Er kaut schnell und kräftig. Mit einem Schlag zertrümmert er den Hot-Dog-Stand.

Die Wände von Tills Zimmer sind bis auf den Flachbildschirm und das Bücherregal auf der einen und eine gerahmte Kohlezeichnung auf der anderen Seite kahl. Die Matratze lehnt an der Heizung, draußen dichte Schneeflocken. Till läuft im Kreis, seine rechte Hand umklammert einen dicken Wachsmalstift. Wo das Bett stand, wirkt das Fischgrätenparkett beinahe wie frisch verlegt. Dort, wo Couch und Beistelltisch vor kurzem erst platziert worden waren, ist es schon deutlich dunkler. Till malt mit dem Wachsmalstift eine breite Umrisslinie um das helle Rechteck und schreibt in großen Buchstaben *Bett* hinein. Rechts und links stehen noch die Nachtschränke. Wie Türme in einer verlassenen Landschaft. Die Umrisslinie, wo einst die Couch stand, zeichnet er geschwungen. Zu *Couch* schreibt er in Klammern *Leder, rissig*. Die Leerstelle des Beistelltischs füllt er lediglich mit einem großen *UNIKAT* aus. Er stößt die Matratze um und schleift sie in die Mitte des Raumes.

Till lässt die Arme ausgestreckt über die Ränder der Matratze hängen, während er mit den Augen langsam den Windungen des Stucks an der Decke folgt, als wären es gewundene Pfade, in denen er sich verirrt hätte. Von der nahen Straße dringen kaum Fahrgeräusche. Er versucht, an nichts zu denken, trommelt dabei mit der Spitze des Wachsmalstifts, den er immer noch fest umklammert hält, aufs Parkett. Ein Motor heult vital auf und reißt Till aus der kurzen Phase des Nichtdenkens. Es ist der Brunftschrei, der die Weibchen aus der Einkaufsstraße locken soll, die gleich hinter dem Popperbrunnen beginnt. Es könnte auch Oskar sein, der nach Hause kommt. Till streift sich die Socken von den Füßen und beginnt die Lorbeerblätter im Stuck zu zählen. Die Eingangstür fällt ins Schloss. Lederschuhe werden gegen Filzpantoffeln getauscht, dann dumpfe Schritte und undeutliche Worte im Gang. Vielleicht ein Kuss. Es sind wie immer 22 Lorbeerblätter je Ecke. Er stößt sich mit den Ellenbogen von der Matratze ab, setzt sich wie der Junge des Kohleporträts in den Schneidersitz und schaut ihm in die Augen, während er den Kopf kreisen lässt. Der Junge blickt eindringlich zu ihm herunter, als wolle er Till fragen, was ihn überhaupt dazu berechtige, hier zu sein: Spitz läuft seine Nase zu, die aufgesprungenen Lippen sind wie zu einem Wort geöffnet. Till versucht, dieselbe Pose einzunehmen, wie vor einem Spiegel den Gesichtsausdruck einzuüben, dem Jungen den eigenen eindringlichen und zersetzenden Blick entgegenzuhalten. Sosehr er sich auch anstrengt, es gelingt ihm nicht.

Der Bildschirm bestrahlt sein Gesicht matt, unter der Tischplatte vibriert der Rechner ganz leicht an seinem Bein. Auf der Fensterbank befindet sich ein leeres Terrarium, draußen ist es bereits wieder dunkel. Die Schneeflocken schwirren wie ein Schwarm Mücken um das Straßenlaternenlicht, ungleichmäßig große Vierecke werden durch die Erkerfenster an die Wände seines Zimmers geworfen: Trapeze fallen auf die Buchrücken, auf der Wandfläche zeichnet sich Tills Schatten ab. Es gibt zwei Türen im Zimmer. Die eine zum Zimmer Anna-Maries ist geschlossen, in der breiten Tür zum Gang steht der Vater. Oskar tritt ins Schlaglicht. Seine Gesichtszüge wirken wie geschliffen, die Hände groß wie Schaufeln. Viel zu groß für die filigranen Instrumente, die Scheren und Skalpelle.

Oskar umrundet die Matratze und schaut über Tills Schulter auf den Bildschirm. Till steuert, ohne auf seine Hände schauen zu müssen, ein Fadenkreuz durch eine zweistöckige, mit Fahrzeugen überfrachtete Halle. Trotz der Kopfhörer vernimmt er Oskars Atmen. Hinter einem Lastwagen taucht ein Offizier auf, Till reagiert, indem er X, dann A und W drückt, so seine Figur hinter einer Kiste in Deckung manövriert. Tills Oberkörper sackt in sich zusammen, als müsse auch er sich in Sicherheit bringen.

»Bist du dafür nicht zu alt?« Seine von Furchen durchzogene Hand legt sich auf Tills Schulter, er spürt, wie sie vor Kraft pulsiert und durch sein T-Shirt hindurch Wärme abstrahlt. Wie ein aufgeladener Gegenstand, der bei Berührung überschüssige Energie freigibt.

»Was ist los, Papa?« Till drückt die Escape-Taste und zieht die Kopfhörermuschel auf der einen Seite herunter.

»Ich meine«, sagt Oskar, »jede Zeit hat ihre spezielle Aufgabe, der man entgegentreten sollte, um kantig zu werden.« Till schaut ihn nur entgeistert an. »Und es gibt Essen«, fügt Oskar hinzu und nimmt die Hand von der Schulter.

Till stülpt sich die Kopfhörermuschel wieder übers Ohr, tippt auf die Escape-Taste und ruckelt an der Mouse. Seine Spielfigur, die ein Scharfschützengewehr bei sich trägt, windet sich aus der Deckung und schlängelt sich an den Fahrzeugen vorbei zum Raketeninnenhof. Eine ganze Weile noch riecht er seinen Vater: Menthol.

Während Till jeden Muskel seines Körpers anspannt, um frühzeitig reagieren und Geschossen ausweichen zu können, es aber nicht wagt, das Tor zum Raketeninnenhof aufzustoßen, weil er dort die Gegenspieler gut positioniert vermutet, beginnt Oskar im Zimmer umherzugehen. Till fasst Mut und stößt das Tor auf, kann sich kaum auf all die möglichen Verstecke gleichzeitig konzentrieren. In der Spiegelung des Fensters sieht er Oskar sich weiter behutsam durchs Zimmer bewegen, als suche auch er nach versteckten Feinden. Über dem ersten *t* von *Bett* bleibt Oskar stehen und reibt mit der Fußspitze über das *B.* »Sauklaue«, murmelt er. Unter dem Leuchter tippt er gegen die Matratze: »Till.« Till reagiert nicht. »Hey, Till, ist das bequem?« Till sinkt erschossen zu Boden.

Er muss die Augen zusammenkneifen, als er sein Zimmer verlässt. Aus dem Wohn- und Essbereich dringen Geräusche. Karola huscht, die Augen fein umrandet, den dunklen Pagenkopf fröhlich hin und her schwingend, durch den Gang und verschwindet in der Küche. Der Kühlschrank ploppt auf und zu, Till durchquert das weite Wohnzimmer, wo Anna-Marie noch in der gleichen Position wie am Nachmittag auf dem Sofa liegt. Der Kamin wirft wieder Schatten an die Wände, knistert gemütlich. In der Ferne sind Autos zu hören, hinter der Flügeltür klappern Teller und Besteck. »Ich habe heute keine Lust«, sagt Anna-Marie in Tills Richtung, als fühle sie sich allein durch seine Anwesenheit herausgefordert, »ich habe keinen Hunger.«

Oskar ist gerade dabei, den großen Esstisch zu decken, über dessen Nussbaumfurnier er immer stolz mit der Hand fährt, wenn er neuen Gästen eine Führung durch die Wohnung gibt. Die Wurst- und Käseplatten wirken mit leichter Hand, aber kunstvoll arrangiert, dazwischen kleine Schalen mit Radieschen und Essiggurken, verschiedene Senfvarianten in Einmachgläsern, zentral ist ein gefüllter Brotkorb postiert. Beide setzen sich, wie Till hat Oskar klare blaue Augen, die durch die dichten Augenbrauen noch stärker zur Geltung kommen. Till bestreicht sein Brot wellenförmig mit Butter, belegt es mit Mortadella und gibt einen Klecks Dijon-Senf obendrauf. Schon früher hatte er sich geweigert, ins Bett zu gehen, wenn Karola ihm nicht die Brote wellenförmig bestrich und mit Salz bestreute, dass er mit der Zunge darüberfahren und sich das Meer, den Wellengang, die kreisenden Kormorane über ihm, den glühenden Sand unter ihm vorstellen konnte.

Aus der Küche zurück, stellt Karola den Prosecco Spumante in den durchsichtigen und leicht beschlagenen Flaschenkühler. Sie reichen sich über den Tisch hinweg die Hände zu einem Kreis und wünschen sich »Guten Appetit!«. Bevor Till in sein Brot beißt, zieht er einen Umschlag aus der Hosentasche und schiebt ihn Oskar zu, der sich gerade eine komplette Essiggurke, als wäre das eine heikle Operation, vorsichtig in den Mund führt. Karola gibt vor, sie würde von dem Brief keine Notiz nehmen, als habe so etwas beim Essen nichts verloren. Oskar tupft sich mit der Serviette den Mund ab und nippt ruhig am Saftglas, dann erst entfaltet er den Brief und hält ihn mit ausgestreckten Armen vor das Gesicht. Fast streift er die aus dem Brotkorb herausragenden Brötchen und Baguettes. Till starrt auf die Rückseite des Papiers, das unmerklich in Oskars Händen vibriert. Er ist nicht wie die anderen zum Abitur zugelassen, soll *sein Ich neu orientieren*, das muss er kein zweites Mal lesen.

»Aus reiner Willkür«, sagt Till und schaut kurz zu Karola, die nur den Kopf schüttelt. Es ist sein Freibrief, mit *Ihre Frau König, im Namen des Lehrerkollegiums* unterzeichnet, eine noch viel schlimmere Sauklaue, wie Till findet.

Karola trägt vornehmlich schwarze, eng anliegende Stoffe. Mit verschränkten Armen lehnt sie an der Wand. Die Brüste sind wie durch einen Druckverband an den Körper gepresst. In der Hand hält sie das Sektglas, es perlt auf Herzhöhe. Vor dem Fenster zur Straße wippt Oskar auf und ab. Till sitzt noch am Tisch, schaut auf seinen Schoß und dreht den Rand seines T-Shirts, als wäre es Zigarettenpapier.

»Sag was, Till.«

Tills Fersen trommeln auf den Teppich. An der Stelle genau über dem Blumenmuster hatte er früher gespielt, dort waren seine Wagen ineinandergekracht, da hinten hatte die Straße aufgehört.

»Till, wir reden mit dir!« Karola stellt das Glas auf den Tisch und gleitet auf den Stuhl am Kopfende. »Weißt du«, ihre Stimme klingt, als wolle sie den Anfang einer langen Geschichte erzählen, »du hast immer Zeit bekommen, für dich. Das kannst du keinem vorwerfen. Wir haben immer gesehen, dass du dich weiterentwickelst, auch wenn das für andere nicht den Anschein machte. Du weißt, in dir steckt etwas Besonderes, etwas Einzigartiges, du weißt, das hat nicht jeder. Dies zu fördern ist unser Anliegen, ist uns wichtiger als irgendwelche Leistungsnachweise.« Sie holt tief Luft. »Es ist nicht normal, dass man gleich ein Mischpult, Plattenspieler und solche Aufnahmedinger geschenkt bekommt, nur weil man ein Fünkchen Interesse und Begeisterung für Musik und Komposition an den Tag legt. Erinnerst du dich? Oder als dein Freund Jan zu klettern anfing, du uns nicht einmal zu fragen brauchtest, wir dich gleich mit dem nötigen Equipment versorgten, sofort den nächstbesten Termin bei, wie hieß er noch mal?«

»Herr Steiger«, antwortet Oskar.

»Danke, Oskar. Herr Steiger, bei Herrn Steiger vereinbarten, der extra für dich eine Ausnahme machte und dich zu den Kletterwänden für Fortgeschrittene mitnahm, weil da Jan auch schon war. Das sind privilegierte Möglichkeiten der Entfaltung, verstehst du?« Sie trinkt einen Schluck. »Oder als Frau König dich nicht dabeihaben wollte, damals auf der Fahrt nach Carrara, als alle sogar unterschrieben hatten, Till bräuchte eine Auszeit.«

»Fast alle.«

»Jan zählt nicht. Der steht immer hinter dir. – Ich will jetzt aber nicht alles aufzählen, worin wir dich unterstützt haben.«

»Weil dir nichts mehr einfällt.«

»Also bitte, klar fällt mir noch etwas ein. Da könnte ich ganze Bücher mit füllen.«

»Dann nenn mir drei Sachen!«

»Als du zum Beispiel den Segel-Junior machen wolltest, drei Wochen bevor dein erster Törn losgehen sollte, du als Skipper.«

»Das zählt nicht.«

»Warum soll das nicht zählen?«

»Das war doch überhaupt nicht meine Idee.«

»Gut. Dann das mit dem Finger-Ding.«

»Fingerboard.«

»Der halbe Keller ist mit diesen Rampen vollgestopft, die hat Oskar ganze Wochenenden lang zusammengeschraubt, und du hast nur drei Tage damit gespielt. Und der hat doch wirklich keine Zeit, das weißt du doch.« Sie holt zum zweiten Mal merklich Luft und sucht den Blick Oskars, der sich aber noch immer zum Fenster hin abgewendet hat. »Oskar, sag du doch auch mal etwas!«

Bis auf wenige Passanten, die die Kapuzen weit ins Gesicht gezogen haben, um sich vor dem durch die Straße brausenden und mit Schnee durchsetzten Wind zu schützen, wirkt die Stadt wie ausgestorben. Hier und da flackert es bläulich, hier und da lässt einer die Jalousie herunter, hier und da huscht eine Silhouette am Fenster vorbei. Wie nach außen abgeschottete kleine Welten, die nichts von den anderen zu wissen scheinen, reiht sich Zimmer an Zimmer, die erst Häuser, dann Straßenzüge, dann ganze Städte ergeben.

Till steht im Erker. Sein Oberkörper ist nackt. Er greift nach den Griffen, öffnet die Fenster, so dass der Schnee diagonal in sein Zimmer hineinweht, er schlagartig zu frösteln beginnt. Die Luft ist frisch und gut und kalt und klar.

2

Wo die Couch und die anderen Sachen standen, sind jetzt meine Markierungen, die an sie erinnern. Wenn ich mich abrupt umdrehe, sehe ich das Bett noch in der Ecke. Ich kriege es nicht aus meiner Vorstellung radiert. Geblieben ist auch das Gefühl eines permanenten, sich nur langsam lösenden Drucks, der schon so lange auf mir lastet, dass er Teil von mir geworden ist.

Ich sitze zwischen den Fenstern am Schreibtisch: Dennoch schaffe ich es mit meinen ausgestreckten Armen nicht, die Scheiben zu berühren. Der Erker sei hoch genug, sagt Mutter, dass seinerzeit ein Fuder Heu darunterpasste. Die Fenster zu meiner Seite sind schmal, die an der Front haben zusammengenommen den Umfang einer Tischtennisplatte. Ich wachse noch bis einundzwanzig, sagt Vater, dann müsse er ran und einen gescheiten Mann aus mir herausschnippeln. Er lacht, wenn er das sagt, aber ich bin mir sicher, er meint es ernst.

Während Mutter Butterbrote schmiert, Anna-Marie zwischen Bad und Treppenhaus die ersten Nachrichten in den Tablet-Computer tippt, drehe ich mich auf meinem Stuhl um die eigene Achse. Mein Stuhl kann das, sich unendlich im Kreis drehen. Er ist schäfchenwolkenweiß und hat die Form einer Tulpe, in deren Blüte versunken ich sitze. Mutter geht als Letzte. Ihren *SchauRaum* öffnet sie, wann immer sie Lust hat. Aber meistens wartet schon irgendjemand vor der Tür. – Ich drehe mich so lange, bis ich vor Hunger in die Küche schleiche, das Knarren des Parketts im Flur erschreckt mich, als wollte ich diesen Ausflug auch vor mir geheim halten. Im Brotkorb, der in unserer Küche voller High-End-Apparaturen beinahe archaisch wirkt, finde ich ein Croissant von Tretters Bäckerei. Es schmeckt köstlich und bröselt ungemein. Frau Tretter ist unser Hoflieferant, auch wenn sie davon keine Ahnung hat. Und Mutter ist ein erstaunliches Gewächs, weil sie den Leuten Rollen zuweist und sie diese spielen lässt, ohne sie davon etwas mitbekommen zu lassen. Zurück im Zimmer gehe ich im Kreis, stets im Uhrzeigersinn, um die Matratze herum. Das Zimmer ist größer geworden, seitdem ich es entrümpelt habe. Es fühlt sich gut an, von wenig umgeben zu sein. Vorher waren es 12, jetzt sind es 15 Schritte. Im-Kreis-Gehen belebt das Denken. Ich bin lange nicht mehr im Kreis gegangen, ich hatte lange keine Zeit zum Denken mehr.

Die Sonne ist weitergewandert. Ich hatte die Augen geschlossen, und etwas später, als ich sie wieder aufmachte, stand sie schon kurz vor dem Zenit. Ich weiß noch nicht, was es für mich bedeuten wird, dass ich die Augen so lange schließen kann, bis der Tag ein anderer ist. Alles ist neu. Alles muss eine neue Bedeutung bekommen. Draußen rollen nur noch vereinzelt Transporter zur Belieferung der Geschäfte über die geschlossene Schneedecke. Die Straßen wurden vor lauter Schnee aufgegeben, die ganze Stadt liegt eingefrostet da. Ich fühle mich unheimlich schwer, vom vielen Liegen bin ich nur noch müder geworden. Aber diese Benommenheit hat was. Unter meinem Fenster knautschen Schritte im Schnee, wenige Menschen, die am Popperbrunnen vorbei Richtung Einkaufsstraße ziehen. Der Brunnen ist seit November abgedeckt und wird erst wieder mit den Zugvögeln erwachen. Es überrascht mich selbst, dass mich so etwas Abseitiges wie Zugvögel interessiert.

In den meisten Büchern meines Vaters, die er an allen möglichen Orten unserer Wohnung herumliegen lässt, in der Hoffnung, Anna-Marie und ich würden vor Langweile irgendwann darin herumblättern, steht, wie der Mensch aus sich heraustreten müsse, um sich selbst zu erkennen, wie er dann zu schweben beginne und seine körperliche Hülle unter sich daliegen sehe. Ich kann diesen Zustand routiniert und verlässlich herstellen und schwebe sogleich über mir. Ich liege sehr symmetrisch, die Beine sind ausgestreckt, der Oberkörper kerzengerade, die Hände habe ich brav gefaltet. Obwohl meine Augen geschlossen sind, wirke ich doch plötzlich sehr wach. Etwas hat mich aufgerüttelt, denke ich. Ich zoome weiter heraus, ich müsste jetzt bis knapp unter die Stuckdecke gleiten. Die Matratze fasst meinen Körper ein wie ein Rahmen. Als läge ich in einer Box oder Kiste. Rechts und links sehe ich die Markierungen, die markanten Umrisse meiner Erinnerung. Ich zoome noch weiter heraus. Das Zimmer selbst wird jetzt zur Box, in die früher Möbelstücke hineingebastelt wurden, die nun aber jemand hinausgeschnitten und entsorgt hat. Ich zoome noch etliche Meter weiter heraus, bis ich über dem Wohnhaus schwebe; übereinandergestapelte Boxen, die vollkommen überladen sind. Ich frage mich, wie die Menschen in dieser Umgebung überhaupt atmen können. Gegenstände leben und behaupten ihren Platz, alles gibt vor, einen Sinn zu haben, und zerrt in eine Richtung. Ich zoome weiter und weiter heraus, Menschen verlassen ihre Boxen zum Einkaufen in den umliegenden Straßen, gliedern sich ein wie Blutkörperchen in ihre pulsierenden Ströme. Die Straßen werden zu Hauptschlagadern, die Häuserblocks zu autarken Körpern. Als ich die Troposphäre erreiche, ist es klar und leicht um mich herum. Der Umriss der Stadt selbst ist nun eine alles enthaltende Box, die das keifende Leben zusammenhält. Und von dieser gehen wieder Adern aus, verbinden sich mit anderen Ballungen, transportieren Informationen hin und her, kreuzen sich, stoßen sich. Und Körper überlagern, schichten sich, manche verschmelzen, gehen in einem dritten auf, andere Adern dünnen aus, werden fahl und bleich, bis sie verschwinden oder von einem fremden Körper überlappt werden. Aber wenn ich mich sehr anstrenge und die Augen fest zusammenkneife, dann erkenne ich ganz da unten diesen einen leeren und weißen Fleck. Und dieser einzige leere und weiße Fleck, der sich von den übrigen Zimmern abhebt, wird zur Insel inmitten all der Boxen – es ist das Zimmer dieses Jungen, der rücklings auf der Matratze liegt, umgeben von einer weißen, alles umfassenden Leere, dieser Junge am Anfang von etwas, die Hände brav gefaltet.

Eine nicht zu mir gehörende Melodie reißt mich in den Körper zurück. Anna-Marie steht über mir und hält mir ihr vibrierendes Smartphone hin. Ist die Schule schon vorbei? Sie trägt eine schmale Röhrenjeans und ein kariertes Flanellhemd. Wie ein modebewusstes Cowgirl. Ich gehe wohl nicht ans Telefon, sagt sie, wenn Jan es schon bei ihr versuche. Ich richte mich in den Schneidersitz auf, nehme es entgegen. Auf dem Display blinkt Jans strahlendes Gesicht. Ich hebe ab, indem ich über das Display wische, während Anna-Marie ihre Hände in die schmale Hüfte stemmt und mich voller Ungeduld anschaut. »Hey, Jan«, sage ich. – »Wir sitzen im Gangatown und essen Hanfburger«, sagt er. – »Schön«, sage ich lakonisch. – »Danach gehen wir ins Enchiladas«, sagt er, »die alte Lerngruppe, komm doch vorbei.« – »Ich habe nichts zu lernen«, sage ich. – »Das macht doch nichts«, sagt er. »Setz dich dazu, lass den Kopf nicht hängen.« – »Ich lasse den Kopf nicht hängen«, sage ich. – Eine Weile lang schweigt er. Immer wenn er solche Pausen einlegt, rattert es in seinem Gehirn, trifft er Entscheidungen. Meistens gute. »Okay«, sagt er, »dann komme ich vorbei«, und legt auf.

Anna-Marie grinst, als ich ihr das Smartphone reiche. »Was gibt's?«, frage ich sie, als sie keine Anstalten macht, das Zimmer zu verlassen, und stattdessen weiter auf mich herunterschaut. – »Nichts«, sagt sie. Ich stehe auf, um nicht zu unschlüssig auf dem Bett herumzusitzen, gehe zum Schreibtisch, wühle in einer der Schubladen: »Willst du eine Zigarette?«, frage ich. – »Hast du nicht vor, rauszugehen?«, fragt sie und mustert meine Klamotten. Ich trage eine weit geschnittene Boxershorts und ein x-beliebiges T-Shirt. Die Socken liegen abgestreift irgendwo unter dem Schreibtisch, barfuß wippe ich auffällig hin und her. Wie sie es früher getan hat. »Ich trainiere mir Hornhaut an«, sage ich augenzwinkernd, »indem ich hier im Kreis laufe«, und ziehe eine Zigarette aus der Schachtel. Sie erinnert sich bestimmt, was ich damit meine. Erinnert sich, wie wir früher glaubten, man könne alle Hindernisse bewältigen, könne schroffe Bergspitzen erklimmen, hinter denen in verwunschenen Tälern Bäume in Form von gigantischen Brokkoli aus dem Boden wachsen, wenn man nur genug Hornhaut hätte. Aber sie verdreht bloß die Augen, sagt: »Gib her!«, nimmt mir die Zigarette aus der Hand, dreht sich auf dem Absatz um und entschwindet in ihr Zimmer. Ich folge ihr bis zur Schwelle, drücke mein Ohr an meine, an unsere gemeinsame Tür. Ich höre, wie sie das Fenster kippt, wie sie kurz darauf rhythmisch die Mouse anzuklicken beginnt.

Vor Jahren stand die Tür zwischen unseren Zimmern oft wochenlang offen. Das ging so weit, dass Vater sie für uns aushebelte, wir die Betten so aufstellten, dass wir uns vor dem Einschlafen noch einmal kurz zuwinken konnten. Ich war damals meistens schwer krank. Oder tödlich verletzt. Ich war ein angefahrener Igel oder ein erfrierender Hund, auf dessen Pfoten sich vor lauter Kälte brennende Blasen gebildet hatten. Außerhalb unserer Zimmer begann die Wildnis. Ich war bitterarm und verkroch mich von Hunger, Kälte und Schmerzen geplagt in einen mit Fellen ausstaffierten Winkel. Anna-Marie hatte mich aufzuspüren und zu heilen. Sie nannte sich *Schwesterchen* und kam von diesem fernen Ort hinter den Bergspitzen, wo sich angeblich alles je nach den Wünschen der Menschen in etwas anderes verwandeln konnte, Menschen, die weder Hunger und Schmerz noch Einsamkeit und Traurigkeit kannten. Mir fehlte noch die nötige Hornhaut, um den steinigen Weg dorthin zu überstehen. Von diesem verzauberten Ort habe sie auch ihr Erste-Hilfe-Köfferchen, beteuerte sie, die Operationsutensilien sowie das Handradio.

Ganz im Sinne Vaters führte sie die ersten kleinen Operationen an mir durch. Ich musste mich auf den flauschigen Teppich im Wohnzimmer legen, unterdessen sie die Instrumente aus dem Köfferchen akkurat auf einem Küchentuch ausbreitete, sich einen zurechtgebogenen Kleiderhaken als Stethoskop um den Hals legte und ihre Schreibtischlampe, die als Untersuchungslampe diente, anknipste. Neben den üblichen Instrumenten wie Schläuchen, Narbenpflastern oder Watteträgern hatte sie noch ein hölzernes Skalpell im Sortiment, das sie im Werkunterricht selbst geschnitzt hatte, und eine an den Spitzen umgebogene Gabel, mit der sie mir immer über die Haut kratzte, bis ich vor lauter Juckreiz nicht mehr stillhalten konnte. Die meisten ihrer Operationen führte sie an Stirn, Augen, Nase, Mund, Kinn und an den Wangen durch. So wie der Mensch aussieht, so fühlt er sich auch, hatte Vater uns schon früher immer gesagt. Sie bedeckte mein Gesicht mit einem löchrigen Tuch und zeichnete mit einem Filzstift kleine Punkte durch die Öffnungen auf die Haut. Im nächsten Schritt nahm sie das Tuch ab und betrachtete das Punkteraster. Ich fühlte ein Stechen und Ziehen. Dann nahm sie das Skalpell und führte es in einer Linie entlang der Punkte über mein Gesicht. Ich atmete schwer. Ich solle ruhig bleiben, sagte sie, holte eine Zahncreme aus dem Köfferchen und verrieb sie ungleichmäßig auf meiner Haut. Das genüge noch nicht, sagte sie, das müsse richtig verheilen, und zog die Schreibtischlampe heran, um einzelne Partien intensiver zu bestrahlen. Während ich auf die Heilung wartete, baute sie noch das Kofferradio direkt neben meinem Ohr auf, wegen der Röntgenwellen, sagte sie und ging.

Immer noch ertönt von nebenan leise das monotone Mouseklicken. Ich fahre meinen Computer hoch, um ihre Statusmeldungen zu lesen. Die Heizung gluckst, unter dem Tisch säuselt beruhigend das Computergebläse, von den Fensterscheiben strahlt es kalt in meine Richtung. Ich tue es ihr gleich, logge mich ein, lese: *That awkward moment, wenn du realisierst, dass er ein dummes Teenager-Girl geworden ist.* Gegen alle Erwartung drücke ich »gefällt mir« und logge mich im Triumph wieder aus.

Kim wirkt müde. Direkt nach der Schule hilft sie meist in der Cafeteria aus, serviert den Gästen, von denen viele mit ihr vormittags in der Klasse sitzen, ihre Café frappés und Rucola-Schinken-Bagels. Jetzt aber lächelt sie in die Kamera, als ihre Hand über das Mousepad ruckelt und ihr Gesicht vom Bildschirm erleuchtet wird. Ein schöner Kontrast zur Dunkelheit ihres Zimmers. Es ist weniger als halb so groß wie meins, aber sie ist zufrieden, glücklich über die Privatsphäre, ihre Mutter hat nur die Ausziehcouch im Wohnzimmer. Wie es bei der Arbeit war, frage ich nicht. Das ist zwischen uns Tabu. Mutter hat immer wieder versucht, ihr kleinere Geldbeträge zuzustecken, sie mit einem Förderstipendium zu versorgen, um ihr Derartiges zu ersparen. Aber das wollte Kim nicht. Stattdessen sagt sie: »Till, du tust mir leid.« Ich sage, das sei alles halb so schlimm. Aber sie schüttelt nur den Kopf, dass ihr kurzes rotbraunes Haar energisch hin- und herschwenkt und dann wieder auf ihrer Stirn zur Ruhe kommt. »Ich bin auf deiner Seite«, sagt sie und streicht sich die Strähnen aus dem Gesicht. »Gegen Wind und Wetter«, sagt sie, und ich weiß, es ist unser Lied. – »Lustig in die Welt hinein«, antworte ich. »Gegen Wind und Wetter!«, wiederholt sie euphorisch. – »Will kein Gott auf Erden sein«, sage ich. – »Sind wir selber Götter!« Wir lachen, und ich wünsche mir kurz, sie wäre jetzt bei mir und ich könnte sie in den Arm nehmen. Sie würde ihren Kopf auf meine Brust legen und mit ihren langen schmalen Fingern über meinen Bauch fahren, als folgte sie einer bestimmten Route, oder einem Muster, das sich wie eine unsichtbare Landkarte, die nur sie sehen kann, auf meinem Körper abzeichnete. Gerade aber bleiben uns lediglich Worte, und ich sage ihr, wie wichtig es für mich ist, sie an meiner Seite zu wissen. Mir ist vollkommen bewusst, wie sehr es sie freut, wenn ich solche Dinge sage, denn sie ist Einzelkämpferin wider Willen.

Sie müsse jetzt aber weitermachen, sagt sie. Womit sie weitermachen muss, weiß ich nicht. Ich sage: »Gut, dann mach weiter«, und ihr Gesicht strahlt dabei unheimlich schön. Ich drücke Befehl-Umschalt-3 und mache einen Screenshot von ihr, bevor sie den Stream unterbricht. Der Drucker rattert, während ich die fast kahle Wand betrachte. Nur die Zeichnung, die Kim gemacht hat, hängt dort. Sie zeigt einen Jungen, der an einer Betonwand lehnt, die Beine hat er angewinkelt und die Arme so darauf abgestützt, dass der Körper dahinter verschwindet. Erstaunlich sind seine Augen, die mich direkt anstieren: Das eine ist überdimensional geweitet und schwarz, das andere vollkommen weiß. Wenn ich nur lange genug ins Weiß schaue, kommt es mir vor, als schwebe ich wieder über meinem Zimmer. – Zwischen Daumen und Zeigefinger hält sich der Junge eine Zigarette vor den Mund, gleichzeitig scheint er etwas sagen zu wollen. Die Lungenflügel müssen voller Rauch sein, hätte Kim den Augenblick nur wenig später festgehalten, hätte er schon wieder aus den Nasenlöchern herausquellen müssen.

Das sei ich, hatte Kim gesagt, das Bild gleich darauf aber als Kritzelei abgetan. Sie habe Talent, hatte Mutter erwidert, als sie die Zeichnung auf meinem Schreibtisch liegen sah, ich solle ihr das doch bitte ausrichten. Mutter ließ die Zeichnung rahmen, sie hielt den Nagel, ich schlug mit dem Hammer. Das müsse doch gefördert werden, hatte sie betont und wieder darauf gepocht, Kim in ihr Förderprogramm aufzunehmen. Das sei ihr peinlich, hatte ich geantwortet, sie wolle keine Almosen.

Ich nehme den ausgedruckten Screenshot und pinne Kim neben den Jungen. In dicken Lettern schreibe ich *Gegen Wind und Wetter* darunter.

In der Multiplayer-Lobby von *Medal of Honor* warten Hunderte Spieler dicht gedrängt. Sie tummeln sich hier im Vorzimmer, um das V2-Rakete-Szenario zu betreten. Seit die freieste Waldorfschule der Welt mich fallen ließ, habe ich diese alte Welt reanimiert. Hier hat sich nichts verändert, es ist eine Welt, die keinen Staub ansetzt. Diverse Server werden angezeigt, darunter mein alter *HaVoK*-Lieblings-Server. Ich klicke mich in 43312212.54. Ein vertrauter Name taucht sofort auf: *Das Tapfere Sniperlein*. Wenn das Matze wüsste! – *Hey Apex*, schreibt er, *schön dich wiederzusehen*.

Vater kam früher als sonst, schon mit der Dämmerung, nach Hause. Man kann ihm viel vorwerfen, aber er weiß meistens, wann ich in Ruhe gelassen werden möchte. Dann versucht er es bei Anna-Marie, strolcht in ihrem Zimmer umher, erkundigt sich nach dem Entwicklungsstand ihrer Freundinnen. Aber mehr als schematische Ja-Nein-Antworten bekommt er nicht aus ihr heraus. Vielleicht sollte er es auch mal im Netz versuchen. Zu seiner Freude ist Jan zeitgleich aufgetaucht, beide haben einen kräftigen Händedruck, zum Abschied nimmt Vater ihn stets in den Arm. Während ich durch den Entlüftungsschacht der Bunkeranlage robbe, unterhalten sie sich direkt vor meiner

Tür, als wäre Jan seinetwegen gekommen. Was er denn von der organischen Architektur halte, fragt Vater ohne Umschweife. »Und was meinst du«, fügt er, ohne auf die Antwort zu warten, hinzu, »sollten nicht die Bauten der Zukunft wieder Teil eines übergeordneten Ganzen sein, du verstehst, die Umgebung mit ins Bauvorhaben integrieren?« Ein paar Sekunden ist es still. Dann antwortet Jan, langsam und bedacht, wie ihn das Innen und das Außen interessiere, wie man das Außen nach innen und das Innen nach außen holen müsse, um dem Menschen gerecht zu werden, und dafür brauche man Tonnen von Glas. Das hätte von Vater stammen können, bestimmt nickt er ihm jetzt anerkennend zu. Oder er klopft ihm auf die Schulter, ich höre, wie er sagt: »Jan, unser neuer Frank O. Gehry in spe!« – »Danke«, sagt Jan und schaut gewiss verlegen zu Boden. – »Aber noch ist es nicht so weit«, setzt Vater wieder an, »davor willst du doch erst einmal in die Welt hinaus, nicht?« Mit gedämpfter Stimme, als solle ich das nicht hören, antwortet Jan, das sei noch offen, erst einmal müsse er seinen Kopf für die Prüfung freihalten, danach erst schaue er, wohin sein Weg ihn führt. Mich erwähnt er nicht, obwohl wir vor Jahren fest ausgemacht hatten, dass wir gleich nach den Prüfungen in den erstbesten Flieger steigen und erst dann zurückkommen würden, wenn wir uns so sehr verändert hätten, dass uns zu Hause keiner mehr erkennen würde.

Die beiden unterhalten sich noch eine Weile angeregt über das Ausgraben von Charaktermerkmalen. Vater bringt mal wieder seine Theorie an, gerade Fachärzte für ästhetische Chirurgie hätten mit Instrumentarien genau nach solcherlei verschüttgegangenen Merkmalen zu suchen und diese freizusetzen. Charakter bedeute schon seit der Antike so viel wie ›eingebranntes Erkennungszeichen‹. Nichts anderes habe der Chirurg nachzuzeichnen. Als Vater vorschlägt, Fragen der Charakterentwicklung anhand meines neuen Zustandes zu diskutieren, drücke ich

Befehl-Q, um schnell das Spiel zu verlassen. Ich will nicht, dass Jan mich so träge vor dem Rechner sitzen sieht, und überspringe die Matratze hin zur Türschwelle, eile in den Gang hinaus. Zu sehr steht meine neue Welt noch am Anfang, als dass ich sie vorzeigen wollte.

Ich habe nicht vor, etwas zu Jans Zukunftsplänen zu sagen, stattdessen umarmen wir uns herzlich: Wir sind in etwa gleich groß, sein lockiges Haar kratzt an meinem Ohr. Er riecht nach Gel, Bier und Kaffee. So müssen Abiturienten riechen, denke ich.

»Wie geht's?«, fragt Jan. Vater bleibt neben uns stehen, rührt sich keinen Zentimeter. Ich sehe seinem Schmunzeln an, wie sehr er es liebt, das Aufeinandertreffen zweier junger Persönlichkeiten zu beobachten. – »Ich könnte einen Kaffee vertragen«, sage ich. – »Oho, mein Stichwort«, sagt Vater freudig, wir nicken ihm synchron zu, so dass er sich nützlich fühlt und in die Küche verschwindet. Ich schaue Jan grinsend an, weil er Vaters handwerkliche Fähigkeiten kennt, weiß, wie er die Küche im Chaos hinterlassen wird, Kaffeespritzer und -pulver überall. Im Wohnzimmer setzen wir uns in die Kaminsessel. Manche würden das Kaminfeuer unterhaltsam nennen, wir schlagen die Beine übereinander, es tut gut, in die Flammen zu starren. Jan berichtet, wer alles zum Lernen gekommen sei. Ich frage nach Matze und wie er sich schlage. Matze sei immer noch langsam wie ein untermotorisierter Geländewagen, man müsse sehr viel Geduld mit ihm haben. Ich lache, weil es nie anders war, wundere mich aber gleichzeitig, wie fern sich das alles schon für mich anfühlt; als berichte Jan aus der tiefsten Vergangenheit. – »Und wie war dein erster Tag?« Jan legt den Kopf schief, schaut mich von der Seite an. Ich zögere, ich mag seine Direktheit. Von sich überlappenden Körpern könnte ich ihm erzählen, und wie ich mich von dieser Überlappung freimache. Aber irgendetwas hält mich zurück. Ich sage: »Es hat sich nichts verändert.« – »Und was meint Kim?« Sie sei auf meiner Seite, antworte ich. Jan lehnt sich zurück, schaut übertrieben verwundert, sagt: »Hallo?! Wir alle sind auf deiner Seite.« Ich bedanke mich und betone, wie nett das von allen sei, meine Seite einzunehmen. Aber tatsächlich empfinde ich diese Vorstellung nicht gerade als angenehm, fühle sogar Beklemmungen beim Gedanken daran, wie sie alle wieder auf meiner Bettkante sitzen und zu wissen meinen, wer dieser Till eigentlich sei, wohin sein Weg führen wird. Das Kaminfeuer kommt mir jetzt viel zu heiß vor, mir ist, als spüre ich, wie es den Sauerstoff zwischen den Gegenständen, zwischen Jan und mir verbrennt, wie mir die Luft zum Atmen knapp wird. Vater guckt neugierig aus der Küche zu uns herüber, als ahne er so etwas. Als sich unsere Blicke treffen, zieht er die Augenbrauen hoch.

»Was ist los?«, fragt Jan. – Nichts sei los, sage ich. Und während Vater wohlwollend die Cappuccinos auf den Beistelltisch stellt, es sich dann mit einem seiner Bücher im Lesesessel gemütlich macht, ab und an aufsieht, wie ein Nachtwächter, der nach dem Rechten schaut, versuche ich wieder diesen Druck zu verringern, mich von dieser Beengung zu befreien. Doch die Glieder sind auf einmal tonnenschwer und wie mit dem Sessel verwachsen, als ich versuche, mich aus der Situation zu katapultieren. Solange ich noch unter ihnen bin und diese meine alte Rolle spiele, auch wenn es die Rolle ist, sich gegen alle Beeinflussung zu wehren, werde ich nie ein anderer sein. Doch diesen anderen gibt es. Es ist etwas in mir, das Raum braucht, einen großen, etwas, das niemals in vorgefertigte Boxen passen wird. Und ich muss es sein, der diesen Raum erschafft, nicht Jan, nicht Vater, ich allein.

»Warum bist du denn so nervös?« Jan setzt die Tasse vor sich ab, wischt sich den Milchschaum von den Lippen. – »Ich bin nicht nervös«, sage ich. Aber als könnte er in mich hineinschauen und suche nach den Gründen für meine Beklemmung, berichtet er von dem ersten Schultag ohne mich, wie Frau König, beinahe schon verzweifelt, die Leerstelle, die ich hinterlassen würde, auszufüllen versucht habe. Ich sei eben für sie immer der Chaot gewesen, der mit seiner Art gegen die Gemeinschaft arbeitet. Und da sie jetzt keinen mehr habe, dem sie dies anlasten könne, falle der schlechte Unterricht allein auf sie zurück. Ganz wild und kämpferisch fuchtelt Jan nun vor dem Kaminfeuer mit den Armen, regt sich über die Ungerechtigkeit auf und beteuert, dass er das nicht dulden werde und er damit nicht alleine sei. »Darauf kannst du dich verlassen«, sagt er. Ich bringe es nicht übers Herz, ihm zu sagen, dass ich mich darauf gar nicht verlassen will.

Als hätte Oskar nur auf seinen Einsatz gewartet, steht er plötzlich bei uns. Auch Anna-Marie ist jetzt im Wohnzimmer, hat sich auf die Couch gelegt, ein Müsli auf ihrem Bauch balancierend. Ich stehe unter besonderer Beobachtung, schießt es mir durch den Kopf. Wie in Quarantäne. – Vater sagt: »Das ist ein neuer Lebensraum, den du betrittst, verstehst du? Du solltest vielleicht an einen neuen kreativen Ausdruck denken, Plastizieren zum Beispiel. Die nächsten Schritte sind entscheidend!« – »Er könnte ja auch virale Apps entwickeln.« Anna-Marie hat sich uns zugedreht, den vollen Löffel in der Hand: »Das boomt, und dafür müsste er nicht einmal mehr rausgehen.« – »Zumindest etwas tun«, fällt Jan ihr ins Wort, »nicht versacken, immer aktiv bleiben.«

Befehl-Q, denke ich und stehe abrupt auf. »Ich fühle mich nicht gut«, sage ich, »ich brauche Ruhe.« Jan scheint wirklich verwundert. Vater schüttelt nur enttäuscht den Kopf. Anna-Marie befasst sich mit ihren Haferflocken. Ich umarme Jan zum Abschied, sage: »Danke für den Kaffee, Papa«, und verlasse das Wohnzimmer.

In meinem Zimmer ist die Luft unheimlich frisch. Und Kim ist wieder da. Sie hat auf mich gewartet, und ich freue mich, sie zu sehen. Als Screenshot hängt sie nun neben mir an der kahlen Wand, die Haut ist blass und voller Sommersprossen. Ich mag, wie ihr rechtes Ohr weiter als das linke absteht. Auf dem Computerscreen blinzelt sie mit den Augen, strahlt, als sie mich in ihrem Bildschirmfenster auftauchen sieht. »Kim«, sage ich, »ich schaffe das allein.« – »Was schaffst du alleine?« – »Ich will das alleine schaffen.« – »Was willst du alleine schaffen?« – »Ich brauche dich nicht, ich brauche keine Familie.« Sie schweigt. Ich sehe, wie sie erstarrt, wie sie versucht, sich zusammenzureißen. Sie schaut mich an, sucht nach einem Zeichen, wie sie sich als Nächstes verhalten soll. Befehl-Q, denke ich. »Gegen Wind und Wetter«, sage ich. »Das bin erst einmal nur ich.« Noch bevor sie ein weiteres Wort sagen kann, drücke ich die Tastenkombination, bleibt von ihr nur der sommersprossengepunktete Screenshot an der Wand.

3

Jans Stimme ist warm, sanft raspelt sie durch die Windungen der Boxengehäuse. Per Videostream ist sein Gesicht überlebensgroß auf Tills Bildschirm sichtbar. Er hat glatte, reine Haut in HD-Qualität. »Rauchen tust du doch noch, oder?«, fragt Jan. Als Antwort durchwühlt Till die Schublade seines Schreibtischs und findet das Feuerzeug neben Stiften und Walnussresten. Gleichzeitig klicken die Feuerzeuge. »Was machst du denn sonst so in letzter Zeit?«

»Ich denke.« Till schnaubt den Rauch durch die Nase und blinzelt ab und an über die Kamera hinweg, als gäbe es hinter dem Erker, auf der anderen Straßenseite, noch etwas zu sehen.

»Aha, und was?«

»Dass im Grunde alles in uns hineinfällt.«

»In was hineinfällt?«

»In uns, von außen. Im Grunde haben wir in unserem Kopf eine eigene Welt, die alles aufsaugt: hier die Tasse mit dem getrockneten Milchschaum, der Riss in der Keramik, da das Terrarium, drüben die Balkone, Blumenvasen, die vereiste Socke. – Dein Bildschirm, ich darauf im geöffneten Fenster, verstehst du?« Till streckt sich und ascht ins Terrarium. »Das ist«, setzt Till an, »als hätten wir eine Kameracrew im Kopf, die alles aufnimmt, den privaten Film bastelt. Und jeder dreht in jeder Sekunde seinen eigenen Film. Das Witzige dabei ist, dass im eigenen Film nur die anderen vorkommen!«

»Woher hast du denn das schon wieder?«

»Soll ich es dir vorlesen?«

»Bei der Party, ja?, da sitzen wir dann philosophierend in der Ecke, während die anderen besoffen über uns drübertorkeln und gar nichts davon mitbekommen. Du kommst doch, oder?« Jan zieht fest an der Zigarette, so dass sie merklich kürzer wird, und fährt sich durch sein verzwirbeltes Haar.

»Ich stecke in *Medal of Honor.*«

»Wie?!« Jan schmunzelt, drückt die Zigarette aus und steckt sofort eine neue an. »Muss ich mir jetzt Sorgen machen?«

»Ich hab wieder Zeit.«

»Sind es immer noch dieselben Leute?«

»Einen habe ich wiedererkannt: *Das Tapfere Sniperlein.*« Auch Till zündet sich eine zweite Zigarette an. Wieder schaut er über die Kamera hinweg.

»Der muss dann aber wirklich kein Leben haben, ich meine, über Jahre hinweg immer ein und dasselbe Spiel.«

»Er ist irre gut«, sagt Till. »Und er beschäftigt sich mit jedem, hält Gruppen zusammen – die bauen irgendwie auf ihn.« Abermals huscht Tills Blick über die Kamera hinweg.

»Was ist los?«, fragt Jan. »Wirst du beobachtet?«

»Ich zeig's dir«, sagt er schmunzelnd und dreht die Webcam um.

»Da ist nichts.«

»Schau genau hin, gegenüber, einen Stock höher. Siehst du's?«

»Der Typ?«

»Der steht da neuerdings immer, da hinter seinem Blumenkasten.«

»Was hat er an? Ist das ein pinkfarbenes Hemd?«

»Und schau mal, was er macht.«

»Hm, er raucht.«

»Ja, auch noch Marlboro Gold. – Und jetzt warte, was passiert, wenn ich die Zigarette ausdrücke.« Till drückt die Zigarette im Aquarium aus, im selben Moment drückt der Mann die Zigarette in den Blumenkasten. »Wow«, sagt Jan. »Wink ihm mal.«

Till zögert, winkt dann. Der Mann von gegenüber dreht sich um, als würde jemand hinter ihm stehen, dem der Gruß gilt. Als er sich den beiden wieder zuwendet, schüttelt er bloß den Kopf und zieht den Vorhang vors Fenster.

»Komischer Typ«, sagt Jan. »Wer ist das?«

»Ich hab ihn Karl getauft.«

»Beamter?«

»Bestimmt!« Beide lachen. Jetzt muss jemand in Jans Zimmer getreten sein, der dessen Aufmerksamkeit auf sich zieht. »Warte kurz«, sagt Jan und verschwindet aus dem Bild. Die Webcam zeigt die geriffelte Wand und ein Foto von dem Freund mit einer Schar Pfadfinderinnen im Arm. Till hat das Foto damals geschossen, auf dem Weg nach Italien. Jan spricht gerade mit Frau Reichert, die reichlich wenig von Alpenüberquerungen auf gänzlich überforderten Motorrollern gehalten hatte und auch nichts von einer Horde Pfadfinderinnen als Zeitvertreib in den Schulferien. Trotzdem konnte seitdem nichts Jan davon abhalten, jede freie Minute in der Weltgeschichte herumzutingeln und dabei in der nördlichen Hemisphäre zu verwahrlosen. Auf dem Foto lässt sich ein Bartansatz erahnen – der steht ihm, wie Till findet.

»Bei uns gibt's Abendessen«, sagt Jan. »Sehen wir uns bei der Party?«

»Vielleicht.«

»Kim wollte es wissen.«

»Kim will so etwas nicht wissen.«

»Zumindest will sie bei dir vorbeikommen.«

»Niemals. Sie hat Angst vor meinen Eltern.«

»Eine Ausnahme wird sie schon machen. – Dich aufscheuchen, hat sie gesagt.«

Nachdem Till sich ganz sicher ist, dass Anna-Marie und Karola im Wohnzimmer verschwunden sind, drückt er die Tür zum Gang auf. Vor der Flügeltür bleibt er stehen: Gelächter. Er konzentriert sich auf den genauen Ausgangsort der Geräusche, es ist die dem Kamin gegenüberliegende Wand, da, wo das t-förmige Sofa auf dem Teppich steht, auf dessen flauschigem Stoff er früher immer so gerne gelegen hatte. Anna-Marie spricht in die Fernsehgeräusche hinein, sagt, wie flach und blöd sie diese und jene Figur findet. Karola hingegen kommentiert die trostlosen, gänzlich uninspirierenden Kostüme und Ausstattungen. Er sieht Karola vor sich, wie sie im Schneidersitz als pyramidenförmige Figur auf dem Sofa sitzt, sich mit den spitzen Fingern den Nacken massiert und ab und zu beiden Wein nachschenkt, weil es ja ihr Abend ist: *Crime Time*.

Till bekommt Lust, die Idylle aufzumischen. Er weiß, worauf diese Abende hinauslaufen. Oskar wird direkt von der Praxis zur Driving Range fahren und entgegen seiner eigenen Empfehlung den Golfarm überstrapazieren, nur um nicht hier sein zu müssen, denn auch dieser Abend wird nach all der Harmonie kippen und im Streit enden, Anna-Marie wird Karola ihre aufgesetzte Jugendlichkeit vorwerfen und ihr entgegenschreien, wie peinlich das vor den anderen für sie sei. Till stellt sich Karola in strammer Verteidigungshaltung vor, jeden Muskel angespannt, den Blick keine Sekunde von der Tochter lassend. Wie sie sich bemüht, ganz deutlich zu sprechen, aber die Worte in ihrem Mund übereinanderstolpern, sich gegenseitig den Sinn nehmen. Wie die Worte nicht zu ihrer eleganten Erscheinung passen werden, wie Anna-Marie sagen wird: »Guck, du lallst wieder!« Wie von diesem Augenblick an nichts mehr zu retten sein wird, wie die erste Tür wuchtig ins Schloss fällt: »Du spinnst doch!« Die zweite. Danach meist Stille.

Noch aber plänkelt die Serie vor sich hin, noch schwillt die

Themenmelodie ab und an. Till fühlt sich zu schwach, um den Verlauf des Abends umzulenken. Vorsichtig zieht er die Küchentür hinter sich zu und schaltet das Licht an: Die Küche funkelt von Stahl und polierten Granitflächen. Er bestreicht die Toastscheiben zentimeterdick mit Mayonnaise, belegt sie mit Kochschinken und Bergkäse. Er hat längere Zeit nicht mehr gegessen. Vier oder fünf Toasts will er in seinem Zimmer bunkern. Indessen er mit dem Blick über die Gegenstände wandert, spürt er die Wärme des Toasters in seinem Rücken. Er kann es nicht mehr sehen: Stahl und Granit. Am liebsten würde er alles mit schlichtem Holz überziehen, kein Nussbaum, jedes einzelne Gerät mit einem Holzkasten warm ummanteln.

Till muss alle Konzentration auf das Spiel verwenden, um nicht als Erster per Kopfschuss zu Boden zu sinken. Nur in den wenigen Sekunden, in denen keine Gefahr lauert, greift er nach dem Toaststapel. Till ist nicht mehr derjenige, der vor allen anderen ausscheidet und auf ihre Hilfe warten muss, um aus der Versteinerung befreit zu werden. In dieser Runde gehört er sogar zu einem der Letzten seines Teams. Er will schon einen provokanten Kommentar ins Textfeld des Teamspeaks tippen, da erwischt es ihn doch. Er war in den letzten Tagen zu sehr im Level der *V2-Rakete* herumgeirrt, das er von früher noch halbwegs zu kennen meinte, als dass er jetzt seinen genauen Ort durchgeben könnte. *Wo soll ich dich defreezen???*, eilt ihm *Das Tapfere Sniperlein* zu Hilfe. Es ist ein langer, mit Regalen versehener Raum. In den Regalen stehen Flaschen, grüne und rote, dicht gedrängt, und wenn Till genau hinschaut, kann er sehen, wie ihre Grenzen verschwimmen, sich leicht überschneiden, miteinander verschmelzen. An der freien Wand hängt eine Flagge, sie zeigt auf rotem Hintergrund ein mannshohes Hakenkreuz. *Flagroom, glaube ich,* schreibt Till. *Bitte defreezen!* Lange muss er nicht warten, schon biegt *Das Tapfere Sniperlein* in Offiziersuniform um die Ecke, neigt sich so lange über Tills erkalteten Körper, bis er erlöst wird und wiedergeboren am anderen Ende des Levels aus dem verpixelten Himmel fällt. *Thnx*, schreibt Till, zückt das Scharfschützengewehr und beginnt den weitläufigen Innenhof zu durchqueren.

Till versucht, stets aufseiten der Nazis zu spielen. Es klingelt und auf dem Display des Smartphones erscheint Kim. Till inspiziert den Zünder der Rakete, die Alliierten haben noch keine Bombe platziert. Immer noch leuchtet einer der seltenen Schnappschüsse von ihr auf, ein Foto, das Till nur nach endlosen Überredungsversuchen machen konnte, denn Kim wurde nie müde zu behaupten, ihre Seele würde gefangen werden, wenn er sie mit dem Smartphone abfotografieren wollte. Ihre Haare sind auf dem Bild noch etwas kürzer als jetzt, die Sommersprossen jedoch scheinen sich in der letzten Zeit noch vermehrt zu haben. Auf der Stirn und den Wangen hat sie feine Tuschesprenkel, die man nur erkennen kann, wenn man auch weiß, dass das quadratische Stück Pappe vor ihr auf dem Tisch eines ihrer Bilder ist. Oft hat sie sich über ihre leicht abstehenden Ohren geärgert und spielte mit dem Gedanken, alleine deswegen ihre Haare wachsen zu lassen. Das sei vererbt, sagt sie immer, von ihrem Erzeuger, überhaupt, alles Unglück habe sie von ihm. Er, Till, sei der einzige Glücksfall in ihrem Leben gewesen, weil er der Einzige sei, der sich nach einer gewissen Zeit nicht wieder davongemacht habe. Till findet, dass Kim die Sorte von Mädchen ist, die auch mit leichten Segelohren unheimlich gut aussieht.

Wartet …, tippt er, und im Pause-Modus beginnt seine Spielfigur wie trunken vor dem Zünder zu schaukeln.

»Ja?«

»Ich bin an der Haltestelle.«

»Wo?«

Apex, bezieh Stellung!

»Ich bin gleich da.«

Apex?

»Ich komme zu dir.«

Till rührt sich nicht.

Apex, linke Flanke angreifen! Linke Flanke angreifen!

»Till?«

Apex, bezieh Stellung! Bezieh Stellung!

»Bist du noch da? Ich komme jetzt zu dir.«

»Warte.« Till tippt etwas in den Computer. Auf dem Bildschirm erscheint: *Apex geht AwayFromKeyboard*, doch bevor er sich in den sicheren Beobachter-Modus schalten kann, wird er von einem Gegenspieler namens *Pwnsauce* in den Hinterkopf getroffen und sinkt zu Boden.

»Popperbrunnen«, sagt Till leicht gehetzt.

»Okay«, sagt Kim, »ist besser so.«

Pwnsauce schändet seine Leiche, indem er über ihm in die Hocke geht. Till drückt Escape.

Kim lehnt an einer der für den Winter abgedeckten Seiten des Popperbrunnens. Aus der Abdeckung ragt eine mannshohe Statue hervor, über Kims mit Schneeflocken benetzten Haaren verläuft deren Lanze und zielt auf einen unbestimmten Punkt. Till kommt es vor, als verteidige sich die Heldenfigur gegen die nach Hause schlendernden Menschenströme, um nicht von ihrem Sog mitgerissen zu werden. Ein eisiger Wind weht über den Platz, Kim hat ihre linke Hand in die Manteltasche gesteckt, die rechte führt ab und an eine Zigarette an die Lippen. Genüsslich raucht sie, als wäre das in diesem Moment das Größte. Bemützte Passanten überqueren den Platz von der Fußgängerzone kommend, rechts und links tragen sie Taschen, manche schauen auf, als sie auf Kims Höhe sind, senken den Blick aber wieder, als gäbe es schon einen Grund, dass sie einsam in der Gegend herumsteht.

Von der Passage aus, die den Arm der Fußgängerzone mit dem Platz verbindet, hat Till gute Sicht. Die Schaufenster der Passage sind bereits beleuchtet, mit dem Rücken gegen die Scheibe gelehnt, kann Kim ihn nicht entdecken.

Kim hatte über Jahre versucht, sich für die neuesten Trends zu begeistern, war in ausgewaschene Röhrenjeans geschlüpft, hatte es mit neonfarbenen Trainingsjacken probiert. Aber was sie auch versuchte, es stand ihr nicht, wirkte wie fremd, wie von außen aufgesetzt. Wenn sie und Anna-Marie in Tills Zimmer ihre Einkäufe präsentierten, verkrampfte sie sogleich, zog sie den Kopf zwischen die Schultern und streckte den Hals dann wieder unnatürlich durch. Schnell war der Punkt erreicht, an dem Till sich das Lachen nicht mehr verkneifen konnte, denn es schien ihm, als wehrte sich jede einzelne Partie ihres Körpers gegen die an ihr wie Kostüme wirkenden Klamotten, als könne Kim nicht anders, als sie durch ihre Haltung ins Lächerliche zu ziehen. Die trendigen Klamotten machten nicht Kim cool, Kim machte die trendigen Klamotten uncool. Sie solle nicht immer so kritisch schauen, beschwerten sich Anna-Maries engste Freundinnen, es mache sonst keinen Spaß mehr, mit ihr durch die Straßen zu ziehen. Und Till wusste, wie sie wirklich lieber zu Hause auf ihrem Tischchen das Papier ausbreitete, diverse Bleistifte aufreihte, das Kohleset, das ihr Karola geschenkt hatte, aufklappte und die Bilder, die sie in ihrem Kopf mit sich herumtrug, aufs Papier zeichnete, anstatt vor Spiegeln zu posieren. Das passte auch viel besser zu ihrer Haltung, den ewig fragenden Augen, die auch noch, wenn Till in der Nacht über ihren Hüftknochen, wenn er ihr durchs kurzgeschorene Nackenhaar strich, an jeder einzelnen seiner Bewegungen zu zweifeln schienen. Ein permanenter, auf alles gerichteter Zweifel. So entstanden Bilder, die sie keinem zeigen wollte, die sie vor ihrer Mutter, die auch schon zu Kims Zeiten auf der Waldorfschule wenig für den gepriesenen künstlerischen Ausdruck übrighatte, regelrecht versteckte: Auf den ersten Blick glückliche Familien im Gruppenporträt vor idyllischen Küstenlandschaften, die bei näherem Betrachten sich in ihr Gegenteil verkehren, das Meer sich als ein trüber Sumpf entpuppt, die Hand des Vaters dann nicht mehr zufällig den Körper der Tochter umarmt.

Als Kim den Zigarettenstummel in den Schnee einreibt und die Augen schließt, als sei ihr Tagwerk nach dem Rauchen vollbracht, zündet Till sich eine weitere Zigarette an. Die langen Reihen der Einkaufenden lichten sich, er tippelt mit den Füßen, um Wärme zu erzeugen und die Kälte ertragen zu können. Kim bewegt sich nicht. Sie ist sehr geduldig, vielleicht weiß sie auch, dass sie von ihm beobachtet wird. So wie sie sich schon früher immer gegenseitig herausgefordert hatten. Als sie in derselben Reihe saßen, als Kims Mutter die Waldorfschule noch nicht als elitär und snobistisch verachtete, stellten sie sich andauernd kleine Aufgaben. Aufgaben, die den Mut schulen sollten, mit denen sie aber auch den anderen zeigten, dass sie zusammengehörten: Till, der charismatische Schönheitschirurgensohn, Kim, die nachlässig Gekleidete, die immer ein kleines bisschen so aussah, als hätte sie gerade Beeren gepflückt oder dem Imker beim Einholen der Waben geholfen, und der dabei etwas vollkommen Eigenes und Starkes anhaftete. Zum Beispiel machte einer etwas vor und der andere hatte es nachzumachen. Kim durchquerte die Stuhlreihen und schaltete das Licht im Klassenzimmer aus, dann wieder an und erklärte Frau König, dass sie den Primärkontrast so faszinierend finde. Dann ging Till forsch zum Schalter, bereits unter dem Gelächter der anderen, musste lediglich eine Bewegung antäuschen, da packte Frau

König zu und zog ihn in den Flur hinaus. Sie sagte etwa: »Du brauchst eine Auszeit!«, und ließ ihn so lange alleine auf dem Flur zurück, bis Kim die Lehrerin überredet hatte, ihn wieder in die Gemeinschaft zu integrieren. Till hatte vor Jahren zu den wenigen gehört, die mit der Unterstützung einiger Eltern, Oskar vorneweg, einen offenen Brief unterschrieben hatten, der Frau König als ungerecht und launisch darstellte. Außerdem wurde ihr vorgeworfen, sie bevorzuge Mädchen, was sie nicht einmal abstritt. Oskar hatte es sich nicht verkneifen können, in einem Nebensatz auch ihre verbrauchte Haut zu thematisieren, und Till als sein Sohn war seitdem der Feind Nummer eins. Noch schlimmer wurde es, als Kim die Schule wechseln musste und Till als Opfer von Frau Königs Willkür ohne seine engste Verbündete zurückblieb.

Der Schnee stapelt sich Schicht um Schicht, ein blinkender Schneepflug prescht über den Platz vor und zurück. Till zückt sein Smartphone und schaut auf die Uhr, der letzte Bus ist gerade abgefahren. Zu Fuß braucht sie knapp eine Stunde bis nach Hause, ein Taxi wird sie sich nicht leisten. Sie würde wahrscheinlich sogar die Fragen der Eltern am Frühstückstisch nach ihrem künstlerischen Befinden in Kauf nehmen, könnte sie nur neben ihm im Bett liegen. Am nächsten Morgen aber müsste sie ihn allein im Zimmer zurücklassen. Zum Abschied würde sie sich auf die Zehen stellen und zu ihm hochstrecken, um ihm einen Kuss auf den Mund zu drücken. Wieder auf ihre reale Größe geschrumpft, die ausladende Kapuze schon im Flur über den Kopf gezogen, würde sie die Wohnung verlassen und sich durch den Regen hindurch davonmachen. Till würde alleine in seinem Zimmer zurückbleiben. Auch eine Nacht mehr oder weniger würde daran nichts ändern.

Das Fahrzeug hat mittlerweile den Platz passabel freigeschippt und Streusalz auf den Pflastersteinen verteilt. Nun ist es an Till vorbei in die Fußgängerzone eingebogen. Als ginge eine magische Anziehungskraft von ihm aus, lässt Till seine Freundin zum ersten Mal aus dem Blick und wendet sich dem Fahrzeug zu. Ihm nach führt sein Weg von nun an in eine andere Richtung. Die erste Zeit fährt der Schneepflug langsam vor Till her, rechts und links Schnee aufwirbelnd. Es kommt ihm wie ein Begräbnis vor, das Fahrzeug an der Spitze der Prozession, er dicht dahinter. Dann biegt es ab und lässt ihn alleine zurück. In Frau Tretters Bäckerei brennt noch kein Licht.

4

From: till-tegetmeyer@gmx.net
Betreff:
15.03.2011 05:08 Uhr

liebe kim,
vielleicht stehst du noch am popperbrunnen, während ich das schreibe. du hast schön geraucht. ich habe eingesetzt, wenn du eine pause machtest. so lange, bis du wieder anfingst. unser rauch hat dieselbe luft erfüllt. egal wo wir sind, erinnerst du dich? das haben wir so ausgemacht. der mensch braucht den anderen nicht physisch, du hast das gesagt. man müsse sich nicht immer sehen. mir fiel das weniger schwer als dir, ich muss nämlich nur einen schritt vor mein zimmer gehen, schon beginnt der trubel. oder: ich muss nur lange genug im zimmer bleiben, da poltert einer herein.

ich habe etwas vor, kim. ich will zeit und raum selbst bestimmen. das eine rinnt mir durch die finger, dem anderen rinne ich durch die finger. zumindest will ich selbst bestimmen, was da durchrinnt. alles andere soll an mir abprallen. wie an dir. alles: die klamotten, die du nicht magst, die räume, die sie uns designen, die tv-shows, die uns besänftigen sollen. schau dir doch die fernsehgeneration an. sie zappt sich durch die kanäle und sucht sich eine der vorgefertigten welten aus, in der sie aufgeht. sie tauscht sich selbst gegen bloße figuren ein und fühlt alles das nach, was die figuren erleiden! und selber stumpfen sie alle ab, weil sie sich selbst aus den händen geben; da ist das internet anders, da muss man selbst aktiv werden, um voranzukommen. bei anna-marie ist als letztes das licht ausgegangen, sie lässt sogar zum einschlafen immer den fernseher laufen. vater hat es aufgegeben, sie dazu zu ermahnen, sich wenigstens nachts eine pause zu gönnen. und da bin ich auf seiner seite.

nun bricht meine zeit an, da alle schlafen, kann ich ungestört essen besorgen. nachdem ich mir einen handvoll wasser ins gesicht geklatscht habe, schleiche ich weiter in die küche und reihe scheiben frisch geschnittenen brots nebeneinander auf. ich warte, bis die butter weich genug ist. du weißt, wie ich sonst löcher in die scheiben reiße. ich belege sie mit pfeffersalami, schinken und irgendwelchen käsescheiben. auf die schinkenbrote kommen noch parmesansplitter, dann nehme ich sie mit auf mein zimmer. milch ebenso. alles andere würde mich fertigmachen. ich schalte alle geräte und das licht aus. möglichst wenig auf sich wirken lassen. du wirst das esoterisch finden, aber es geht mir um die schulung meines geistes, ich mache spezielle übungen, um mich selbst klarer zu sehen, den willen zu stärken, bewusster zu werden. von den schinkenbroten auf der linken seite arbeite ich mich bis zu den salamibroten ganz rechts vor. wenn es dunkel ist, schmeckt alles intensiver; der parmesan wie aus feuchter erde gegraben. auch deswegen verlagere ich das essen in die nachtstunden. zweimal die woche dusche ich. laut statistik reicht das. ich lebe ja nicht in den tropen. während ich dusche, lasse ich die waschmaschine laufen. ich dusche sehr lange. ich kauere, wie ich das auch früher immer gemacht habe, in der knöchelhoch mit wasser gefüllten dusche. mein körper fängt dann, einmal nass, in der kalten luft schnell zu frösteln an. tausend kleine nadelstiche. zusätzlich lasse ich kaltes wasser immer wieder in stößen auf mich herabprasseln. in der kälte merke ich erst, dass ich überhaupt da bin. bis die wäsche fertig ist. die klamotten verteile ich auf den Wäscheständer in meinem Zimmer. du kannst dir nicht vorstellen, wie schnell alles trocknet. ich drehe die heizung auf und schaue den einzelnen kleidungsstücken dabei zu. am anfang schmiegt sich das feuchte t-shirt noch über die drähte. später hingegen wird es steif, knittrig, man merkt, wie es schnell herunter möchte. das sind so neue wahrnehmungen. es ist mir wichtig, dass du meine bemühungen siehst. dass du siehst, wie ich kämpfe, alleine. wie wir uns erst einmal gehen lassen müssen, kim, bis wir uns an einem ganz anderen ort, als ganz andere menschen wiedersehen.

es könnte langsam morgen werden. ich erahne den frühling. der frühling als prinzip ist aus der mode gekommen, wusstest du das? ich meine, er ist zwar noch eine notiz in den nachrichten, wo sie uns sagen, dass wir wieder gute laune haben sollten. aber dass die natur sich eine neue hülle überwirft, wiedergeboren wird, sagt keiner. die sonne ist noch nicht aufgegangen, bald steigt nebel vom fluss auf und legt sich ins straßenbett, bald werden die ersten vögel auf der fensterbank sitzen.

vor dem morgengrauen stelle ich das geschirr in die küche, spüle von hand, leiser als unsere spülmaschine. ich will nicht da sein, wenn sie aufwachen, will nicht mit ihnen sein, ich will für mich sein. ich will meine gedanken organisieren, wie du das immer sagst. ich möchte sie nicht mehr dem einfluss anderer aussetzen.

seit zwei wochen bin ich nun hier. die sonne wird gleich aufgehen, ich habe angst, mir die hose überzustreifen, zum popperbrunnen zu gehen und dich dort anzutreffen. von oben bis unten eingeschneit. blaue lippen. ich traue dir das zu. till.

5

Till fährt mit der Hand ins Wasser und zieht eine Bierflasche heraus. Das Wasser schwappt gleichmäßig an den Rand der Badewanne, von Tills Arm tropft es auf den Boden. Das Etikett der Bierflasche ist so glitschig, dass er es leicht abziehen und zu den anderen an den Spiegel kleben kann. Auf der Ablage stehen, dicht an dicht: Cremetuben, Haarspray, Deodorant. Till sprüht sich ein, fährt sich durchs Haar, verstrubbelt es kreuz und quer. Das kantige Kinn hat er vom Vater, die Grübchen von der Mutter, das rot-schwarz karierte Hemd von seiner Schwester letzten Sommer aus England mitgebracht bekommen. Viele schwarze Knöpfe, alle bis oben hin geschlossen. In England trage man das so, hatte sie gesagt, die seien so steif wie er. In ein Kostüm eingeschnürt, denkt er, nichts anderes.

Das Wohnzimmer ist leer geräumt, an der Decke kreist eine Lichtscheibe, wirft runde Farbflächen auf die sich bewegenden Körper. Aus einem Boxenturm tönt träger Dubstep. Die meisten tanzen in kleinen Kreisen, scheinen sich auf ein paar Bewegungen geeinigt zu haben. Von Song zu Song variieren sie leicht. Passt ihnen der nächste Titel nicht, bleiben sie stehen, trinken aus der Flasche, fahren mit den Fingern über die Displays ihrer Smartphones oder tasten sich nach Zigaretten ab.

Die Kulisse der Party sind an die Wand projizierte Zombiefilme. Auf Matratzen sitzen die Zuschauer Schulter an Schulter, hohe Popcornbecher vor sich auf den Schößen. Vor der Gästetoilette eine lange Schlange Mädchen, die Jungs pinkeln in die Grundstückshecke, ins Bad gehen sie nur, um sich Alkohol-

Nachschub zu besorgen. Überall stehen Menschen in kleinen Gruppen zusammen, immer ist einer von ihnen der Mittelpunkt des Geschehens, wie in einem Sonnensystem, wo fahle Planeten um die strahlende Sonne kreisen, mal näher am Glanz, mal weiter entfernt. Lilith da drüben ist so eine Sonne, ihre schmale Nase, die hohe Stirn, das wirklich hübsche Lächeln. Sogar der Rechner und die Leinwand sind Sonnen, glühende Sonnen. Und natürlich Jan.

Till zieht es von Gruppe zu Gruppe, sie erkennen und umarmen ihn, öffnen ihre Kreise zum Einreihen. Er lauscht den Gesprächen, sucht mit tauglichen Sätzen den Einstieg, hängt sich mit aller Konzentration an die Lippen der anderen, um nicht gedanklich abzuschweifen. Sie reden über Spickzettel in Slips, über All-around-the-World-Tickets und eine frühere Party, wo Wurst auf den Teppich gekotzt hat, was alle zum Lachen bringt, weil der Teppich von irgendeiner Oma als einziges Erbstück hinterlassen worden war. »Wir sind ja eh vernetzt«, sagen sie, wenn die Zeit nach den Prüfungen zur Sprache kommt.

Das Zuhören gelingt ihm nicht lange, wenn Oskar ihn morgen fragt, wird er nicht wiedergeben können, über was gesprochen wurde. Stattdessen betrachtet er über die Köpfe hinweg die kreisrunden Farbflächen, wie sie über die Kulisse tanzen. Die Gruppen strömen auseinander, wie ein zerplatzender Wasserballon, und schließen sich zu neuen Systemen zusammen. Till ist kein Planet, nicht einmal der Zwerg Pluto ganz am Rande, diese Stellung haben andere. Till möchte ein Komet sein. Ein Komet, der kurz das Sonnensystem kreuzt, in ihre Laufbahnen eindringt, gellend aufblitzt, dann erlischt.

»Ende Januar kommen die ersten Weißstörche«, sagt Till. »Die sind die Vorboten der Kiebitze.«

Unter der neuen Gruppe ist auch Jan. Sie halten inne und schauen ihn verdutzt an.

»Hey, Till.« Jan hält ihm eine Flasche zum Anstoßen entgegen. »Schön, dass du's gepackt hast! Ich hab dich noch gar nicht gesehen, wo warst du denn?«

»Im Garten, pissen.«

»Hast du mitbekommen, wie der Wurst kopfüber in den Teich gefallen ist? Er behauptet, er sei geschubst worden, hat sich zumindest an irgendwas aufgeschlitzt, der Mittelfinger ist halb ab!« Jan reicht ihm sein Bier und beginnt zu der nun laufenden trockenen Housemusic das Gewicht gekonnt zu verlagern. Die Musik ist jetzt auch merklich lauter. Till bleibt zwischendurch immer wieder regungslos stehen und schaut die anderen eindringlich an.

»Ist Kim nicht da?«, fragt Till.

»Vergiss die«, sagt Jan. »Für Party ist die eh nichts!«

Ein Mädchen fällt Jan von hinten um den Hals und hält ihm die Augen zu. Es ist Lilith. Jan gibt ihr einen Kuss auf die Wange, beide überstrahlen alle Umstehenden um das Vielfache. Er sagt etwas über ihr Lächeln, sie über seine Party, gegenseitig ziehen sie sich auf die Tanzfläche. Von irgendwoher quillt Nebel und legt einen weichen Filter über die beiden. Lilith kam nicht allein. Hinter ihr, in bedächtigem Abstand, folgten zwei auffällig gekleidete Jungs. Aus den Augenwinkeln sieht Till ihre roten Schuhe, die engen schwarzen Hosen, engen schwarzen Pullis und breiten schwarzen Brillen. Er kennt sie nicht. Ihre Pupillen wie seine Hemdknöpfe. Als er sie kurz aus den Augen lässt, weil Patrick neben ihm aufgetaucht ist, sind sie schon verschwunden. Der Duft von teurem Aftershave geht von Patrick aus, das Hemd hängt lässig über der Jeans, sein Markenzeichen sind lose gebundene Krawatten.

»Ich will nichts«, sagt Till.

Patrick eröffnet immer nach den Weihnachtsferien und um seinen Geburtstag herum einen Bazar: Tretroller, Mountainbike, diverse Spielkonsolen, ein Montblanc-Schreibset, iPods, sogar ein Gutschein zum Kitesurfen war schon darunter. Alles zum halben Preis.

»Hey, hey, hey.« Patrick klopft ihm auf die Schulter, kramt in seiner Tasche und holt ein Schweizer Taschenmesser heraus. Seine Stimme melodisch. Würde Till ihr lange genug zuhören, könnte sie ihn von allem überzeugen.

»Will ich nicht.«

»Nein, nein, schau mal genau hin!«

Till macht keine Anstalten, genau hinzuschauen.

»Guck's dir an!« Patrick drückt einen Schalter auf dem Taschenmesser und lässt einen USB-Stecker herausfahren. »16 Gigabyte plus Messerkram für 60.«

»Zeig mal.« Till nimmt es in die Hand und klappt die einzelnen Messer auf. Patrick beobachtet ihn angestrengt, wie er mit dem Daumen die Klinge entlangfährt, sie im Licht aufblitzen lässt, wie er sie einklappt und das Messer in der Tasche verschwinden lässt.

»Und die 60?« Patrick hält ihm die Hand entgegen. Er lächelt mit starrem Blick.

»Ich schicke sie dir nach Harvard.«

Während Patrick sich nicht weiter darüber aufregt, sondern lieber das Stichwort aufgreift und von seinem zukünftigen BWL-Studium und seiner unabdingbaren USA-Reise erzählt, betrachtet Till Jan und Lilith beim Tanzen, wie sie ihre Schenkel aneinanderreiben, wie sie ein treffliches Pärchen bilden. Im Hintergrund torkelt auf der Leinwand ein Trupp Nazi-Zombies Richtung Fenster. Ein Mädchen kreischt, ein Junge umfasst entschlossen den Griff einer Harke. Till kennt den Streifen. Die Zombies werden das Haus belauern, nächtelang, bis sie unerwartet, wenn die Insassen sich schon in die Haare kriegen, durch die Fenster einsteigen. Als Einzige wird das Mädchen überleben, alleine im Wald, abgebissenes Ohrläppchen, Glassplitter im Bein, hinter ihr ein Schatten: Ende.

Till bedient sich aus der Badewanne, fährt sich vor dem Spiegel mit der nassen Hand durchs Haar, erzählt dem am Mittelfinger provisorisch geflickten Wurst das Ende des Films, der »Arsch« zu ihm sagt, weil er das gar nicht wissen will.

Patrick hat wieder angesetzt, über seine nahe Zukunft zu sprechen. Er redet vom Tauchschein, den er auf Hawaii als Intensivkurs durchziehen möchte. Mit dem Segelschiff wolle er da hinkommen, im Zickzackkurs durch den Pazifik. Stündlich den Körper einfetten, Sonnenbrille auf der Nase, Girls oben ohne – er zeigt seine Zähne –, bauchige Segel, Schieflage, Badehose an, ab ins Wasser, abrubbeln, bräunen. Abends Unterdeck Poker, Bier, Jack Johnson, Martini, Strip, Poppen und so weiter. »Was ist denn das eigentlich?« Patrick zeigt auf Tills Hemd, die bis oben hin geschlossenen Knöpfe. Till zuckt mit den Schultern, öffnet den Knopf der Brusttasche und holt die Zigarettenschachtel hervor. »Hey, Mann, was ist denn los mit dir? Schau dich mal an: Früher warst du doch immer lustig.«

»Zombies«, sagt Till und schaut ihn eindringlich an. Er drückt Patrick die leere Bierflasche in die Hand, zündet sich eine Zigarette an und läuft quer über die Tanzfläche, wo Jan und Lilith noch immer aneinanderkleben.

Der Wintergarten ist das offizielle Raucherzimmer. Das rote Sofa ist neu und mit Menschen überladen. Der Springbrunnen aus Lavagestein ist ebenfalls neu, aber nicht angeschlossen. Till greift nach dem Stecker, ihm fällt nichts Besseres ein, da riecht er diesen bekannten Mundgeruch. Jahrelang hatte er diesen nach Kompost riechenden Atem im Nacken.

»Zockst du wieder *Medal of Honor*?«, fragt ihn Matze mit seiner verschnupften Stimme.

Till drückt den Stecker in die Dose, der Motor des Springbrunnens tost los, Wasser beginnt langsam aus der Öffnung zu blubbern. »Was willst du, Matze?«

»*Allied Assault*?«

»Vergiss es, Matze.« Till öffnet die Glastür zur Veranda und schaut in den dunkel vor ihm liegenden Garten. Er versucht, ihn zu ignorieren, nicht ohne Grund hat Matze die halbe Kindheit im Schwitzkasten verbracht.

»*Breakthrough*, *Pacific Assault*, *Vanguard*, *Airborne* und *Heroes*«, zählt Matze auf, »spielten ja noch im Zweiten Weltkrieg. Jetzt geht's nach Afghanistan. Haste bestimmt gehört, wenn du wieder zockst, oder? Kommt im Sommer, das neue Spiel. Ist 'ne Wiederaufnahme. Wird mega. Wie *Modern Warfare 3* soll das werden, sollen extra mit dem US-Militär dafür zusammengearbeitet haben. Habe es mir gleich vorbestellt. Die amerikanische Version. Die kommt früher.« Matze holt Luft, verströmt einen bitteren Geruch. »*Allied Assault* ist ein gutes Ding, Jan hat erzählt, du steckst voll drinnen, hat er erzählt, wie früher, weißt du noch, im Clan und so. Gibt's den noch? Ich mach mit, wenn du willst. Du bist auf dem *HaVoK-Server*, oder? Du hast doch Zeit, oder? Ich meine, bis nach den Sommerferien Minimum, oder? Das ist doch geil, ich meine, wenn du wie damals so einen Clan aufbauen könntest, mit der Zeit, die du hast, so einen Revival-Clan. Hey, oder, das ist doch die Idee: Der Revival-Clan, die, verstehst du, die alle überlebt haben, nicht auf der Wii U oder so einem Müll abhängen, noch die guten alten Ego-Shooter spielen, weißt du, wo du echt noch üben musst, wo noch richtig Skill zählt, wo du am Anfang echt der Anfänger bist, der Meganoob.«

»Was ist denn da draußen?«, unterbricht ihn Till und zeigt in den dunklen Garten.

»Was, wo denn?«

»Siehst du's nicht, Matze, bist du blind?«

Matze kneift die Augen zusammen. »Nee, ich sehe nichts. Was denn, Till?«

»Sind das Hyazinthen?«

Im Keller wird Bong geraucht. Der Kellerboden ist mit Teppich ausgelegt, viele bequeme Sessel, ein großer Fernseher mit der Wand verschraubt. Die Heizung ist mit einer Decke umwickelt. Till sitzt auf dem Teppich und fixiert den Flachbildschirm. Sein Kopf ist schwer, leicht nach links geneigt. Sein Mund ist trocken, er fühlt mit der Zunge die Zahnreihen ab, drückt sie an den Gaumen. Es läuft ein Film aus den Achtzigern: Zwei Trucker jagen mit wehenden Vokuhila-Frisuren einen schwarzen Gangster in Rockermontur durchs Land. Der Gangster soll irgendjemanden entführt haben. Alle lachen, weil er vor lauter Muskeln kaum durch die Tür passt. Keiner weiß genau, wen er überhaupt entführt haben soll.

Ab und zu steht einer auf, stopft sich ein Köpfchen, saugt an der Bong. Moritz ist fürs Gras zuständig. Er bekommt als Einziger keine roten Augen mehr. »Habt ihr gehört«, sein Mund ist so trocken, dass er bei jeder Silbe schmatzt, »Trülie ist 'ne Mandarine.«

»Wer ist Trülie?«, fragt Sarah, die wie aus dem Nichts aufgetaucht ist und permanent ihre Haare um die Finger wickelt.

»Trülie ist 'ne Mandarine«, sagt Moritz, »der hat Panik, von Leuten geschält zu werden.«

»Bringt Trülie noch etwas zum Quarzen mit?«, fragt ein Junge am Computer, den Till erst jetzt bemerkt.

»Das ist doch krass«, setzt Moritz an, »sich wie 'ne Mandarine zu fühlen, ich meine, wenn das deine Haut ist, die Mandarine, und du Panik hast, dass einer herkommt und sie abzieht, so von oben nach unten, und anfängt reinzubeißen und der ganze Saft rumspritzt. Oder wenn du selber reinbeißt, weil dir so Mandarinen echt schmecken, dich selber anbeißen möchtest, dir den Finger wie so 'nen Schokoriegel in den Mund schiebst.«

»Du bist voll stressig«, sagt Sarah und richtet sich mühselig auf, um einen Schluck aus der Wasserflasche zu nehmen. »Oberstressig.« Sie sucht nach etwas, fährt mit der Hand in die Sofaritze, dreht die Gegenstände auf dem Tisch um, tastet den Boden unter dem Sofa ab, steht auf, dreht sich um die eigene Achse.

»Was geht, hat dich die Hornisse gestochen?« Alle lachen, der Junge am Computer kommt aus dem Kichern nicht heraus.

»Nee, ich suche.« Sarah lupft den Teppich an.

»Den Deckel oder was?« Moritz grinst.

»Woher weißt du das?«

»Du hast ihn in der Hand.«

Till liegt auf dem Boden, die Decke ist sehr nah. Er fühlt sich, als hingen Steine an ihm, die ihn durch den Boden ins Erdinnere ziehen wollen, hoffentlich weg von der erdrückenden Decke, der nackten Glühbirne, den verästelten Glühstäben. Der Film mit dem Trucker läuft zum zweiten Mal. Moritz stellt die Theorie auf, es seien mehrere Filme ineinandergeschnitten, die gar nichts miteinander zu tun hätten. »So als Resteverwertung«, sagt er. »Reste, die so abgefallen sind, von anderen Filmen, wie die Blonde, die kennt man von woanders her, aus Avatar oder so, die mit der krassen Nase und so. Und anschließend nehmen sie die Reste und kleben die ineinander. Sie sitzen da in so einer dunklen Kammer, haben lauter Kisten voller Material mit Bezeichnungen drauf. Und einer sagt: Hey, wir brauchen noch Sex, und ein anderer greift in die Sexkiste, die ist megavoll natürlich, weil Sex nie so leicht hinhaut. Und der Typ holt so 'ne kleine Rolle raus, die er durch die Hand fahren lässt, und er sagt: Okay, hier von hinten, Gangbang in beide Löcher. Und der andere rückt rüber und schaut ihm über die Schulter und fragt nach der Farbe der Szene. Das ist megawichtig, die Farben müssen ja zueinander passen, sonst sieht das wie Bollywood aus. Und der Sex soll nicht wie Bollywood aussehen. Da soll keiner bescheuert im Hintergrund singen. Und er fragt: Hey, singt da einer bescheuert im Hintergrund? Und der eine steckt die Rolle in so einen abgefahrenen Apparat, mit LED und Schallwellen und so, um das nachzuprüfen. Und da gibt's diese Anlage, aus der stöhnt so ein Rudel Wölfe, weil die Frau auf Wölfe steht und alle wie Wölfe verkleidet sind, weil Halloween oder so ist, wo jeder hinter einer Maske endlich der Ober-Digger sein kann. Und sie fangen an, nach Halloween zu suchen, und der Typ holt eine Kiste voll Halloween. Und sie stopfen sich Vampirzähne ins Maul und beginnen in Hälse zu beißen, und der eine schnallt sich einen Dildo um und banged den anderen von hinten.«

»Voll schwul.«

»Halt's Maul, Hetero ist voll schwul!« Moritz starrt auf den Flachbildschirm: Der Trucker hält einem Eisverkäufer die Shotgun unter die Nase, grunzt irgendwas Unverständliches. »Guck, das haben sie aus Tarantino!«

Trülie ist mittlerweile im Keller eingetroffen. Er habe Plätzchen gebacken, den ganzen Nachmittag damit verbracht, erzählt er. Maren, die immer weiter zu Till herüberrutscht, will das Rezept wissen. Till findet, sie müsse erst einen Shot rauchen, um ihm wirklich nahe zu sein. Trülie listet die Zutaten auf, während er einen Joint dreht. Maren nickt, hat verstanden, nicht mehr als 0.2 Gramm pro Keks verwenden. »Später.« Trülie klopft geheimnisvoll auf die Keksbox. Maren nickt.

Trülie leckt das Paper an und schließt den Joint: »Wer will 'nen Shot?«

Maren krabbelt als Erste zu ihm rüber, man sieht ihren violetten Tanga. Trülie steckt den Joint falsch herum in den Mund, dass die Glut von seinem Mund umschlossen ist. Maren nimmt das andere Ende in den Mund, es sieht so aus, als küssten sie sich. Trülie pumpt ihr Rauch in die Lungen, sie hustet nicht. Hinter ihr formiert sich eine Schlange. In Till steigt das Verlangen auf, Maren einen finalen Shot zu verpassen.

Till behält den Rauch so lange in der Lunge, bis nichts mehr herauskommt. Moritz winkt ab, starrt als Einziger noch auf den Bildschirm. »Ist da die Hornisse?«, fragt ihn Till und zeigt auf die mit Decken umwickelte Heizung.

»Finger weg, ohne Witz, die ist voll Terror!«

»Wer ist voll Terror?«, fragt Trülie, der in der Hand eine Mandarine hält und zu schälen beginnt.

Till steht auf und läuft zur Heizung. Er hat wieder diesen Linksdrall.

»Finger weg!« Moritz springt panisch auf. Alle springen panisch auf. Sogar der Junge am Computer.

»Wie habt ihr das gemacht?«, fragt Till.

Die Decke ist mit Klebeband am Boden und der Wand fixiert, von der Heizung ist nichts mehr zu sehen. Der Junge ist aschfahl, die Augen rot unterlaufen. Till kann nicht sagen, ob er vor Kälte zittert oder nur nervös ist.

»Jan und ich haben den Keller hergerichtet«, beginnt der Junge mit monotoner Stimme zu erzählen. »Da kam wer rein und sagte: Da ist ja eine Motte. Jan und ich sahen keine Motte. Moritz und ich haben die Bong aufgebaut und ein bisschen geblubbert. Jan war weg. Als es dunkel war, haben wir die Motte gesehen, wie sie immer quer durch den Raum flog. Und als sie auf dem Fensterbrett landete, dachten wir erst, es sei ein Käfer. Später haben wir gemerkt, dass es eine riesige Hornisse war, die plötzlich verschwunden war. Ich habe keine Panik bekommen.

Wir haben mit einem Stück Pappe die Hornisse aufgespürt und wollten sie aus dem Keller jagen. Aber sie hat sich hinter der Heizung verschanzt. Wir meinen, weil es dort am wärmsten ist und sie eh überwintern muss. Um den Keller fertig zu machen, haben wir Decken besorgt und um die Heizung gewickelt. Moritz hat das Klebeband dazu benutzt, alle undichten Stellen abzudichten. Auf YouTube hat einer gezeigt, wie das geht. Am Anfang hat sie noch gebrummt. Dann nicht mehr.« Er strahlt und nimmt wieder Kurs Richtung Computer.

»Habt ihr's aufgenommen?«, fragt Till und richtet sich wie in Zeitlupe auf.

Moritz und der Junge vom Computer holen ihre Smartphones hervor. Auch Maren: »Ich hab's schon«, sagt sie und gibt Till ihr Gerät. Auch die anderen beiden geben Till ihre Geräte.

»Danke«, sagt Till und steckt sie sich in die Hosentasche.

Aus dem Wohnzimmer wummert ein gleichmäßiger Bass. Das drehende Diskolicht wurde durch Stroboblitze ersetzt. Es ist dunkler. Die einzige Lichtquelle, neben den nervösen Blitzen, sind im ganzen Haus verteilte Kerzen. Die Gruppen haben sich aufgelöst. Die aus den Systemen herausgetretenen Individuen steuern im Kollisionskurs aufeinander zu, wenn es gut ausgeht, taumeln sie aneinander vorbei. Wenn nicht, reißen sie sich in die Tiefe. Jeder für sich wie verloren im Meteoritenschauer.

Jan und Lilith tauchen im Licht der Blitze auf, Schweiß auf den Wangen, den Armrücken. Sie bewegen sich im Rhythmus, im Hintergrund leuchtet die Leinwand blutrot. Ein Zombie-SS-Offizier mit zerfetztem Kiefer kniet vor einem Jungen und wühlt in seinen Eingeweiden. Der Junge lebt noch, seine Augen sind starr aufgerissen, er möchte etwas sagen, stößt bloß Blut hervor. Der Zombie zieht an den Eingeweiden und wickelt sie wie einen Strick um seinen Hals. Der Junge röchelt. Aus dem

Wald tauchen noch mehr Zombies auf, fallen über den Jungen her und ziehen so lange an seinen Gliedmaßen, bis er gevierteilt daliegt. Die Zombies tragen die Beine und Arme davon. Als wären sie Trophäen.

»Übler Scheiß!« Matzes Atem riecht noch schlimmer als am Anfang, seine Augen schielen leicht, auf der Schulter Schuppenflocken. Er ist das ekligste Wesen im Umkreis von 20 Kilometern.

Till langt an seinen Hosenbund, formt die Finger zu einer Pistole, legt sie an Matzes Schläfe, drückt ab: »Klick.«

Die Bierflaschen aus der Badewanne sind aufgebraucht, das Wasser abgelassen. Der Spiegel ist vor lauter Etiketten nicht mehr zu sehen. Der Boden voller Flaschen und Cremetuben. In der Badewanne liegt ein Mädchen, auf dem Rand der Badewanne sitzt Liliths Anhang. Der eine streicht dem Mädchen den Hals entlang, der andere zerbröselt ein weißes Pulver auf einer CD-Hülle. Mit einer Kunden-Bonuskarte hackt er das Pulver klein, formt elegant drei gleich lange Linien. Aus einer Schatulle holt er ein Röhrchen, hält es an das linke Nasenloch und saugt über die CD-Hülle. Das Mädchen in der Wanne hat die Augen geschlossen. Das Trägerhemd ist weit über ihre Brüste gerutscht. Sie hat kleine, stramme Brüste, die Nippel stehen steif ab. Für einen kurzen Augenblick meint Till, Kim vor sich zu haben. Dann stellt das Bild wieder scharf, sieht er, wie der eine dem anderen CD-Hülle und Röhrchen reicht und die Brüste des Mädchens kräftig zu kneten beginnt. Dabei zieht er ihr das Trägerhemd gänzlich herunter. Das Mädchen windet sich wie unter dem Einfluss unruhiger Träume, sie versucht, etwas zu sagen, bewegt die Lippen, aber bringt keinen Laut hervor.

Till hört das Sauggeräusch, wie das Röhrchen über die Plastikoberfläche streift und fest daran gesogen wird.

»Willst du mal?«

Till schüttelt den Kopf. Trotzdem nimmt er auf dem Wannenrand Platz, streichelt den Oberarm des Mädchens. Gänsehaut überzieht seinen ganzen Körper.

»Komm, spiel richtig mit!« Der Unbekannte nimmt die Brüste in die Hände und schüttelt sie hin und her, als wären es Euter. Er zieht dem Mädchen das Hemd bis zum Bauchnabel herunter und öffnet ihre Gürtelschnalle. Ein trockenes Knacken, die Unbekannten lachen. Till platziert die CD-Hülle auf seinem Schoß. Das Mädchen ist bemüht, die Augen zu öffnen, kommt aber nicht gegen die Schwere ihrer Augenlider an. Till nimmt das Röhrchen zwischen die Finger und fährt mit der Nase dicht über die CD-Hülle, liest: *Open Door*. Der Unbekannte öffnet den obersten Hosenknopf und fährt dem Mädchen mit einer Hand in den Slip. »Rasiert«, sagt er.

Till springt auf, Blut pumpt in seinen Kopf, es ist ihm um viele Grade wärmer, die Unbekannten lachen metallisch. Das Mädchen ist nackt, in ihrer Scheide steckt eine Cremetube. Till schlüpft aus dem Bad und stolpert über den im Gang liegenden Wurst, der sich den an wenigen Hautfetzen baumelnden Mittelfinger hält. Blut überall. Das Wohnzimmer platzt aus allen Nähten, Schweiß tropft von der Decke auf die Körper, alle paar Meter stößt Till mit jemandem zusammen, ein Knistern, als würden sich die aufgeheizten Körper wie im Raum kollidierende Kugelblitze aneinander entladen. In der Hand hält er Smartphones, die ihm in Zeitlupe aus der Hand fallen, aber Stunden brauchen, um von den Füßen zertrampelt zu werden. Da taucht vor ihm Liliths schmale Hüfte auf, ihre strahlenden, grünstichigen Augen, die von Sekunde zu Sekunde höher werdende Stirn, die Arme in einem fließenden Auf und Ab. Er steht dicht vor ihr, beinahe Mund an Mund, kann ihren säuerlichen

Atem riechen. Sie fasst ihn an, er umgreift ihre Hüfte. Jan steht regungslos daneben, schaut zu, wie sie ihm über die Hand streichelt, seinen Finger nimmt und tief in ihren Rachen steckt. Um die beiden schließen sich die Körper eng zusammen, aus den Boxen vibriert eine verzerrte Stimme bis tief in die Körper der Umstehenden. Till singt lautstark mit. »Dein Spanisch tropft wie Honig aus deinem Maul!«, sagt Lilith euphorisch. – »Es ist schön, wie du Maul sagst, das mag ich.« Till drückt Jan seine Bierflasche in die Hand, packt Lilith an der Hand und zieht sie durch die Tanzenden zur Treppe.

Zwei, drei Meter vor ihm nimmt Lilith Stufe um Stufe, ihr Po wiegt hin und her. Sie passieren auf den Treppenstufen kauernde, übereinanderhängende Paare, die es nicht in eines der Zimmer geschafft haben. Ihm pumpt das Blut weiter in alle Körperteile. Till stößt eine Tür auf und schubst sie auf das Bett. Während sie sich umständlich entkleidet, starrt Till auf kurze, karierte Pfadfinderinnenröcke.

6

Brennende Augen, ein Stich in der Brust, Haare an der Haut klebend, vor mir die spiegelnde Keramikschüssel. Meine Finger verkrampfen um den Toilettenrand, als fürchtete mein Körper, ich könnte einen steilen Hang hinabrutschen, im Wasser drehen sich grobkörnige Klumpen und Schlieren um ein imaginäres Zentrum. Es riecht nach Kaffee, der Magen hängt mir bis zum Boden, mein Blick ist wie mit Karamell lasiert. Mit dem Warten auf das befreiende Erbrechen treiben auch die Bilder von der Party wieder an die Oberfläche. Ich sträube mich dagegen, dennoch sehe ich mich durch den dunklen Garten der Reicherts staksen, ich weiß nicht, was es ist, das mich da treibt. Ich pisse eine Acht ins Forsythienbeet, vor dem Teich steht Wurst, den Penis in der Hand. Es plätschert, irgendwas steigt bei diesem Geräusch in mir auf, so dass ich schneller als er den Reißverschluss hochziehe und ihn von hinten wuchtig in den Rücken trete. Das Platschen und Schreien höre ich schon nicht mehr. Ich taste nach der Spülung, ein Strudel verschlingt den Magenschleim. Der Magen wird sich hoffentlich weitere Male entleeren, im Wohnzimmer Sonntagsbrunch, bei mir pochende Kopfschmerzen. Das ist Leben, denke ich mir, leer und vergiftet herumstehen, sich gar nicht mal schlecht fühlen. Nur etwas sinnlos. Ich fülle das Waschbecken mit Wasser und tunke das Gesicht hinein, spüle den Mund, pruste durch die Nase. Im Spiegelbild sehe ich Tränen herunterrinnen. Die Zigarette glimmt noch in der Seifenschale, ich versuche einen Zug. Wieder dieses Stechen, dazu säuerlich aufstoßende Übelkeit. Ich krempele mir das T-Shirt hoch und überprüfe die violett gefärbte Partie – beim Drücken ein dunkler Schmerz. Das Mädchen hatte einmal wild um sich geschlagen, als sie die Tube zwischen ihren Beinen spürte. Ich sehe Hände, die sie festhalten, ich weiß nicht, ob es meine sind, ob ich auch bei ihr ein- und ausfahre. Ein Zug an der Zigarette schmeckt nach verbrannter Erde, lässt mich husten, weil ich mich am Raucherdklumpen verschluckt habe, röcheln, weil der Klumpen die Luftröhre verstopft, vor die Schüssel knien und den Mund weit aufsperren, weil mir nichts anderes übrig bleibt. Wie ein Hund, der zu viel Gras gefressen hat und nun würgen muss, bis die Vergiftung ausgespien ist. Aber es kommt einfach nichts mehr. Ich sehe, wie Jan da unten im Wohnzimmer steht und uns hinterherwinkt. Winkt er wirklich? In der nächsten Einstellung schon reitet das Mädchen auf mir, in der übernächsten bereits steht Jan in der Tür, es ist sein Zimmer, und er winkt und winkt. Oder scheucht er mich fort? Ich höre aber nicht auf, drehe das Mädchen auf die Knie. Es ist Lilith. Er winkt und ich höre nicht auf – ich höre einfach nicht auf! Er applaudiert nun hämisch, er muss mich zutiefst hassen, es ist ja nicht das erste Mal. Aber ich kann einfach nicht aufhören, wir sind kurz vor dem Höhepunkt. Mein Kopf ist nur noch von dem einen Gedanken besessen, alles andere zählt nicht, ich bin ausgeschaltet, da berührt seine Hand meinen Rücken – und alles bricht aus mir heraus, schwallartig, ein Gallestrom, und plätschert tosend ins Wasser. Die Anspannung löst sich, die Zigarette fällt auf die Kacheln. Diesmal ganze Tränenströme im Spiegelbild, ich halte mich am Waschbecken fest, reibe mir mit den Handballen die Augen. Da steht er, Vater, grinst breit und hält mir eine seiner hochpotenzierten Tinkturen unter die Nase. Ich bin schon mal froh, dass es nicht Jan ist. Den Inhalt kippe ich in einer Bewegung hinunter, er schmeckt bitter, hinterlässt ein pelziges Gefühl auf meiner Zunge. Hinter mir ziehe ich die Zimmertür zu und sinke auf die Matratze. Ich bin eine Gefahr, das ist mir seit gestern klar. Wer nicht weiß, was er auf dieser Welt soll, ist zu allem bereit.

Seit langem schon ist es dunkel. Vereinzelt durchbrechen Lastwagen die Stille. Vor knapp 48 Stunden habe ich das Zimmer zum letzten Mal verlassen. Ich habe mich den ganzen Tag kaum bewegt, habe mich nur in Notfällen von der Matratze aufgerichtet. Vom vielen Liegen schmerzen meine Arme und Beine. Bin ich aber einmal auf den Füßen, spüre ich, wie mein Gehirn besser durchblutet wird, spüre den frischen Sauerstoff, wie das Denken angekurbelt wird und plötzlich Welten zwischen mir und dem Einschlafen liegen. Ich muss mich irgendwie beschäftigen. Wenn ich nicht mit dem *Tapferen Sniperlein* das *V2-Raketen-Szenario* spiele, laufe ich im Kreis über die Kreidemarkierungen, die mich an das Vorhaben, irgendwann ein anderer zu sein, erinnern, an all die Leerstellen in meinem Zimmer und die in meinem Kopf. Bevor ich nicht weiß, wie ich sie ausfüllen soll, kann ich nicht wieder rausgehen.

Tag 3. Heute ist es früh dunkel geworden. Ich habe das Fenster gekippt, um nicht mehr nur meine Ausdünstungen dreier Tage einatmen zu müssen. Ich stehe am Fenster und puste den Qualm durch den Spalt. Das Rauchen rhythmisiert meinen Tagesablauf. Es ist wie eine Uhr, die zu jeder vollen Stunde schlägt. Das ist die 26. Zigarette heute. Die erste habe ich noch liegend geraucht, die zweite bereits ins Terrarium geascht. Jan hat sich noch nicht bei mir gemeldet, auch Kim ist verschollen, hat nicht auf meinen Brief reagiert.

Tagsüber bewege ich mich kaum. Einmal bin ich raus, wegen des Proviants und der Toilettengänge. Ich versuche jede Begegnung zu vermeiden. Im Gang traf ich Vater, gerade von der Praxis zurück. Wir blieben voreinander stehen, unsere Körpergerüche vermengten sich zu dem, was man Familie nennt. Seine Augen musterten mich von oben bis unten, als wäre ich eine seiner nackten Patientinnen. Er braucht abends immer eine Weile, bis er diesen Blick ablegt. »Junge«, sagte er, »Sauerstoff nicht vergessen.«

Ich habe mich nicht weiter um ihn gekümmert, bin ins Bad, dann in die Küche. Vater wird schnell langweilig, das ist sein Naturell. Deswegen betrachtet er so obsessiv Gesichtszüge: um diese Leere irgendwie auszufüllen; er scannt Körperpartien nach charakterbildenden Furchen und Kanten, für deren Freilegung sein Handwerk sich erst eigentlich lohnt. Die Entwicklung des Menschen teilt er in Siebenjahresschritte ein, wobei am Ende eines jeden Jahrsiebts eine massive Veränderung eintreten soll. Er ist bestimmt der einzige Arzt seines Fachs, der auf dieser Grundlage Diagnosen stellt und danach chirurgische Eingriffe plant. Es ist das besondere und individuelle Ich, nach dem er sucht. Das bekräftigt er auch so vor Mutters Freundinnen in ihren wallenden Gewändern. Die erschrecken in solchen Situationen natürlich, drehen panisch ihre Hälse hin und her, um nicht den Gespenstern Falten und Cellulitis in die Augen schauen zu müssen. Schlimmer noch: weil sie von ihm erfahren haben, dass Verschlackung von untätigem Herumsitzen komme und das wiederum unweigerlich kraterähnliche Cellulitis und rasche Alterung der Haut zur Folge habe. Und so bestürmen sie ihn, den Arzt mit den markanten Zügen, und bitten um seine legendären Tegetmeyer-Tinkturen, zur Linderung von Tränensäcken und zur Optimierung des Charakters eigens entwickelt. Und schon ist die Langeweile für einen Moment verflogen.

Solange ich an die glücklichen Gesichter denke, die seine Praxis verlassen, kann ich nicht sagen, ob er mit seinen Theorien recht oder unrecht hat. Wenigstens lassen sie das, was er tut, sinnvoll erscheinen.

Die Straße ist menschenleer, aber weiter von der Straßenlaterne scharf ausgeleuchtet. Bis auf die Fenster von Karls Wohnung sind die der umliegenden Wohnungen dunkel. Bei ihm aber flackert es wie jede Nacht in unterkühlten Blautönen. Ab und zu sehe ich seine von Tag zu Tag unförmigere Silhouette durchs Zimmer huschen, vom Fernseher zum Regal, vom Regal zum kahlen Fenstersims. Er hat keine Blumen, die er gießen könnte. Wenn unsere Blicke sich treffen, zünden wir uns Zigaretten an. Er raucht stets schneller als ich, kippt dann das Fenster als Erster, schnippt den Stummel durch den Spalt in Richtung Blumenkasten. Er trifft. Ich bewundere ihn dafür. Dann schleppt er sich in die Tiefe des Raums zurück und lässt sich in den Sessel fallen. Ich kann nur erraten, dass es ein Sessel ist, denn wenn er sich fallen lässt, taucht er unter meinem Sichtfeld ab, legt sich flach in sein Grab.

Am 5. Tag habe ich das Gleiche gemacht wie gestern, und gestern das Gleiche wie vorgestern: essen, trinken, spielen, im Kreis laufen, Karl observieren, vor Anna-Maries Tür stehen.

Es ist spät. Tiefschlafphase. Vor einigen Stunden schon hat sie ihren Status zum letzten Mal aktualisiert. Ohne zu klopfen trete ich in ihr Zimmer ein. Da liegt sie: Anna-Marie, und schnauft. Die Bettdecke bis zur Nase gezogen, die Arme über der Brust gekreuzt. Sie friert schnell, fehlende Fettreserven. Ihr Gesicht ist wie aus einem Guss, unter der straffen, ebenen Haut bewegen sich feine Muskelstränge, ich sehe, wie ihre Augäpfel hin- und herrollen. Sie träume nicht mehr, sagt sie, seit Jahren nicht. Das liege an der Glotze und all den Internet-Verpflichtungen, sagt Vater, das sauge alle Träume auf. Der Fernseher am Fußende auf einem Schränkchen thronend, der Tablet-Computer auf dem Schreibtisch in Griffnähe. Die Stand-by-Lichter der Geräte pulsieren unruhig, die Bildschirme reflektieren ihr

Zimmer dunkel getönt. Am liebsten würde ich sie packen, auf den Boden stoßen und zertreten.

Auf dem Nachtschrank findet sich neben Magazinen, alten, zusammengeknüllten Kassenbons und Kaugummipapieren das Foto von uns beiden: Bruder und Schwester, in schlichter Rahmung. Wir sitzen auf der Rückbank des Autos dicht beieinander, durch die Heckscheibe zu erkennen: eine schmale, zerklüftete Straße, flankiert vom Grün des Urwalds. Sie hat ein weißes, ich ein blaues Polo-Shirt an. Ich trage Vaters Strohhut, sie Mutters Pagenkopf. Ich spiele Großgrundbesitzer und lege den Arm um sie. Sie reicht mir gerade mal bis zur Schulter und macht eine verschmitzte Grimasse in die Kamera, ihre Augen strahlen, sie streckt die Zunge raus.

Plötzlich schnappt sie nach Luft und zuckt, so dass die Decke Falten wirft. Ich streiche sie wieder glatt, und als beruhige sie das, fällt sie ins gleichmäßige Schnaufen zurück. Vielleicht wird sie im Traum von unsichtbaren Händen unter Wasser gedrückt; diese Vorstellung hatte sie früher häufig: sie als das kleine Mädchen mit dem Erste-Hilfe-Köfferchen unter einer Oberfläche wie aus Milchglas, die sie nicht durchbrechen kann. Als wäre sie unter eine Glaskuppel gesperrt, die sie abtrennt vom Leben, sie isoliert von mir, der ich Vaters Arbeitsplatz mit Bleistiftgeschossen torpediere, bis er mir durch die ganze Wohnung nachjagt, mich – liebevoll, wie er sagt – zur Strecke bringt und verwundet; da liege ich nach Vaters Rache schwer verletzt und rufe nach ihr um Hilfe. Aber eine unsichtbare Macht hält sie fest, nimmt ihr die Luft, bis sie kurz vor dem Ersticken die Augen aufschlägt und stoßartig atmet.

»Hallo«, sage ich.

Sie wischt sich den Schlaf aus den Augenwinkeln. Für einen kurzen Moment sieht sie wie früher aus, schaut sie mich aus glasigen Augen liebevoll an. Dann passiert etwas mit ihr, schlägt ihr Ausdruck ins Gegenteil um, und ich beeile mich, schnell selbst zu sagen: »Ich gehe ja schon«, springe auf und lasse sie alleine zurück.

Lange sitze ich vor dem Bildschirm und hoffe, dass sie wenigstens in Form einer verschlüsselten Statusmeldung auf mich reagiert.

Selbst am 7. Tag in Folge lassen sie mich in Ruhe. Ich wache morgens auf und habe sie schon für Augenblicke ganz vergessen. Wenn alle verschwunden sind, hole ich mir Tretters Croissants aus der Küche. Schoko- oder Nougatcreme. Damit decke ich mich für den Tag ein. Ich frühstücke zwei Croissants nacheinander und schlafe gleich weiter.

Seit sieben Tagen bin ich nicht mehr aus dem Haus gegangen und halte mich an meine feste Regel, das Zimmer lediglich einmal am Tag zu verlassen. Ich konzentriere mich auf das Wesentliche, um meine bislang nur geringen Kraftreserven nicht unnötig zu verbrauchen. Während einer einzigen Tour besorge ich Essen, wasche mich und gehe auf die Toilette. Es fehlt mir noch an einer Methode, diese Versorgungsausflüge abzustellen. Im Grunde bräuchte ich einen Zulieferer, der alle paar Tage an meinem Zimmer andockt und die Lebensenergiespeicher auffüllt. Und doch: Ich bin stolz, seit sieben Tagen niemanden in Anspruch genommen zu haben.

Am 8. und 9. Tag habe ich nichts anderes gemacht, als ausgestreckt auf dem Boden zu liegen und die Sonne über meinen Körper wandern zu lassen. Sie erscheint links in der Straßenschlucht und fällt gespalten durch die Erkerfenster. So langsam, dass das ungeübte Auge die einzelnen Schritte der Bewegung nie wahrnehmen könnte, wandert das Strahlenraster über den Boden, trifft irgendwann auf den Rand der Matratze. Mein

Indikator für den Mittagspausenanfang – Banker in dunklen Mänteln und steifen Krägen, Verwaltungsbeamte in speckigen Lederjacken und zu kleinen Mützen formieren eine Schlange vor dem Döner gegenüber, bestellen ohne Zwiebel und mit Kräutersoße, Schüler in normiert individuellen Outfits und Eroberungsgestik ordern Tretters belegte Baguettes und Pizzaschnitten. Wenig später schon ruht die Sonne genau über dem Karl-Haus, brechen ihre Strahlen durch den Qualm meiner unzähligen Entspannungszigaretten, bis sie schließlich auf der anderen Seite hinunterkippt und den nutzlosen Tagesrest einläutet.

Ich begnüge mich zu Mittag mit den Croissantresten. Während ich verdaue und weiterdöse, wandert die Sonne über meine geschlossenen Augen und erzeugt eine orangefarbene, mit knisternden Punkten übersäte Fläche. Jetzt ist es Zeit, dass sie langsam nach Hause kommen. Zuerst Mutter – ich höre sie den Mantel über den Kleiderständer werfen, die Schuhe gegen die Pantoffeln tauschen, höre, wie sie die Flügeltüren ineinander verhakt. Das Sofa im Wohnzimmer ist ihr Rückzugsort, bevor Vater nach Hause kommt, bevor – wie beinahe jeden zweiten Tag – Gäste kommen, bevor Anna-Marie ihre Freundinnen mitbringt, die wiederum ihre Freundinnen mitbringen. Innerhalb eines Wimpernschlags ist Trubel in der Wohnung, der mich sofort belebt und von der Matratze aufschrecken lässt. Ich drehe die Musik laut auf und setze mich an den Schreibtisch. Ein kindischer Krach. Ich kann das nicht erklären. Tagsüber, wenn keiner da ist, bin ich so stumm wie die Wände um mich herum, die Straßengeräusche plätschern träge an die Außenwand meiner Box. Ich bewege mich nicht, und wenn ich mich bewege, wenn ich ins Bad schleiche, wie heute, mich und das verwahrloste Terrarium wasche, sogar da gehe ich auf Zehenspitzen. Aber lässt Anna-Marie Musik laufen, werden Vater und Mutter lauter oder wuseln Gäste zwischen den Zimmern hin und her, signalisiere ich entgegen all meinen Vorsätzen, dass es mich auch noch gibt.

Mutter hat kurz geklopft und gesagt, es gebe Abendessen. Wenn ich mein Ohr an das Türblatt presse, kann ich sie atmen hören. Ich stehe dort eine Weile, wie auch die letzten Tage schon. Es ist ein komisches Gefühl, zu wissen, dass sie ohne mich um den Tisch herum sitzen, mein Platz erst einmal leer bleiben wird. Auf die Markierung *Couch* habe ich das Terrarium gestellt. Das Wasser ist abgeperlt und hat eine beachtliche Lache gebildet.

Tag 10 und 11 über habe ich mir überlegt, was ich mit der frischen Wäsche anstellen könnte. Denn wer nicht am Esstisch sitzt, habe ich beschlossen, braucht auch nicht den Familien-Wäscheständer in Anspruch zu nehmen. Also warte ich im Wirtschaftsraum den Schleudergang ab, nehme dann die Wäsche aus der Trommel und trage sie in mein Zimmer. Ich schüttele die einzelnen Stücke aus, wie es Mutter macht, um Falten zu vermeiden, und hänge sie behutsam an die Leine. Ich habe Haken in zwei gegenüberliegende Ecken meines Zimmers geschlagen und die Leine daran befestigt. Über der Matratze hängt sie am bauchigsten durch, auch dann, wenn sie nicht behängt ist. In anderen Ländern ist es ganz normal, eine Wäscheleine in der Wohnung gespannt zu haben. In Italien spielt das halbe Leben unter Wäscheleinen. Ich habe also ein kleines Italien hier.

Den Geruch nasser Wäsche mag ich sehr. In ihm schlummert die Erinnerung, wie Anna-Marie und ich früher stundenlang um den Wäscheständer herum kauerten, den Hemden und Hosen, Socken und Handtüchern beim Austropfen zusahen und uns vorstellten, wie schön es wäre, wenn man sich zwar waschen oder im Meer baden müsste, aber man dann von selbst trocknete, ohne lästig abgerubbelt zu werden. Man würde einfach in der Sonne mit einem Capri-Eis darauf warten. Wenn das Eis heruntergeschleckt wäre, könnten auch T-Shirt und Hose wieder angezogen werden.

Seit der Party gehen draußen bis auf Ausnahmen an wenigen Tagen spätwinterliche Graustufen ineinander über. Für mich ein Anlass mehr, im Zimmer zu bleiben. Und anscheinend auch für Menschen wie Karl, der seine Zigarettenration Tag für Tag erhöht, sich am Haaransatz kratzt, meinen Blick meidet, wenn ich auch am Fenster stehe. Ich weiß nicht, was in ihn gefahren ist. Verwundert hat er gewirkt, als dieser drahtige Tegetmeyer von gegenüber sich plötzlich mit einem Bohrer in der Hand auf den Stuhl stellte, Löcher in die Wand bohrte, der Wand Dübel, später Schrauben mit Haken verpasste und die Leine aufspannte. Was wird dieser Tegetmeyer-Junge mit dem Terrarium anfangen, wird sich Karl gefragt haben. Der Tegetmeyer-Junge wusste darauf keine Antwort, nahm eines der Bücher aus dem letzten verbliebenen Regal, blätterte auf der Suche nach einer Antwort darin herum. Ist er so minderbemittelt, fragte sich Karl, dass er meint, Lesen könne ihm weiterhelfen? Karl beobachtete, wie der Tegetmeyer-Junge das Buch zurückstellte, in einem anderen las, auch das zurückstellte, und wieder und wieder zu einem neuen Buch griff, bis er alle durchhatte. Da lachte Karl. Da packte der Tegetmeyer-Junge das Regal an den Hörnern, zerrte es zu Boden und riss ihm die Eingeweide aus dem Leib. Da lachte Karl nicht mehr. Der Tegetmeyer-Junge stapelte die Bücher-Eingeweide auf einen Haufen und schleuderte das Regalgerippe in den Flur. Zurück im Zimmer nahm er den Stift und schrieb *Bücher, Bücher, Bücher* an die Wand. Da klatschte Karl anerkennend.

13. Tag. Seit heute bin ich offiziell krank. Das war nicht mein Einfall. Das kam von ganz alleine.

Ein unspektakulärer Sonntagmorgen, draußen nieselte es in sachten Schlägen auf den Fenstersims, in der Wohnung hörte ich, wie die anderen den Tag begannen. Ich lag mit geschlossenen Augen da und rief mir das letzte Mal in Erinnerung, das Kim und ich nebeneinanderlagen. Es muss gewesen sein, als ich noch zur Schule ging. Sie lag hinter mir und umklammerte mich so fest, dass ich kaum mehr Luft bekam. Ich spürte ihre Nippel anschwellen, sie küsste meinen Nacken. Wie in einem Film, der aus ewig langen Aufnahmen noch der kleinsten Details besteht, hatten wir uns in unseren Anfängen langsam an den anderen herangetastet. Die ersten Tage spielten wir nur mit den Fingerkuppen, drückten die Handballen gegeneinander, zogen Lebens-, Schicksals- und Herzlinie nach. So ergründeten wir nach und nach jeden Winkel des anderen Körpers. Während sie sich mit meinem Nacken vertraut machte, schlief ich ein, und als ich die Augen wieder öffnete, da war es Morgen, da sah ich sie vom Bett aus in ihrem alten Sessel sitzen, wie sie die Füße an den Körper herangezogen hatte, die Muskeln angespannt. Wie sie auf winzige Pappkartons zeichnete, ein feiner Strich auch zwischen ihren Beinen, die Hüfte schmal und weich, die Haare in alle Richtungen abstehend. Als sie meine geöffneten Augen sah, drückte sie den Kohlestift noch eifriger und konzentrierter aufs Papier. Bis ich aufstand und sie an der Hand zurück ins Bett führte. Und beim Aufstehen nicht mehr vertuschen konnte, was ich wollte: sie zurechtlegen, in sie eindringen. Von Tag zu Tag, so wie der Wasserpegel in einem Gefäß ansteigt, das tröpfchenweise gefüllt wird, wird mein Wunsch größer, wieder mit ihr zu sein, für wenige Minuten zu vergessen, wie weit ich sie von mir gestoßen habe. Irgendwann läuft auch dieses Gefäß über.

Diese Bilder zogen durch meinen Kopf, als sich die Tür schlagartig öffnete. Ich hatte nicht abgeschlossen, konnte gerade noch die Decke über den Bauch ziehen und blinzelte zur Tür.

Natürlich war es Mutter. Sie sagte etwas wie: »Frühstück ist fertig!«, obwohl sie genau wusste, dass ich an einer gemeinsamen Mahlzeit keinerlei Interesse hatte. »Komm, Junge«, sagte sie und blickte im Zimmer umher, ohne sich merklich an den Veränderungen zu stören, »willst du dich nicht wieder dazusetzen?« Ich konnte sie im grellen Gegenlicht, das aus dem Gang ins Zimmer fiel, kaum sehen und überlegte mir mit zusammengekniffenen Augen eine Antwort, die mir Zeit verschaffen könnte. Als ich etwas sagen wollte, löste sich plötzlich ein Schleimklumpen in meinem Hals und schoss mir mit den ersten Worten in den Mundraum. Ich klang wie verschnupft und heiser, kaum verständlich. Mutter blieb im Türrahmen stehen, schaute besorgt. Ich schluckte den Schleim herunter, hüstelte ein wenig, und sie sagte: »Du bist ja krank!«, kniete sich neben mich und legte den Handrücken auf meine Stirn. »Fieber, eindeutig Fieber«, sagte sie. Ich hustete, sie betrachtete skeptisch die Wäscheleine und auch die Stelle, an der einst die Couch gestanden hatte, und blickte lange auf die von Büchern befreite Wand. Sie richtete mich auf und klopfte mir auf den Rücken. Dann drückte sie mich zurück auf die Matratze, zog mir die Decke bis knapp unters Kinn und verschwand aus dem Zimmer. Von diesem Zeitpunkt an war ich offiziell krankgeschrieben.

Vater brachte mir später eine Kanne Kamillentee ans Krankenbett, sagte nichts, schaute mich bloß bekümmert an, setzte die Kanne neben meinem Kopf ab, verließ das Zimmer und kam mit einem hölzernen Schemel zurück, der als Krankentisch diente. Bevor er zum zweiten Mal ging, kramte er aus der Tasche seine Arnika-Kügelchen hervor, die ich vor seinen Augen lutschen musste.

Als Nächstes besuchte mich Anna-Marie. Beinahe hätte ich sie nicht wiedererkannt, sie schien mir um wenigstens zehn Zentimeter gewachsen, wenn sie so weitermachte, dachte ich, müsste sie bald auf ihren Lieblingsbruder herunterschauen. Dann erst bemerkte ich ihre hohen Schuhe, wunderte mich aber, warum sie diese in der Wohnung fernab aller Verehrer trug. Bei dem Gedanken, glaube ich, musste ich lächeln. Auch sie lächelte, so strahlend hell, dass es in den Augen weh tat. Doch dann kippte wieder ihre Mimik – als hätte ich ihr etwas angetan, schaute sie sich recht teilnahmslos im Zimmer um, begutachtete die Wäscheleine, die Zeichen, die Inschriften am Boden und zuletzt ihren kranken Bruder. »Was ist denn mit dir?«, fragte sie. – »Ich bin krank«, sagte ich. – »Ich meine, was ist das für ein Scheiß hier.« – »Er ist krank«, sagte Mutter, die wieder im Türrahmen stand, den Grießbrei in der Hand.

Heute ist Tag 16. Seit drei Tagen löffele ich Grießbrei im Uhrzeigersinn. Neben Brokkoli ist das mein absolutes Lieblingsgericht. Schicht für Schicht, bis mich Goofy vom Tellerboden her anlächelt. Seitdem ich krank bin, gibt es Grießbrei zum Frühstück und auch sonst alles, was ich möchte, heiße Schokolade zum Beispiel, weil Mutter meine Zweifel am Nutzen von Tee kennt. Vater möchte natürlich, dass ich seine Teemischungen trinke. Ich sage: Ich lutsche deine Pillen, wenn du mich mit dem Tee in Ruhe lässt. Damit ist er einverstanden, die Sporttasche geschultert, zum Golf entlassen.

Zum Mittagessen gibt es weitere Lieblingsgerichte, Mutter hat dafür ihren Arbeitsplan umgestellt. Ihr *SchauRaum* für ästhetische, aber gänzlich unpraktische Möbelstücke liegt fußläufig von hier. Wenn ich sie kommen höre, lege ich mich schnell unter die Decke und hole den *Fokus Chemie* unter dem Kopfkissen hervor, das einzige Buch, das überlebt hat. Ich lese konzentriert und kräusele demonstrativ die Stirn. Mutter kommt kurz herein, lüftet durch, schiebt einen einsamen Nachtschrank in die Ecke, fragt nach meinem Zustand. »Ich kann wieder rauchen«, sage ich. Sie überlegt eine Weile. Mutter hofft dann, ich würde es ihr vormachen, mich mit ihr zusammen ans Fenster stellen. Den Gefallen tue ich ihr aber nicht.

Gestern, vorgestern und heute habe ich mich doch erbarmt und eine Zigarette mit Mutter geraucht. Ein Geben und Nehmen. Zu Vater pflege ich eine andere Beziehung. Er diagnostiziert und ich widerspreche. Er sagt: »todkrank«, und meint mein Bewegungspensum. – »Eine kümmerliche Einschätzung«, erwidere ich, weil er sonst originellere Einfälle hat. – »Wie ein angefahrenes Reh«, ergänzt er. Ich sage: »Die Ruhe vor dem Sturm.« – Er sagt: »Das Herz des Rehs wird zuerst ruhig schlagen, so wenig Kraftreserven wie möglich verbrauchen. Im entscheidenden Moment wird es aufbrausen, um noch die letzten Sauerstoffbläschen ins benebelte Gehirn zu pumpen. Rasante Taktzahl, bis der letzte Atem den lädierten Körper verlässt.« – »Na ja«, sage ich und kratze mich unter der Achsel. – »Pneuma«, sagt er und macht eine kreisrunde Bewegung in der Luft, die so etwas wie Seele symbolisieren soll. Schon besser.

Einmal pro Tag besucht der Vater seinen kranken Sohn. Eine alle Beteiligten beruhigende Routine. Abwechslung bietet das unter den Klamotten vergrabene Smartphone, sein permanentes Klingeln und Surren. Jan ruft seit kurzem wieder an, möchte mir bestimmt von den laufenden Prüfungen berichten und mir einreden, auch ich hätte das locker geschafft. Ich gehe nicht ran, ich sage nicht: »Es geht mir nicht ums Durchkommen, jeder Idiot kommt durch.« Das sage ich nicht. Vielleicht aber möchte er etwas zur Party sagen, vielleicht, dass ich mich danebenbenommen habe und mich doch entschuldigen solle. Ich habe meine Konsequenz daraus gezogen, könnte ich ihm entgegnen, falls er das noch nicht mitbekommen hat.

Mein Wille türmt sich meterhoch. Die knapp zwei Wochen

des Im-Zimmer-Bleibens zeigen ihre Wirkung. Auf Knopfdruck, egal wie penetrant Mutter vor meinem Zimmer auf und ab geht, kann ich mich aus meinem Körper herauskatapultieren und über der Welt schweben. Von dort habe ich eine grandiose Sicht auf die Dinge, Jan würde mich darum beneiden, denn unter mir breiten sich in klaren Strukturen die Umrisse und Besonderheiten der Gebäude ringsum aus, ohne Mühe sehe ich die Leerstellen, sehe, wo man etwas abtragen müsste, um Platz für Neues zu schaffen. Andere Beschäftigungen brauche ich erst einmal nicht. Ich muss nicht tausend Menschen meine Freunde nennen, muss nicht noch hoch oben auf dem Kilimandscharo für jedermann erreichbar sein. Lieber schule ich meine Wahrnehmung und schäle dabei eine Mandarine.

Wenn ich sehr wach und klar bin, spüre ich die Zeit, wie sie mich umspült und mit sich fortreißt. Man muss nur lange genug still sitzen, schon fühlt man die Haare wachsen. Nicht monatlich einen bis zwei Zentimeter – ich fühle jeden einzelnen Stoß, das ewige Nach-vorne-Treiben, dieses pflanzliche Nicht-anders-Können. Ich treibe aus wie ein Zwiebelknospe, auch wenn die Zwiebel schon längst von einer schrumpeligen Hand aus der Erde gerissen, ihre Wurzeln mit einer Hacke abgeschlagen wurden, steckt immer noch Kraft in ihr. Für die nächsten Wochen. Für Monate sogar. Nicht dass ich behaupten wollte, ich sei tot. Das ist einfach nur eine Metapher: Die Zwiebel, die Kraft. Und ich fühle mich kräftig, unabhängig. Ich bin nicht eine der hysterischen Freundinnen Anna-Maries, die schon ein leerer Akku aus der Fassung bringt. Ich könnte jeden Berg besteigen, wenn mich Berge interessieren würden. Und täglich könnte es ein noch höherer, ein noch schrofferer Berg sein.

Tag 22 ist ein Computerspieltag. 24/7. Die Anrufe ignoriere ich weiterhin stoisch. Immer wieder blinken Gesichter auf, um weggedrückt zu werden. Matze ist zum Spammer mutiert. Stündlich schickt er mir Freundschaftsanfragen. Jan und Kim versuchen manchmal im Minutentakt durchzukommen. Gerne würde ich mit Kim sprechen. Aber was sollte ich zu ihr sagen? Dass sie sich noch gedulden muss, dass ich noch nichts erreicht habe, dass ich noch an einer Welt für uns bastele?

Ich bewege die Mouse, logge mich in den 43312212.54-Server. Ich habe angefangen, bei jedem Einloggen einen Strich an der Wand zu machen. Wie in Gefangenschaft, nur dass jeder Strich nicht einen verlorenen, sondern einen gewonnenen Tag bedeutet. Es ist der zwölfte Strich. Ich warte, der Ping ist schlecht. Wenn der Ping schlecht ist, dauert es ewig, bis das Spiel beginnt. Ich verliere schnell die Geduld und spüre die physische, sich in mir aufstauende Energie. Ich nehme die Mandarinenschalen und werfe sie ins Terrarium. Endlich bin ich eingeloggt, die Lüftung des Computers surrt angestrengt. Der Server scheint voll, es ist spät. Ich schaue mir die Liste der Spieler an und erkenne mehrere an Namen und Spielweise. Ein Spieler ist neu. Oder besser gesagt: eine Spielerin. Als wäre das Szenario ihr natürlicher Lebensraum, bewegt sie sich äußerst effizient und geräuschlos durch die Räume. Es ist, als wäre sie eins mit der Umgebung, mit jedem Schlupfwinkel, jedem noch so kleinen Pixel. In den Teamspeak schreibt sie: *Jeder Mensch vervielfacht sich im Spiel um den Faktor, den er sich vorstellen kann.* Alles, was sie sagt, trifft zu. Sie ist voll und ganz: unser *Girl No. 1*.

Ich grüße in die Runde, ich will nicht zu denen gehören, die kommen, mit keinem reden, ihre Runden spielen und spurlos wieder verschwinden. *Das Tapfere Sniperlein* und *Girl No. 1* belauern die Eingänge zum Innenhof. Sie spielen auf der Naziseite. Ich warte fast zwei Stunden im Beobachter-Modus und beäuge sie abwechselnd aus der Vogelperspektive.

Sic sind mit Abstand die Besten, nicht unbedingt weil sie

die meisten Spieler »ernten«, die meisten Kills verzeichnen, sondern weil sie niemals gleich spielen, zumindest erkenne ich noch kein Muster. Sie haben, anders als die anderen, keine Lieblingsecken, in denen sie immer ihre Zelte aufschlagen, um dem Gegner aufzulauern und ihn aus dem Hinterhalt umzuballern. Sie interessiert an dem Spiel etwas anderes als die simple Dominanz über den Gegner. Ihr Ziel scheint vielmehr die völlige Beherrschung des Spiels selbst, das heißt, aus jeder Position heraus bestmöglich reagieren zu können, jeden Vorteil eines jeden Verstecks zu durchschauen. Sie sind sogar in der Lage, ihre Gewehre durch fehlprogrammierte Wände oder Kisten zu stecken und zu schießen, ohne sich selbst der Gefahr auszusetzen, getroffen zu werden. Sie scheinen diese Welten sogar besser als die Programmierer zu kennen, und dem kann niemand etwas entgegensetzen. Das macht sie zu Helden.

Ich klicke mich dazu, möchte an ihrer Seite kämpfen. Wir sind zu fünft, die Alliierten zu sechst. *Apex, geh rüber*, schreibt *Das Tapfere Sniperlein*. Sie führen hoch, das sehe ich. Sie wollen, dass ich gegen sie spiele, sie verlangen nach mehr Gegnern, um ihre Überlegenheit auszugleichen. *Come on,* schreibt er, *change Teams!*

Gut, ich streife mir die olivgrüne Alliiertenuniform über und spiele bei den Amis, ungern. Ich werde in die Alliierten-Basis teleportiert, die anders als der betonierte Innenhof der Nazis grün bewaldet ist. *Hi Team*, schreibe ich und bekomme keine Reaktion. Ich schultere die Waffe, um mich schneller bewegen zu können, und laufe von der Basis bis in das Innere des Gebäudekomplexes. Mein Ziel ist es, die Rakete in die Luft zu jagen. *Das Tapfere Sniperlein* und *Girl No. 1* werden alles dafür tun, dass mir das nicht gelingt. Zuerst muss ich jedoch unbeschadet das Gebäude durchqueren: ein überdimensionaler Bunker mit etlichen Gängen, größeren und kleineren Lagerhallen, einer

Kommandozentrale, vielen Treppen und Abertausenden versteckt liegenden Winkeln. Nach wenigen Metern habe ich mich verlaufen. Ich irre weiter, nicht einmal mehr in der Hoffnung, die richtige Tür zum Innenhof und damit die Rakete zu finden, sondern lediglich, um irgendwie aus diesem Labyrinth herauszugelangen. Ich öffne Tür um Tür, durchquere eine Art Bücherei, meine Hände schwitzen, und schon sinke ich zu Boden, von einem Schuss getroffen, so abrupt, dass ich im ersten Moment nicht einmal verstehe, was passiert ist. Auf dem Bildschirm erscheint **_geerntet by Girl No. 1_**. – *Nice Shot,* tippe ich ins Textfeld und begebe mich wieder in den Beobachter-Modus, weil ich nicht erwarte, von dem kümmerlichen Alliiertenteam gerettet zu werden. Ich beobachte *Das Tapfere Sniperlein*, der elegant über ein Geländer balanciert, weil er dadurch schneller vorankommt. Ich schäle eine weitere Mandarine, werfe einen Teil der Schale ins Terrarium, nutze die übrige als Aschenbecher.

Der Computer simuliert ein Klingelgeräusch. Ich versuche konzentriert zu bleiben, betrachte aber kurz Kims Profilbild, das aus der Menüleiste in mein Spielfeld ploppt, bevor ich sie wegdrücke. Im nächsten Spiel schlage ich mich besser, verlangsame die Aktionen pro Minute, taste mich vorsichtiger durchs Szenario. Dann stehe ich *Girl No. 1* gegenüber, ich werfe mich hinter ein Ölfass, sie tänzelt zwischen einer Gruppe von Hubkränen hindurch. Ein paar ihrer Schüsse kann ich ausweichen und einige in ihre Richtung abfeuern: Streifschuss. Zu mehr Ertrag bin ich noch nicht fähig. Meine Bewegungen sind zu ungelenk. Nun versucht Kim es auf dem Handy, erscheint ihr Bild auf dem Display meines Smartphones und nimmt mir die nötige Konzentration. Wie ein überreifer Apfel werde ich von *Girl No. 1* geerntet.

Ich logge mich aus mit dem festen Vorsatz, besser zu werden. Zum Glück habe ich keine Mailbox eingerichtet. Das Smartphone vibriert und klingelt ein weiteres Mal: *Jan Reichert*, steht da, dazu seine gut gelaunte Mimik, ich werde das Ding bald aus dem Fenster werfen. Es ist doch spät, warum schläft denn keiner? Sind morgen nicht Prüfungen? Sollte Jan nicht von Baldriantropfen betäubt im Bett liegen, um fit für den großen Tag zu sein? Abermals eingeloggt. *hey, Apex,* schreibt *Das Tapfere Sniperlein, komm zu uns, wir haben dich beobachtet, du hast skill, brauchst aber ein gutes training, sonst kommste nicht weiter. willst du den silent shot lernen? damit wirst du quasi unsichtbar.*

Ich bin die fleischgewordene Langeweile. In den letzten Tagen habe ich es fertiggebracht, absolut nichts zu tun. Nicht mal *Medal of Honor* habe ich gespielt, obwohl sie mich in ihren Kreis aufgenommen haben. Gäbe es Frau König nicht, säße ich jetzt vor Ebenen im Raum, den Taschenrechner zur Linken, den Spickzettel im Mäppchen. Zur Rechten Jans golden behaarter Arm, vor mir Reihen angespannter Köpfe. Aber es gibt sie. Lässt sich daran etwas ändern? Und wollte ich daran etwas ändern? Frau König hatte etwas dagegen, dass dieser nette Junge, den sie Till nennen, zugelassen wird. Sie hat im muffigen Lehrerzimmer die Story verbreitet, er sei eine Gefahr. Sie redet von Menschen, als wären es Flipperautomaten. Als müsse man nur die Kugel mit den Flipper-Hebeln – benutze deinen Intellekt, Till! – im Spiel halten. So sei das Leben, sagt sie, man brauche Punkte, schlicht und ergreifend für all die Wünsche, die man habe. Doch der nette Junge scheine gar keine zu haben, sagt sie; man müsse ihn bloß leicht berühren, ihm falsch in der Sonne stehen, und er *tilt* aus. Das verbreitet sie so! Mein Name, mein Schicksal. Der Till *tilt* wieder! Sein Intellekt setzt aus, die Flipper-Hebel außer Kraft, die Kugel versackt im Loch des Vergessens. Sehr originell! Als wäre ich wirklich ein blöder Automat, den man bloß ungelenk anheben oder berühren müsste und schon rastete ich aus. *Till Kill.* Wegen dieser Prognose habe ich mich jetzt zu langweilen, während die anderen ihre Reife prüfen lassen. Aber es geht mir nicht um geladene Teilchen in homogenen Feldern. Es geht um Leben und Tod.

Was Neues hier: Vögel. Seit knapp vier Wochen musste ich nicht mehr auf die Straße. Ich bin gut drauf. Die Zugvögel verbreiten Umbruchsstimmung. Vielleicht liegt es daran. Auch Karl scheint es wieder besser zu gehen, hinter der Milchglasscheibe seines Badezimmers, von dem einen aufs andere Bein hüpfend. Frühlingsputz: Ich stelle mir vor, wie er *Country Road* zwar schief, aber mit voller Inbrunst schmettert, wie er sich dabei die wenigen Haare zurechtschiebt, den mit Stoppeln übersäten Hals reibt, Kinn und Wangen mit lauwarmem Wasser benetzt, das Rasiermesser von unten nach oben führt, wie er sich den Schnurrbart trimmt, die Koteletten stutzt, die Nasenhaare kürzt, die Ohren mit Wattestäbchen putzt. Wie er dann das Radio lauter aufdreht, mit dem Kopf zur aufbrausenden Melodie nickt.

Wasserströme rieseln seinen Rücken hinunter, während er jede Körperstelle einschäumt. Er beginnt mit dem Hinterkopf, zieht weiter über die Ohren ins Gesicht, wandert über den Nacken Richtung Schulterblätter. Da verschränken sich seine Arme akrobatisch. Von den Haaren an der Brust folgt er denen am Bauch zu der Schambehaarung. Die Beine seift er besonders lang ein. Er schrubbt um sein Leben, als könnte er die alte Haut einfach abrubbeln und eine neue darunter zum Vorschein bringen. Als könnte das sein Leben verändern. Doch er vergisst, dass er sich auch innerlich schrubben und erneuern muss.

Er öffnet das vom Wasserdampf beschlagene Fenster, reibt Haare und Haut mit dem Handtuch trocken, den Bauch, die Achseln, umständlich den Rücken. Er schaut hinaus, hinauf in den Himmel, als hinge sein Tag vom guten Wetter ab. Fände ich einen Weg, an Marlboro Gold zu gelangen, rauchte ich liebend gerne mit ihm seine Marke. So trennt uns nicht nur die Distanz, sondern auch die Domestizierung.

Es wird die Woche des Frühaufstehens werden. Ich bin da auf Augenhöhe mit all den anderen Frühaufstehern. Ich werde die neue Ruhe zum Meditieren nutzen. Oder zum Basteln. Ich verspüre tonnenweise Energie. Ich fühle mich prächtig!

Tag 26. Die Verpflegung ist abgebrochen. Das Croissant wurde nicht geliefert, kein Grießbrei zum Mittagessen. Ich huste hohl und blechern, ein Echo hallt durchs Zimmer. Ich wage mich nicht hinaus, noch bin ich zu krank, um so früh auf den Beinen sein zu können. Sie würden mich sofort als genesen einstufen und mich in ein Frühlings-Feriencamp schicken. Also liege ich da und langweile mich mit meinem monotonen Herzschlag. Haben sie etwa ihren todkranken Sohn vergessen? Abends duftet es nach Käsefondue und Kirschwasser. Das Hungergefühl ist stärker als mein Wille.

7

Festbeleuchtung. Die an den Enden eines Hirschgeweihs montierten Glühbirnen hüllen die Tischgesellschaft in warmes Licht. In der Mitte der Tafel, über einem Teelicht, ist ein Keramiktopf platziert. In der zähen Käsemasse stecken Fonduegabeln. In großen Körben ist Weißbrot zurechtgeschnitten. Beißende Gerüche im gesamten Wohnbereich: Weißwein, kalter Tabak, käsiges Fett. Tills Eltern sitzen an den Tischenden, Jans Eltern, die Reicherts an den Längsseiten, überall gut gefüllte Gläser.

»Ach, Till, setz dich doch dazu. Wir wollten gerade anfangen.« Karola sitzt der Flügeltür zugewandt, hinter ihr öffnet das große Fenster den Blick auf das gegenüberliegende Wohnhaus, darüber der Himmel der Abenddämmerung. Till nimmt neben Herrn Reichert Platz, der ihn mit einem Nicken begrüßt.

Karola will vom Tisch aufstehen, da legt Oskar die Gabel weg, stemmt sich von der Tischplatte auf, sagt: »Ich mach das schon«, und verschwindet in der Küche.

»Und wie läuft's?«, fragt Frau Reichert.

»Passt.« Till zieht sein T-Shirt mit zwei Fingern zur Nase und riecht daran.

»Wir haben dich lange nicht mehr bei uns gesehen.« Frau Reichert schaut abwechselnd zu Karola und zu ihrem Mann. »Jan meinte, da gab's Probleme mit der Zulassung für die Prüfungen. Er meint, da habe es Ungerechtigkeiten gegeben.«

Oskar breitet ein Tischset vor Till aus, stellt einen Teller ab und legt das Besteck so daneben, dass es laut klirrt. »Zur Not überspringt er einfach das Abitur, und wir klagen ihn in das Studienfach, das er am besten findet. Das liegt alles bereits auf Prof. Dr. Peters Tisch. Müssen nur noch das Startsignal geben. So einfach ist das. – Aber jetzt fangen wir erst mal an.« Sie geben sich im Kreis die Hand und wünschen sich im Chor »Guten Appetit«. Dann essen sie.

»Wir haben unsere Pläne«, nimmt Karola das Gespräch wieder auf. »Bei besonderen Kindern muss man sich keine Sorgen machen, die gehen ihren Weg. Und heutzutage sind ja die *geraden* Wege die verpönten.«

Herr Reichert nickt. Till nimmt sich zwei Scheiben Weißbrot und gibt den Korb an Frau Reichert weiter.

»Zudem ist er krank.« Oskar hat sich ans Kopfende gesetzt.

»Fangt doch an«, sagt Karola. Alle spießen Weißbrotstückchen auf, sie schenkt Wein nach.

»Was hat er denn?«, fragt Frau Reichert.

»Till hat Asperger«, sagt Oskar.

Karola legt die Gabel auf den Tellerrand: »Was soll er haben?«

»Repetitive Verhaltensweisen, Beeinträchtigung der sozialen Interaktion, Tendenz zur Inselbegabung.«

»Ist das deine Diagnose?«

»Es ist die Diagnose von Experten.« Oskar sieht zu Herrn Reichert, der ihm verstohlen zuzwinkert.

»Er lag gerade mal drei Wochen in seinem Zimmer herum. Und da stellst du derartige Diagnosen?«

»Knapp einen Monat«, korrigiert Oskar.

Frau Reichert blickt fragend: »Einen Monat? Was hat er denn da die ganze Zeit gemacht?«

»Simple Erschöpfungszustände.« Karola beugt sich vor. »Das kennen wir doch, nicht wahr, Günther?« Herr Reichert tunkt die Gabel in den Käse, zieht eine ölige Spur bis zu seinem Teller.

Frau Reichert fährt fort: »Was macht man denn knapp einen Monat in seinem Zimmer als Asperger?«

»Es gibt keine Asperger und er hat auch nicht derartige Symptome!«, sagt Karola forsch. »Inselbegabung, was soll denn das überhaupt sein? Sind wir reaktionäre Faschisten? Lasst ihn doch seine Sachen machen!«

Till schneidet eine Essiggurke in gleichmäßige Scheiben.

»Ich behaupte doch nichts Verwerfliches«, sagt Oskar. »Ich diagnostiziere anhand von Befunden.«

»Asperger?«

»Eine Variante des Autismus«, fügt Herr Reichert hinzu.

Karola schlägt mit der Handfläche auf den Tisch: »Jetzt reicht's mir! Till ist ein gut aussehender, normaler junger Mann, er ist nicht anders als euer Jan. Wir sollten ihn in so einer schwierigen Situation unterstützen!«

Der Knall verhallt langsam im Raum. Till tunkt die aufgespießte Gurkenscheibe in den Käse, wickelt die Fäden um die Gabel, schiebt sie in den Mund, kaut. Alle schauen ihn an, als solle er darauf antworten. Im Gang steht die Schwester, in der Hand eine ausladende Einkaufstüte. Sie wirft einen kurzen Blick zu den anderen hinein, dann geht sie mit schnellen Schritten in ihr Zimmer.

»Ihr habt mich vergessen«, durchbricht Till die Stille und präpariert den nächsten Happen.

»Schau.« Oskar weist auf Till: »Er ist doch nicht so fit, liebe Karo, wie du meinst. Und nun fühlt er sich vergessen, halb tot im Zimmer vergessen!«

»Till.« Karola fixiert ihn eindringlich. »Wir haben dich nicht vergessen, du hast Ostern verpasst, du wolltest da nicht raus, du hast nicht mit deiner Schwester suchen wollen, keine Hasen, nichts.« Die Schwester gleitet an der Flügeltür vorbei in Richtung Bad, in der Hand einen Pyjama. Karola nippt am Weinglas: »Lass uns das nicht jetzt besprechen, wir haben doch Gäste, das siehst du doch. Ruh dich einfach weiter aus, lass dir nichts einreden. Du bist etwas ganz Besonderes.«

»Ist er für Ostern nicht zu alt?« Frau Reichert zerbröselt ihr Weißbrotstück.

»Das ist Methode«, sagt Oskar. »Die Kinder sollen solange wie möglich in der Sphäre des freien Spiels aufwachsen.«

»Und warum sprichst du so gegen ihn?«, fragt Karola.

»Der Mensch spielt, wenn er Mensch ist. Und er ist nur dann Mensch, wenn er spielt. – Oder so ähnlich.«

Herr Reichert nickt.

»Dann stell dich hinter ihn.«

»Gut, mach ich doch: Wenn die Medikation nicht anschlägt, sagen wir bis Pfingsten, schicken wir ihn zur Erholung nach Taizé. Das ist doch was! Nicht wahr, Till?«

»Ich bin schon weg.« Till steht auf, gibt erst Herrn, dann Frau Reichert die Hand. »Kann ich das mitnehmen?« Er greift nach dem Brotkorb. Die Eltern nicken im Einklang.

»Ach«, ruft Frau Reichert hinterher, »Grüße von Jan, er lässt ausrichten, dass wegen der Party alles wieder in Ordnung sei, du wüsstest, was er meint.«

Till zieht die Tür hinter sich zu, streift über *Couch* die Pantoffeln von den Füßen, duckt sich unter der Wäscheleine hindurch. In Griffnähe zur Mouse stellt er den Brotkorb ab, fährt den Computer hoch, verdunkelt die Fenster, loggt sich in den 43312212.54-Server ein. Dehnt die Finger, lässt die Gelenke knacken, führt die Mouse sanft über die Tischplatte. Erste Schüsse.

8

Es ist der 2. Mai, Wochenanfang, früh am Morgen, der 37. Tag hier drin, auf dem Fenstersims habe ich Brotkrumen verteilt. Um konsequenter in meinen vier Wänden bleiben zu können, setze ich auf Mutter, das sonderbare Geschöpf. Sie wird den Zettel im Flur entdecken, wird einsehen, dass sie mich in meinem Vorhaben bestärken muss. Der Zettel hat gerade so durch den Türspalt gepasst. In meiner schönsten Handschrift habe ich darauf geschrieben: *Ein Brötchen, bitte.*

Während ich auf eine Antwort hoffe, nehme ich die steifen Klamotten von der Wäscheleine, falte die Shirts, stopfe die Socken ineinander. Die Leine hat überall eine Furche hineingeschnitten. Als wäre die Jeans meine Haut und die Leine die Zeit, die ihre Spuren auf ihr hinterlässt. Dann verstaue ich alles in der Kommode, neben dem Schreibtisch das letzte verbliebene Möbelstück. Ich zähle: sieben T-Shirts, drei Hosen, sieben Unterhosen, sieben zusammengewürfelte Sockenpaare.

Auf der Marmorplatte der Kommode sitzend, kommt mir der Schnappschuss von Jan und den Pfadfinderinnen in den Sinn, während auf dem Fenstersims die ersten Vögel aus ihrem Sturzflug landen. Ich erinnere mich, wie er neben der Bäckerei mit seinem Roller auf mich wartete, mit laufendem Motor, auf dem Rücken ein großer Rucksack, eine Karte an den Tacho geheftet. Wir hatten gerade den 50er-Führerschein geschafft, er drückte mir einen Zettel in die Hand und sagte: »Ich warte.« Auf dem Zettel waren wenige Kleidungsstücke gelistet, nicht mehr als ich jetzt noch besitze. Im Zimmer packte ich zusammen, ohne darüber nachzudenken, was einen Tag oder eine Woche später sein würde. Jan hatte immer gute Ideen, ich musste ihm bloß folgen. Das war ein ungeschriebenes Gesetz. Ich startete meinen Roller und folgte Jan zur Hauptstraße. An der ersten Tankstelle außerhalb der Stadt tankten und rauchten wir. Er lächelte über meine müden Augen, sagte, ich solle nicht die Nächte mit Matzes Gezocke vergeuden, hier draußen spiele das Leben! Wir traten die Zigaretten aus und schwangen uns auf die Roller. Als wir das zweite Mal tankten, etwa 100 Kilometer weiter, konnte man bereits die Berge in der Ferne sehen. Wir hatten Hunger, kauften an der Tankstelle zwei Tüten Bifi und versorgten uns mit einer handlichen Redbull-Kiste. Jan zog irgendeine Kreditkarte durch, und wir hinterließen leere Bifi-Packungen auf dem Parkplatz.

Beim dritten Tankstopp umgaben uns schon sonnenlichtschluckende Bergketten. Wir schoben die Fahrzeuge bald öfter, als dass wir fuhren. Die höchsten Punkte der Gebirgspässe mühselig erklommen, lehnten wir uns Richtung Talsohle so vornüber, dass wir mit der Nase beinahe die Lenker streiften, um durch weniger Luftwiderstand noch den letzten Rest aus den Motoren zu holen. – Kein Luftwiderstand war das Motto der ganzen Reise. Als es dunkelte, rollten wir auf den ersten Campingplatz auf italienischer Seite. Die Luft roch nach Oregano, das Gezirpe war so laut, dass wir dem Campingwart ins Ohr brüllen mussten. Wir brüllten, was wir auf Italienisch gelernt hatten, obwohl der ältere Herr mit Fischerweste und Sonnenhut uns konsequent auf Deutsch antwortete. Wir kauften ihm ein gebrauchtes Zelt überteuert ab, diesmal zog ich meine Karte durch, und in der Nacht tranken wir Unmengen Bier.

Am nächsten Morgen rächten wir uns an dem Wart, indem wir an der Absperrung vorbeifuhren und johlend zur Poebene hinabsteuerten. Mittags hielten wir am ersten seriös wirkenden sala giochi, spielten *Double Dragon*, tranken zuerst wunderbaren Caffè, später Bier aus kleinen, holländischen Flaschen. Danach kamen wir nicht mehr besonders weit, es war wieder dunkel und wir schlugen unser Lager in einem ausgetrockneten Flussbett auf. Unter einer hölzernen Brücke fanden wir Platz, denn es hatte leicht zu regnen begonnen. Als wir am nächsten Tag unsere wenigen Sachen zusammengepackt hatten, stand ein Trupp Touristen auf der Brücke, die uns angafften, während wir langsam aus dem Flussbett kletterten. Oben angekommen, sahen wir, warum: das Flussbett war ein Burggraben, die Brücke eine Zugbrücke, und direkt dahinter ein Schloss. Ich schoss das Foto: Jan umringt von einer Gruppe hübscher flämischer Pfadfinderinnen. Dann fuhren wir davon.

Jan sah das Meer natürlich als Erster. Es war eigentlich unspektakulär, wir hatten oft mit unseren Eltern Zwischenstopps auf unseren Kultururlauben dort eingelegt. Nachdem uns ein deutsches Opel-Pärchen den Vogel gezeigt hatte, sah ich den passenden Campingplatz, Jan Minuten später die passenden Mädchen. Die Gemeinschaftsduschen entdeckten wir gleichzeitig. »Na, zu viel versprochen?«, sagte er.

Mutter hat die letzten Tage nicht auf meine Nachrichten reagiert. Jemand scheint mich zu boykottieren. Ich ändere den Plan, drücke mein Ohr an die Tür. Ich warte, bis ich Mutters Schritte höre. Das kann ich mittlerweile unterscheiden: Anna-Marie geht, als tänzele sie, Vater trampelt, Mutter geht forsch, zielstrebig, dann bleibt sie abrupt irgendwo stehen, schaut sich etwas an, hantiert an etwas herum, bis sie wieder weitergeht, dann wieder stehen bleibt.

Ich warte lange, bis der richtige Zeitpunkt gekommen ist. Sie steht am Eingang, dann vor dem Sideboard. Als sie sich in meine Richtung aufmacht, schiebe ich den Zettel unter der Tür durch. Dort bleibt sie stehen. Ich höre ihren Atem. Ihr Knie knackt leise. Ein Rascheln. Sie hält den Atem an. Ich halte den Atem an, die Nase an die Tür gepresst. Ich höre sie im Arbeitszimmer verschwinden. Dann wieder Stille, dann wieder, wie sie direkt auf meine Tür zueilt, den ersten Zettel durch den Spalt schiebt. Ich lese: *Salami oder Käse?* Der Zulieferer hat Kontakt aufgenommen! Auf der Rückseite ihres Zettels antworte ich: *Bitte. Salami und Käse, Mama. Das hilft mir weiter – ein Till-Projekt,* und vertrete mir die Füße.

Es dauert eine Weile, bis Mutter wiederkommt. Ich lese: *Es liegt bereit.* Durch den Zettel ist ein Faden gestochen, der unter der Tür verschwindet. Ich ziehe am Faden, als wolle ich einen ausgeworfenen Köder einholen. Da korkt ein Gegenstand, weich, gegen die Tür. Ich öffne die Tür und angele mir das Brötchen. Das seltsame Gewächs Mutter ist spurlos verschwunden, die Versorgung aber geglückt. Hungrig beiße ich in das Brötchen und kaue plötzlich auf einem Zettel herum. *Willst Du zum Mittagessen a) Grünkern, b) Wirsing oder c) Kürbiscreme?*

Ich verschlinge die zweite Hälfte des Brötchens. Ich hasse Wirsing, Kürbiscreme und Grünkern. Grünkern ist ein Witz. Nicht mal sie isst das. Ich reiße einen weiteren Papierfetzen vom Block und schreibe: *Die Spielregeln gefallen mir nicht – c.*

Bevor er unter die Dusche springt, frühstückt Vater Tonnen von Ananas und magerem Joghurt. »Wie die Olmeken«, sagt er, »den Tag mit dem Biss in die Sonne beginnen, dann in der Cenote X-Kekén den Wasserfall herniederprasseln lassen.« Vater war als Backpacker überall in der Welt gewesen, als es den Begriff Backpacker noch gar nicht gab. Daher hat er manchmal diese sonderbaren Ausdrücke für etwas, wozu andere schlicht »duschen« sagen würden. Auch jetzt ist er noch viel unterwegs, vornehmlich aber in weitläufigen Club-Med-Hotelanlagen mit angeschlossenem Kongresszentrum, wo er als bekannter Redner die plastische Chirurgie mit seinem anthroposophischen Menschenbild in Einklang zu bringen versucht. Wenn er von solchen Reisen zurückkehrt, hat er stets drei neue Einladungen in der Tasche. Mutter sagt, er habe das verdient. Ich sage, er könnte auch mit einem Hula-Hoop-Reifen auf der Bühne herumtollen, trotzdem würden sie ihn weiter buchen. Mutter hakt – mittlerweile skeptisch geworden – nach, ob Frauen diese Kongresse organisieren. Und Vater lächelt nur verschmitzt.

Am Fenster pickt seit fünf Tagen derselbe Vogel seine erbeuteten Pizzaschnitten auseinander. Ich erkenne ihn, da er täglich dicker wird. In Vaters Philosophie sind Dicke träge, und träge Menschen krank und erfolglos. So einfach sei das. Vater ist alles andere als dick, muss sich aber zügeln, gerade in der Problemzone Bauch, sagt Mutter, um nicht anzusetzen. Der Espresso kocht auf. Vater trinkt massenhaft Espresso. Eine Tasse klappert, eine Tasse fällt herunter. Jeden Morgen fällt ihm etwas herunter, ich habe beschlossen, von nun an eine zweite Strichliste zu führen. – »Seine Finger zittern wie Espenlaub.« Espenlaub klingt komisch, wenn ich es ausspreche, zumal ich nicht mal weiß, was Espen sind. Zumindest zittert er, wenn er die Finger ausstreckt, Anna-Marie und mir demonstrieren möchte, dass er keine Gefahr für seine Patienten darstellt. »Er ist keine Gefahr«, sagt Mutter, »schaut euch doch die Vorher-Nachher-Bilder an!«, und händigt uns – sicher brav von der Sekretärin mit Photoshop manipulierte – Vergleichsbilder aus. Da fällt die Tür ins Schloss. Ich zähle bis 72. Da rattert das Garagentor hoch. Was mache ich nun?

Es ist bereits Ende Mai. Ich zocke und schaue aus dem Fenster. Wenn ich aufwache, schreibe ich Zettel, ich warte, irgendwann esse ich. Einmal die Woche wasche ich mich noch. Mich und die Klamotten. Die Wäscheleine ist immer gespannt.

Meist stürzen die Vögel in kleinen Trupps hernieder, ich konnte noch keinen Anführer ausmachen. Die Fensterscheibe trennt sie und mich, und ich kann ungestört beobachten. Sie schauen nicht einmal auf, wenn ich hinter der Scheibe wild herumfuchtele, und machen sich kugelrund und flauschig in aller Ruhe über die Krumen her. Wie ich sie um diese Ruhe beneide. Aber wie sollten sie auch Angst vor mir haben? Gebe ich nicht alles, um transparent zu sein?

Ich habe kurz nicht aufgepasst, habe Sterne an Karls Fenster gezählt, habe mich gefragt, ob Karl je Kinder hatte, und schon sind sie unter den Vordächern verschwunden, lugen aus den Mauerlöchern hervor. Der Dönerspieß vom Vortag wurde um 10:30 Uhr wieder eingesetzt, seit 11:10 Uhr dreht er sich. Bis Mittag studiere ich weiter das Verhalten der Vögel. Ich bin kein Neuling mehr auf diesem Gebiet. Zuerst muss man die Gattung definieren. Ich mache ein Foto von dem prächtigsten Exemplar, drucke es aus und pinne es neben Kim und mein Porträt. In guter Gesellschaft, denke ich. Das Prachtexemplar eines Vogels definiere ich so: *eiförmig, braun, spitzer Schnabel, in Löchern hausend, beidbeinig hüpfend, wie ein Klingelton fiepend, mutig, zutraulich*. Schließlich schreibe ich meine Beobachtungen in ein Vogelfanclub-Forum, unter dem Pseudonym *Young Bird-Watcher*. Wenige Sekunden später die Antwort: *Das ist der Vogel schlechthin, lieber Young B-W. Das ist der Haussperling, die wohl domestizierteste Vogelart. Sie hat sich an uns Menschen, gerade im städtischen Umfeld, angepasst. Der Haussperling ist der Hund unter den Vögeln. – PS 1: Weiter so, YBW! Wir freuen uns, unsere Faszination auch mit jungen Menschen zu teilen! – PS 2: Der Dreckspatz (weil er sich nach dem Waschen gleich im Staub wälzt) hat, unseren Observationen zur Folge, tatsächlich begon-*

nen, Handy-Töne zu imitieren. Das ist sehr gut beobachtet! (Vogel 1, Admin, 9822 Beiträge, Mitglied seit 2001.)

Wissenschaft scheint aus Langeweile entstanden zu sein.

Ein Klirren vor der Tür signalisiert das Mittagessen. Ich unterbreche meine Nachforschungen und setze mich mit der dampfenden Suppe auf den Schriftzug *Couch*. In die eine Ecke des Quadrats, wo früher der Beistelltisch stand, schreibe ich *Karotte*, stelle die Suppe darauf und löffle tief darübergebeugt weiter. Gesättigt schlafe ich im Schneidersitz für mehrere Stunden ein. Ich träume, wie Kim in einem Vogelgewand in meine Box hineinflattert. Sie will mir etwas sagen, ihr Mund bewegt sich, aber sie bringt keinen Ton hervor. Sie wirkt sehr aufgeregt, ihre Augen wandern unruhig hin und her. Sie scheint sich vor irgendwas zu fürchten. Ich gehe auf sie zu. Sie schrickt zurück, ihre vielen Federn klimpern metallisch. Ich gehe weiter auf sie zu, sie öffnet das Fenster und springt hinaus. Bevor sie auf dem Boden aufschlägt, schwingt sie sich hoch in die Luft. Ich will es ihr nachmachen und kippe aus dem Fenster. Zum Glück wache ich auf.

Ich bemerke kaum, wie die einzelnen Tage vorbeirasen: Es müsste der 52. sein. Eine nach der anderen lösche ich die Nachrichten aus meinem YBW-E-Mail-Account. Ich bin präpariert genug, um von hier an alleine weiterzugehen. Ich zünde eine Zigarette an und habe Durst. Ich schreibe: *Brauche Wasser, Karo. Sonst werde ich noch vom Haussperling zum Dreckspatz. Einen Sechser-Träger.*

Ich klicke mich ins Spiel: zum 40. Mal. Der Dönerspieß dreht sich, wird Schicht um Schicht abgetragen. Ein etwas größerer Zettel wird unter der Tür hindurchgeschoben: *Ist das eigentlich Deine Schrift? Du hast früher nicht so gekrakelt. Und: kein Sechser. Du weißt, wir dulden keine Plastikflaschen. Anbei habe ich Dir eine Sprudelflasche, Römerquelle, gegeben und ein Brett Wellenbutterbrote. Wie früher. Und Vater will, dass Du seine Pastillen nicht vergisst. Die liegen in der Kiste. Da ist überdies ein verspäteter Osterhase. Und: Was soll denn das heißen: »vom Haussperling zum Dreckspatz«? Willst Du Dich jetzt dem Waschen verweigern und Dich mit Sprudelwasser übergießen? Nebenbei: Ich finde die Zettelidee echt filmisch, schreib doch Drehbücher, lieber Till. – Karo.*

Wir arrangieren uns immer besser. Wenn ich sie Karo nenne, fühlt sie sich um zwanzig Jahre jünger. Das bin ich ihr schuldig. Saust Vater aus der Tiefgarage, klopft sie an die Tür. »Frühstück«, sagt sie, legt eine Butterbrezel auf die Schwelle, wartet ein paar Sekunden und entschwindet in den Elterntrakt. Ich klaube die schmutzigen Teller und die Obstschalen zusammen, sortiere die Wasserflaschen in den Kasten. Donnerstag gab es Spinat mit Spiegelei und Kartoffeln, am Freitag Curry, am Samstag Armer Ritter, am Sonntag Rindsrouladen mit Wirsing, montags gibt es immer Reste. Es ist, als ob mich ein Gourmet-Frachter versorgt. Auf einen Zettel schreibe ich: *Liebe Karo, ich bräuchte ein paar Umzugskartons. Ich werde die letzten Jahre, was davon über ist, in die Kartons verbannen und im Keller versenken. Nicht dass die letzten Jahre schlimm oder dergleichen waren, ich kann sie nur nicht mehr sehen. – Till. PS: Zigaretten.* Den Zettel lege ich zum benutzten Geschirr und stelle alles in den Flur hinaus. Die Idee mit den Zetteln war eine der besten der letzten Jahre. Mutter sieht das ähnlich. Sie schreibt gerne. Vielleicht entdeckt sie noch ihre lyrische Seite.

Für das Mittagessen macht sie jeden Vormittag Vorschläge. Vor ein paar Tagen schrieb sie: *Wie wär's mit a) Grünkernrisotto oder b) Mangoldauflauf. PS: Vater ist ganz stolz auf Dich, dass Du endlich Deinen Körper zu schätzen lernst. Und das von alleine! – Karo*. Sie macht es sich zunutze, dass ich nicht mehr herauskomme, ergreift die Gelegenheit, mich gesund zu mästen und von der Zigarettenlieferung ein paar quasi als Wegzoll einzubehalten. Wegen des gesunden Essens werde ich am Ende noch um Jahre länger leben. Das ist kein Gefängnis, in das ich mich gesperrt habe, es gibt keine Gitter, keine Stahltür, keine Wächter – und es steht keine Entlassung in Aussicht. Stattdessen bin ich mittlerweile zum Gast eines Wellnesshotels geworden. Der einzige. Nett, wie ich bin, antworte ich: *Ich bin, liebe Karo, mit Mangoldauflauf einverstanden. PS: Ich habe ein Tier aus Mexiko bestellt. Playa Azul, Tulum, nicht weit von da! Also nicht wundern, wenn es in den nächsten Wochen eintrifft.*

Bis zum Mittagessen entschwindet sie in ihren *SchauRaum*. Ich kann nicht sagen, was sie dort macht. Ich kann nicht einmal sagen, wie es dort aussieht. Seitdem Anna-Marie und ich die täglichen Wege alleine gehen konnten, in der Schule zu essen bekamen, uns nach dem Style unserer Freunde richteten, waren viele ihrer Aufgaben plötzlich hinfällig. Sie wurde daraufhin teilweise unausstehlich, saß den ganzen Tag träge herum, wusste nichts mit sich anzufangen und meckerte stattdessen über den ästhetisch wenig ausgefeilten Lebensstil der anderen Leute. Wo Vater das Leben interessierte, begeisterte sich Mutter für die Form. »So kann man doch kein Zimmer einrichten«, sagte sie. »Das ist doch überhaupt nicht angemessen für Jugendliche.« Und sie machte Vorschläge, wie man Räume ansprechender ausstatten könne. Natürlich waren wir die Ersten, die das zu spüren bekamen, die morgens in neu gestalteten Zimmern aufwachten und Mutter ihre ersten Eindrücke schildern mussten. Weihnachten 2004 lag eine Schicht Puderzucker über den Dächern, am Tannenbaum glimmten die Kerzen, bald ertönte der Tegetmeyer-Clan, bestimmt bis zur Straße hinunter hörbar, vielstimmig. Ich bekam ein Snowboard, Vater beschenkte sich und Mutter mit dem offenen Kamin, und Anna-Marie wurde mit verbundenen Augen in ihr Zimmer geführt. Bereits beim Eintreten stieß sie sich an den neuen Möbelstücken. Der Schrank war spindeldürr und meterhoch, sie musste auf einen Hocker steigen, um an die obersten Fächer zu gelangen. Die metallene Schreibtischplatte lag auf zerbrechlich wirkenden Beinen, hatte die Form eines Sterns, ihre Kanten waren messerscharf. Das Bettgestell wie aus einem Guss, das Rückenteil wie eine gezackte Berglandschaft. Anna-Marie gefiel ihre neue Zimmereinrichtung erst einmal gar nicht, sie wollte ihre alten Sachen zurück, wurde aber mit einer weiteren Überraschung besänftigt, meinem Snowboard in klein. Schließlich legte sie sich zufrieden in ihr Bergbett und knipste die kristalline Nachttischlampe an. »Das ist alles«, sagte Mutter, »nur um auszuprobieren, wie zielgerichtetes Einrichten sich auf Menschen auswirkt.« Kein Gast ließ es sich nehmen, einen Blick in die saisonal umgestalteten Zimmer zu werfen, was sich natürlich herumsprach, und Vater witterte gleich versteckte Potenziale und schenkte Mutter zu ihrem Vierzigsten den *SchauRaum* in bester Lage. Bei der Eröffnung benutzte ich die Armlehnen der Ohrensessel für meine Autos als Sprungschanze. Seitdem habe ich die Räume nicht mehr betreten.

Für Mutter sind wir eine hochwertige Familie. Man könne aus jedem von uns Einzelteile herauslösen, sagt sie, und als High-End-Produkte irgendwelchen Forschern oder Karosserie-Bauern anbieten: Made in Germany, handverschraubt, Ecken fein geschliffen, galvanisierte Oberflächen. Und hochwertige Familien bräuchten ein hochwertiges Umfeld, so ihr Credo. Das Innere des Menschen müsse sich im Außen der Umgebung spiegeln können, oder mehr noch: Das Außen müsse das im Innern Verborgene hervorrufen, evozieren. »Humanize!« prangt als Leitmotiv über dem Eingang ihrer Wirkungsstätte.

Die Mittagessen verlaufen unspektakulär. Bis zur Brotzeit döse ich vor mich hin, halte mich fit für die Nacht. Vater poltert über die *Mi-casa-es-tu-casa*-Fußmatte, sie reden, Mutter füllt ein Glas, Vater zieht den Mantel aus, das Jackett. Anna-Marie ist in letzter Zeit öfters bei Freundinnen. Das Tier ist unterwegs. Die Haussperlinge fressen mir die Wellenbutterbrote bereits aus der Hand, obwohl das erste Hochgefühl darüber schon längst verflogen ist. Ich bin versorgt, die Langeweile ist kurz davor, mich zu töten. Es sollte etwas passieren. Jeden Tag beobachte ich, wie ein Dönerspieß eingespannt und dann Schicht um Schicht heruntergesäbelt wird. Jan ist mit allem gut durchgekommen. Er schreibt mir kurze Nachrichten. Er denke an die Zukunft und wie es weitergehen kann. *das leben liegt vor uns*, schreibt er theatralisch.

9

»Ist offen!« Karolas Stimme klingt klar und deutlich durch die Sprechanlage. Jan, eine untertassengroße Uhr am schmalen Handgelenk, drückt die Haustür auf, ein kurzes Klacken, und er ist aus dem Regen.

»Wie geht es Ihnen, Frau Tretter?«

Die Bäckerin isst ein Nusshörnchen, zwischen den Bissen zieht sie an ihrer Zigarette und lässt Rauchschwaden in die Luft steigen. Jedes Mal denkt Jan aufs Neue, dass Frau Tretter selbst die Form eines Krapfens hat.

»Ach, der kleine Jan, triefend nass!« Sie streckt ihm das Nusshörnchen hin, er wehrt ab. Sie schiebt das letzte Stück in den Mund, wischt den Puderzucker an der Schürze ab. Er nähert sich ihr bis auf einen Meter, wartet höflich darauf, dass sie weiterspricht: »So klein ist er ja nicht mehr. Was macht er denn, der kleine Jan? Wie groß ist er schon geworden.«

»Ist gar nicht so lange her, Frau Tretter. Es kommt einem nur lange vor.«

»Wenn viel passiert, nicht wahr? Und, nun wird doch geprüft, nicht wahr? Das zieht sich, nicht wahr? Da wächst man jeden Tag, Meter für Meter.«

»Schon wieder vorbei, die Prüfungen«, sagt er.

»Herrgott! Du bist gewachsen, gewaltig in der Zeit. Das sind die Prüfungen, sage ich. Meine Kinder sind damals auch aus dem Boden geschossen. Wie Pfingstrosen. Gleich ist der Frühling um, obwohl es nicht danach aussieht, man will es nicht glauben, nicht wahr? Sogar der Herr Wolfram von gegenüber hat den Frühjahrsputz bereits erledigt: gut durchgelüftet, die verdreckten Scheiben gewischt, den Keller ordentlich ausgemistet: tütenweise Mist nach draußen getragen. Bloß der Till, ich kann das nicht glauben, ist immer noch schwer krank, er muss schwer krank sein, setzt seit Monaten keinen Fuß mehr vor die Tür. Frische Luft, ein bisschen Abwechslung, das weiß jedes Kind, würde ihm gewiss guttun.« Sie überlegt, kratzt mit dem Fingerknöchel am Nasenansatz, drückt die Zigarette im Blumenkasten aus und vergräbt den Stummel. »Der Herr Doktor sollte es besser wissen. Wie vom Erdboden verschluckt, der Junge. Komisch, nicht wahr? – Kein Herumstrolchen, das geht nicht mehr, wenn man so krank ist, den ganzen Tag vor dem Bildschirm verbringt, die jungen Leute.«

»Krank?«

Sie holt eine Schachtel Zigaretten aus der Schürzentasche, bietet ihm eine an. Er lehnt ab. »Ja, das muss nicht sein. Wie Rattengift, sage ich immer.« Sie steckt sich eine an. »Wenn ich in aller Herrgottsfrühe die Bäckerei aufschließe, scheint bei ihm oben immer noch Licht. Ich werfe die Öfen an, gegen sechs kommen die Pendler. Da brennt es immer noch. Das ist er doch, nicht wahr?«

»Ich weiß es nicht.« Jan schaut verlegen auf den Boden, dann zur Straße: Der Regen ist stärker geworden, spritzt schubweise vom Wind getragen gegen die Eingangstür.

»Ja-an, es ist offen!«, tönt es aus der Sprechanlage.

»Ich komme«, ruft er, will Frau Tretter die Hand reichen, da hat sie sich bereits abgewandt und ist schwerfällig, eine dichte Rauchwolke hinterlassend, in der Backstube verschwunden.

Jan zieht die Schuhe aus, Karola reicht ihm seine Filzpantoffeln. Vor Tills Zimmertür sind Gegenstände in zwei Kisten verstaut: Aus der einen ragen Flaschenhälse, auf der anderen steht krakelig *Hygiene-Kiste* geschrieben. Im Wohnzimmer weist Karola ihn mit einer Handbewegung zur Couch. Er begutachtet den Stapel Design-Zeitschriften, blättert in einer gedankenverloren herum, während Karola aus der Küche den gekühlten Weißwein und zwei Packungen Grissini-Stangen holt. »Magst du?« Er nickt. Sie gießt ihm Weißwein ins Glas. Ihm gegenüber, im sonnengelben Ohrensessel lehnend, schlägt sie die Beine übereinander. Ihr Glas war bereits voll. Sie trägt einen kurzen Rock, der die Knie frei lässt, die Haut glänzt sonnengebräunt, trotz des langen Winters.

»Ist er nicht da?«

»Doch, doch, drüben.«

»Ist er krank?«

»Wer sagt denn das?«

»Die Frau Tretter von unten.«

»Ach, nein, er ist nicht krank, er braucht seine Ruhe.« Sie reibt sich übers Knie, Jan versucht, nicht zu auffällig hinzuschauen. Draußen donnert es, aber kein Blitz ist zu sehen. »Alles gut gelaufen bei dir, habe ich gehört.«

»Ja, passt, ganz ordentlich.«

»Und wie geht's weiter? Erst einmal in die weite Welt hinaus?«

»Deswegen bin ich hier. Zum Verabschieden.« Jan beginnt, an einer Grissini-Stange zu knabbern.

»Wohin soll's gehen?«

»Das Übliche. Zuerst in die USA, Bekannte besuchen und dergleichen. Danach runter bis nach Chile, ich weiß noch nicht wie, ein Großteil sicher auf dem Landweg. Dann soll's rüber nach Neuseeland gehen, Work and Travel und so.«

»Auf Plantagen?«

»Ja, auf Plantagen.«

»Wie Oskar.«

»Ja, wie Oskar.« Die Grissini-Stange ist zu einem Stumpf heruntergekaut, in einer kurzen Bewegung fegt er die Krümel vom Pullover. Der Wind ist nun so stark, dass die Jalousien heftig in den Halterungen klappern. »Nach Sommer hört sich das nicht an.«

»Dem kann man nur entfliehen.« Hinter Jans Rücken hat sich Anna-Marie angepirscht und bedeutet Karola, sie solle sie nicht verraten. »Wir haben bereits Pläne für die Sommerferien, drei Wochen durchs mexikanische Hochland.«

»Alle?«

»Daran wird noch gearbeitet.«

Jan überlegt, trinkt einen Schluck, nimmt sich eine zweite Stange Grissini. Anna-Marie greift um seinen Kopf und bedeckt seine Augen mit ihren kleinen Händen. Jan schreckt kurz zusammen, hält die Grissini-Stange wie einen Zauberstab: »Hm, wer könnte das denn sein?«

»Das ist der Übeltäter, der nicht mitwill!«, sagt Karola.

Sie grinsen.

»Die Übeltäterin!« Anna-Marie hopst über die Couchlehne neben ihn.

»Du bleibst hier?«

»Nein: Ich springe in den USA aus dem Flugzeug«, sagt Anna-Marie. »Bekannte besuchen und dergleichen.« Sie zwinkert ihm zu.

»Mit deinem Freund, wie hieß er noch mal?«

»Meinst du den Kay?«

Jan nickt.

»Nee«, sagt Anna-Marie. »Seit einer Ewigkeit nicht mehr. – Mit dir natürlich!« Sie grinst. Ein Blitz erhellt grell das Zimmer, diesmal bleibt der Donner aus.

Oskar erscheint im Wohnzimmer, die Golftasche stellt er in der Ecke ab: »So ein Mistwetter.«

Jan steht zur Begrüßung auf, ihre Hände keilen ineinander und drücken herzlich zu. »Gratuliere!«, sagt Oskar.

»Danke.« Jan und Oskar setzen sich neben Anna-Marie, so dass sich ihre Oberarme und Beine berühren. Karola klappert in der Küche.

»Überspringen wir den Smalltalk.«

»Einverstanden«, sagt Jan.

»Gut«, sagt Oskar. »Wo waren wir letztens stehen geblieben?«

»Das ist eine Weile her.«

»Schon vergessen?«

»Es ging, glaube ich, darum, wie wir, Till und ich, unsere Form finden sollten. Also Form im Charaktersinne oder so.«

»Genau«, Oskar leuchtet. »Also aktualisieren wir. Die schulische Prägung ist nun vorbei. Wie kann es da weitergehen?«

»In die weite Welt hinaus. So bald wie nur möglich.«

»Gut.« Oskar reibt sich das unrasierte Kinn. »Dein *Ich* sollte nämlich bis zum 21. Lebensjahr ausgeprägt sein, so hatten wir das gesagt.«

Jan nickt, Anna-Marie macht von den beiden mit dem Smartphone ein Foto, tippt schnell auf der Tastatur des Displays.

»Es sollte sich als Ich begriffen haben, nicht nur als etwas, das Teil einer Familie oder einer größeren Gruppe ist, sondern als ein Individuelles, als eben ein Unteilbares, das nicht einfach mit einem anderen verschmilzt.«

Jan nickt, die zweite Grissini-Packung ist bereits zur Hälfte leer.

»Und jeder will am liebsten sein Ich diffundieren lassen, die Verantwortung in die Hände anderer legen, im Fußballverein, in der Peer Group. Oder in irgendwelchen Beziehungen untergehen. Ich meine, mal unter uns, was ist denn Sex überhaupt? Ich meine, das ist doch nichts weiter als ein kümmerlicher Versuch, das Ich, das nicht das Andere ist, für einen kurzen Moment aufzuheben.«

Jan nickt, nimmt einen Schluck, Anna-Marie tippt unbeirrt weiter. Karola klappert mit etwas im Flur. Ab und an zerschneidet ein Blitz den Himmel.

»Das Ich wird bis zum 21. Lebensjahr so sehr vereinsamen wie zu keinem anderen Zeitpunkt. Das merkst du bestimmt. Der Hort der Schule löst sich vor deinen Augen auf, alle deine Freunde fliegen in unterschiedliche Richtungen aus, da wird keiner mehr zurückkommen, wie er gegangen ist. Da wirst du auf dich allein gestellt sein. Wo immer du sein wirst, ich weiß nicht, vielleicht mit einem Korb in der Hand beim Baumwollepflücken. Es ist gut, dass du das machst, da wird es sich formen, das Ich. Da wird es lernen zu sagen: Das mag ich, und das mag ich nicht. Kantig wird es da, verstehst du?«

Jan nickt, Anna-Marie schaut kurz auf, zieht die Beine dicht an den Körper, versenkt sich in das Reagieren auf die ersten Kommentare.

»So um 21 muss es kantig werden, sonst lümmelt es das Leben lang wie ein glibberiges Etwas herum, passt sich hier und da an, nimmt mal die, mal jene Form an; und geht dabei verloren, weil es nicht auf das Eigene zurückgreifen kann. Und das Eigene muss das Kantige sein, es muss in den eigenen und in den Augen der anderen weh tun. Das sag ich wirklich aus Erfahrung. Das musst du verstehen, ich mache nichts anderes, als das glibberige Etwas abzuziehen und den Schmerz in die Züge der Leute hineinzuschneiden. Und warum muss ich das machen?«

Jan schüttelt den Kopf. Ein Geruch von nassem, frisch gemähtem Gras, den die Regenwand vor sich herträgt, steht im Wohnzimmer.

»Weil die Leute ihr Ich verkümmern lassen, es nicht – und jetzt kommt es! – der Gefahr aussetzen. In Watte einpacken, dass es ja nicht aneckt, nicht verletzt wird, nicht zu Bruch geht. Es müssen Brocken herausbrechen, genau wie Till es gerade macht. Es müssen die fremden Ansichten von einem abfallen, lass mich mit dem Scheiß in Ruhe, muss es ausstrahlen. Bis 21, sonst hat es sich an das formlose Wattedasein zu sehr gewöhnt. Das habe nicht ich erfunden, das sagt bereits der werte Goethe. Bis zum 28. Lebensjahr geht das Ich auf die Reise, das ist kein Witz. Da muss es sich beweisen, ob es wirklich zu was taugt. Das ist seine eigentliche Geburt, verstehst du?«

Jan nickt.

»Während der guten alten Lehr- und Wanderjahre wird deutlich, was man an die Stelle der herausgeschlagenen Brocken setzt, wie man sich neu belädt, mit Fähigkeiten und dergleichen. Danach, ab dem fünften Jahrsiebt, so um die 28 aufwärts, geht's ans Werk, da ist der Rucksack geschnürt, das ist der Feinschliff des Ichs, da kann nichts mehr auf die Reise mitgenommen werden.«

Karola ist hereingetreten, in der einen Hand den Grießbrei, in der anderen Stift und Papier in Regenbogenfarben.

»Und«, setzt Oskar an, »wie planst du deine Reise anzugehen?«

»Ich hab sie schon gebucht: ein All-around-the-World-Ticket.« Jan legt den Arm über Anna-Maries Schulter: »Mit der Kleinen hier.« Anna-Marie strahlt.

»Perfekt.« Oskar nickt zustimmend. »Ihr kalkuliert einen Stop-over in Mexiko ein und alle Probleme sind aus der Welt! – Und nach der Weltreise? Immer noch Architektur?«

»Da hat sich nichts geändert.«

»Amen.« Anna-Marie steckt das Smartphone in die Tasche.

Die Kisten vor Tills Tür sind mittlerweile entfernt worden, auf der Schwelle dampft der Grießbrei. Aus Tills Zimmer sind bis auf den Flur einsilbige Befehle einer rauchigen, tiefen Stimme zu hören. Zudem verhallende Schüsse. »Französische Schülerinnen schießen besser! Französische Schülerinnen schießen besser!«, ruft die Stimme derartig aufgebracht, dass sie über ihre eigenen Worte stolpert, sich im Rufen überschlägt.

In Form eines Halbkreises stehen sie dicht beieinander: Anna-Marie leicht versetzt hinter Jans Schulter, Oskar daneben, Karola der Tür am nächsten. Wie eine auf das Geburtstagskind wartende Familie. Den Zettel an die Tür als Unterlage drückend, schreibt Karola: *Heute wartet ein Klassiker, lieber Till, draußen auf dich: eine Überraschung! – Karo.* Zu Jan gewandt flüstert sie: »Schau, wie das funktioniert«, und schiebt den Zettel unter der Tür durch.

Sie lauschen. Ein Geräusch, als würden Patronenhülsen eine nach der anderen ins Gewehr gedrückt, nachgeladen. Befehle, eine Frauenstimme mit französischem Akzent: »Go and run you yellow bellies! Go and run – Go and run you yellow bellies!« Oskar knetet die Hände, Anna-Marie ist ganz hinter Jans Rücken verschwunden. Etwas nähert sich der Tür, es ist ein Geräusch, als würde über ein Fell gebürstet. Ein Zettel flutscht unter dem Türspalt hindurch. Sie stecken die Köpfe über dem Papier zusammen.

»Ich kann's nicht lesen«, flüstert Jan.

»Also, in etwa schreibt er: *Stell es einfach hin, liebe Karo, das Tier wird es sich holen.*«

»Ein Tier?«

»Und der Buchstabenhaufen da?« Oskar deutet auf den Zettel.

»*FYEO* bedeutet, die Nachricht ist nur für den Empfänger bestimmt«, erklärt die Schwester.

»Woher soll ich das wissen?«, sagt Karola.

»For Your Eyes Only, was denn sonst?«

Karola überlegt eine Weile, sagt dann: »Till hat sich ein mexikanisches Reptil bestellt, ein ziemlich großes. So hat er das zumindest geschrieben. Bis heute ist es aber nicht angekommen. Vieles, was er sich vornimmt, verläuft im Sand. Was aber ankam, waren Bildschirme und stapelweise Umzugskartons. Er wollte seine alten Sachen aussortieren. Er hat Größeres vor. Da will er nicht gestört werden.«

»So etwas habe ich mir gedacht.« Oskar knetet immer noch die Hände.

»Wie locken wir ihn jetzt raus?« Anna-Marie schaut in die Runde.

Bevor Karola weitere Nachrichten auf den Zettel schreiben kann, tritt Jan an die Tür heran. Er will gerade klopfen, da öffnet sich die Tür eine Handbreit wie von selbst. Das Licht im Flur fällt als trapezförmiger Streifen auf das Parkett und gibt einen Ausschnitt des Zimmers preis. Sie sehen inmitten des Raums eine Matratze, Stapel von Klamotten und Büchern, ein paar Umzugskartons, im Hintergrund zwei Bildschirme. Wie blau leuchtende Augen eines gierigen Ungeheuers. Das Licht zerfällt in der Tiefe des Raums, wird immer blasser. Sonst ist es stockdunkel, die Jalousie muss heruntergelassen sein. Oder eine tiefschwarze Nacht hat sich plötzlich über die Straße gesenkt, alle Lichter verschluckt. Aus den Boxen klingen verhallende Schritte und Stimmen: Eine dritte, in ihrem Tonfall etwas dümmliche, lallt in trägem Deutsch: »Es ist gut – Es ist gut – Es ist gut, dass der weg ist!«

»Wer da?« Tills Stimme hört sich an, als wäre seine Zunge wie gelähmt und trage schwer an jeder Silbe. Die Stimmen und Spielgeräusche verstummen. Er muss direkt hinter der Tür stehen.

»Ich bin's, der Jan.«

Till zieht die Tür auf. Das Flurlicht fällt grell auf ihn, lässt ihn reflexartig die Hand vor das Gesicht ziehen. Das Haar ist länger, struppiger geworden, die Augen sind nicht zu sehen, im Mundwinkel steckt eine Zahnbürste. Um die Mundwinkel Schaum, das Kinn wie der Hals sind unrasiert. Seine Haut wirkt ausgeblichen, als habe er wie eine Jeans in der prallen Sonne gelegen und ein wenig an Farbe verloren. Er trägt ein blaues, viel zu kleines Polo-Shirt und gepunktete Boxershorts. In der Boxershorts steckt ein Plastikbecher, der im ersten Moment wie ein erigiertes Glied wirkt. Sein schmaler Körper kann den Blick ins Zimmer nicht versperren. Jan erscheint es größer als sonst. Über allem liegen ein modriger Geruch und eine feine Staubschicht.

»Was machst du da?«, fragt Jan.

Till nimmt die Zahnbürste aus dem Mund, hält die Hand immer noch vors Gesicht, blinzelt kurz zwischen den Fingern hindurch und schluckt herunter: »Nach was sieht das aus?«

»Ich weiß es nicht.«

Till holt den Becher aus der Boxershorts und hält ihn in einen Mülleimer direkt neben der Tür. Wasser schwappt auf den Boden und bildet eine Lache. Er spuckt die Zahnpaste in den Eimer: »Ich spucke die Zahnpaste hier in den Eimer. Und jetzt nehme ich einen Schluck und gurgele wie der König des Barbarischen Meeres, Gurumusch.« Er gurgelt, wie sie es früher immer vor dem Schlafengehen gemacht haben, so dass die Zahnpaste Blasen schlägt, und spuckt die Flüssigkeit in den Eimer.

Jan schmunzelt.

Till tunkt die Zahnbürste ins Wasser, wäscht die Bürste und legt sie sorgfältig neben den Eimer auf ein ausgebreitetes Handtuch. Den Becher steckt er zurück in die Boxershorts. »Was wird das hier?«

»Wir planen Sommerurlaub«, sagt Karola. In Anna-Maries Tasche piept eine eintreffende Nachricht. »Und der Jan wollte sich verabschieden.«

Die Freunde schauen sich kurz an, dann wendet Till sich Oskar zu: »Okay.« Till weist ins Zimmer: »Macht es euch gemütlich.«

Langsam, als handele es sich um eine Ausstellungsfläche mit zerbrechlichen Exponaten, übersteigen sie den Grießbrei ins Rauminnere. Anna-Marie verharrt im Gang.

»Willst du nicht deinen Bruder besichtigen?«, fragt Till.

Sie schaut von ihrem Smartphone auf, sagt: »Ich muss noch etwas erledigen«, und verschwindet in ihr Zimmer.

Karolas Blick sucht die Kommode, findet sie in ihre Einzelteile zerlegt, von der Marmorplatte keine Spur. Als Nächstes begutachtet sie die Umzugskartons. Auf dem einen liest sie *Hygiene-Kiste*, diese füllt sie jeden Montag mit Oskars Präparaten, neuerdings mit Zahnpastetuben. Oskar bückt sich hinunter zum Terrarium, fährt mit der Hand über die Steine, die in Form einer Gebirgskette in Miniaturformat angeordnet sind. Jan betrachtet währenddessen die Stelle, wo einst das Bücherregal stand, und fährt mit dem Finger Tills Handschrift nach: *Bücher*, *Bücher*, *Bücher*. Das letzte *Bücher* überschneidet sich mit einem großen *TV*. Den Flachbildschirm hatten sie noch gemeinsam an die Wand geschraubt. Daneben entdeckt er ausgedruckte Vogelporträts, Detailaufnahmen, die das Bild Kims umrahmen.

Die Eltern gehen von Inschrift zu Inschrift, lesen *Karotte*, lesen *Kommode*. Karola versucht, den mehrmals durchgestrichenen Satz unter den Bildern zu entziffern, Oskar beobachtet auf einem der Computerschirme eine Figur beim Robben durch Schilf und Morast. Till hat sich eine Zigarette angesteckt, die Jalousie hochgezogen und das Fenster geöffnet. Jan neben ihm.

Sie rauchen und aschen ihre Zigaretten am Rand eines Glases ab, während die Eltern weiter im Zimmer umhergehen.

»Die baust du doch wieder zusammen?« Karola deutet auf die Einzelteile der Kommode. »Das kann aber auch nach Mexiko sein.« Sie nähert sich langsam den Rauchenden. »Wieder so ein Urwaldabenteuer.« Sie steht jetzt ganz dicht neben den beiden, atmet auffällig tief ein.

»Gefahr vereint«, mischt sich Oskar ein.

Till drückt die Zigarette in dem Glas aus.

»Vereint überlegen wir uns dann auch eine Taktik«, sagt Oskar.

»Was für eine Taktik?«

»Wie wir erstens mit Prof. Dr. Peters Unterstützung gegen Frau König vorgehen. Einverstanden?«

»Ist mir egal.«

»Und wie wir zweitens deinen ins Stocken geratenen Muskelaufbau wiederbeleben.« Er fasst nach seinem Arm, lässt ihn dann aber schnell wieder los. »Ich denke da an die Methoden der Astronauten, wo per Flüssigkeit die Nährstoffe in kalkulierten Mengen dem Körper zugefügt werden. So einfach wird das sein. Ich werde mir da etwas Astronautenmäßiges einfallen lassen!« Oskar strahlt. Aus Anna-Maries Zimmer ertönt in unregelmäßigen Abständen ein Lachen. »Du machst doch weiter so?«

»Ich weiß es nicht mehr.«

»Ach«, sagt Karola. »Dann kannst du ja doch mit Jan mit. Bis das mit Frau König geklärt ist.«

Till schaut Jan an, der eine weitere Zigarette aus der Schachtel angelt.

»Dann stören wir mal nicht weiter«, sagt Karola und verlässt mit Oskar das Zimmer.

Eine lange Zeit schweigen sich die beiden an, Till hat sich gesetzt und kippelt mit dem Stuhl, Jan lehnt an der Tischplatte.

»Habt ihr über mich geredet?«, fragt Till seinen Freund.

»Jetzt machen wir uns schon langsam Sorgen.«

»Und zu welchem Entschluss seid ihr gekommen?«

Jan denkt einen Moment nach: »Das musst du selbst wissen.«

»Was muss ich wissen?«

»Was du machst.«

Till schaut ihn lange an. »Du gehst?«, fragt Till.

Jan nickt, reicht Till eine Zigarette.

»Oskars Route?«

»Yap, Oskars Route. – Wie besprochen.« Jan zögert eine Weile. »Fast wie besprochen. Ich meine, wir hatten ausgemacht, dass wir zusammen die Welt bereisen. Aber jetzt sieht es ja nicht danach aus.«

»Wer weiß«, sagt Till. Jan schaut ihn sehr verwundert an. »Vielleicht komme ich doch mit. Mir fällt eh nichts Besseres ein. Die Decke kracht mir bald auf den Kopf. Vom ganzen Zocken auch, weißt du?« Till deutet mit dem Kopf auf die Bildschirme. »Wenn ich so weitermache, mutiere ich noch zum letzten Nerd. Immer um die gleiche Uhrzeit treffen wir uns, wir sind beinah ein Clan. *Das Tapfere Sniperlein* ist der Anführer, dann gibt es noch ein schmuckes Mädchen, kommt irgendwie aus Kanada, sie hat tausend Sommersprossen und knallrotes Haar.«

»Woher weißt du das?«

»Sie hat mir ein Bild von sich geschickt. – Die ist gut, die kann den *Silent Shot*.« Till lacht. »Siehst du, was bald aus mir wird!« Till schaut aus dem Fenster. Auf dem Fensterglas ist sein Spiegelbild erkennbar. Aber er schaut hindurch, als sehe er dahinter noch jemand anderen. »Wann soll's losgehen?«, fragt Till.

»Morgen«, antwortet Jan.

»Morgen! Und dann kommst du – jetzt!«

»Ich dachte, du kommst nicht mit.«

»Das war doch so ausgemacht!« Till runzelt die Stirn. »Oder willst du alleine reisen?«

Jan drückt die Zigarette aus, schaut auf den Boden. »Kim kommt mit.«

»Ach, noch besser!«

Jan schaut weiter auf den Boden. Dann schaut er ihn an: »Wir sind – Kim und ich sind zusammen.«

10

From: till-tegetmeyer@gmx.net
Betreff:
30. 06. 2011 18:12 Uhr

85 tage. kim. wenn ich über mir schwebe, sehe ich mein zimmer da unten nun als meinen körper. die bildschirme wie augen, die ich öffnen und schließen kann, die tür: ein mund. der rechner: das gedächtnis. die wände sind mit bildern behangen, wie ein archiv von all dem, was mich berührt hat. ich bin das herz dieses körpers, ich bin es, der diese bilder macht und an die wand pinnt, der das gedächtnis mit erinnerungen speist, der über diesen raum bestimmt, mauern zieht, gegen wind und wetter.

kim, je länger ich jedoch hier ausharre, desto verschwommener wird dein gesicht. ich suche nach einem foto, aber ich finde keins. ich durchwühle meine übrig gebliebenen sachen, taste die wand nach dir ab. du scheinst nicht zu existieren. was täglich hier eintrifft, sind fotos von jan: jan auf dem sitz eines jet-skis, gischt hinter sich aufwirbelnd, jan am bungeeseil baumelnd, jan mit einer russin im arm. ich aktualisiere und aktualisiere: jan beim aussteigen aus einer propellermaschine, »buddha air«, vor watteartigen nebelfeldern. jan mit einem rucksackturm bepackt, wie er die ausgeklappte leiter hinuntersteigt, in die kamera schaut. vielleicht in deine.

ich lasse alle seiten dieser welt nach dir durchsuchen. das internet ist das weltgedächtnis, die neue chronik der menschheit, aber dich kennt es nicht. alles, was passiert ist, hat sich hier einge-

schrieben. alles, was passieren kann, passiert hier. wenn nicht jetzt, dann ein andermal. ich gebe deinen namen ein. es gibt viele kims. ich aktiviere die bildersuche. kim ist hübsch, kim trägt bikini, kim spreizt die beine. du wirkst nicht gerade zurückhaltend, deine brüste zeigen auf glamouröse wände, dein rücken durchgestreckt. ich klicke weiter: du sitzt am strand, blondiertes haar, vögel kreisen am horizont, du siehst sie nicht mit deinen gletscherblauen augen. du ähnelst meiner schwester: du schmollst mit den lippen wie eine ente. ich klicke weiter: du trugst sonnenbrille, du lagst zu lange in der sonne, du hältst die kamera vor dich und drückst ab. deine scharlachrote haut pellt sich. nur die sonnenbrille hinterließ einen weißen fleck um deine augen. ich klicke weiter: mal schaust du schüchtern, oft hast du wenig an, mal küsst du eine goldmedaille, mal schwenkst du eine flagge vor röhrenden autos, mal bist du fähnrich auf der voyager in hautengem anzug, mal ein hund – zu guter letzt ein schlichter stuhl.

kim, du warst immer diejenige, die ohne die anderen auskam, die sich selbst genug war. wer sagt denn, dass der mensch eine gemeinschaft braucht? family-brunch und so weiter? er hat doch arme und beine, um alleine in den wald zu ziehen, eine höhle aufzusuchen, oder ein baumhaus, oder ein kellerloch, oder eine nur von waschbären bewohnte insel. vielleicht ist das unsere eigentliche bestimmung. in jedem menschen regt sich irgendwann hass, wenn er andauernd mit jemandem zusammenstößt. und es wird immer enger auf der welt. nicht nur, weil wir von tag zu tag mehr werden. vielmehr, weil wir alles durchdenken, weil alles, was wir erobern wollen, bereits erobert wurde. jeder raum, den wir meinen, als erster zu betreten, ist bereits übervölkert und seine luft schon lange abgestanden. weißt du, ich probe hier, der letzte mensch zu sein. ich sauge alles auf, was ich von mutter bekomme – ich gehe vorsichtig mit den ressourcen um. in den nachrichten würden sie mich dafür loben, würden sagen, man solle sich ein beispiel an diesem jungen nehmen, wie konsequent er das wasser einteilt, wie er auf die stimme der natur hört. vielleicht bin ich wirklich der letzte mensch auf erden. ich bin mächtig stolz.

der 86. tag bricht an. karl ist mit mir wach geblieben. wenn ich zu ihm hochschaue, duckt er sich schnell in die tiefe des raums weg, als fühle er sich ertappt. ich spiele weiter, mache den 70. strich an der wand. es geht erschreckend schnell richtung sommer. ich habe freunde gefunden, obwohl ich keinem menschen mehr begegnet bin. was sagt uns das, was sagt das über uns? du findest das bestimmt unerklärlich. ich behaupte: unsere körper sind überbewertet, längst aus der mode.

vielleicht erklimmt ihr gerade einen berg, während ich mandarine um mandarine esse. ich nehme es euch nicht übel, dass ihr die welt auf diese weise erkundet. ich mache es ja auch auf meine weise. ich werde beweisen, dass im kleinen detail die ganze welt stecken kann und dass man bei der betrachtung des kleinsten in ungeahnte höhen gerät. ich meine, es gibt doch forscher, die sich ihr leben lang mit amöben herumschlagen, sie heranzoomen, sezieren, zuordnen, ohne dass es ihnen langweilig wird. mein zimmer ist so eine amöbe, eine box, die alles nur mögliche in sich trägt. du kannst bald kommen und sie dir anschauen! till.

11

Ein HDMI-Kabel viele Male um den Arm gewickelt, bewegt sich *Karl* rückwärts zur Wohnzimmertür, immer etwas Kabel nachlassend, als gäbe er einem störrischen Fisch Leine nach. Die Stirn in Falten, Schweißperlen an den pochenden Schläfen, ein Schweißfleck auf dem Rücken des kurzärmligen türkisfarbenen Hemds. In der Gesäßtasche der korrekt gebügelten Bundfaltenhose steckt ein Telefon. Ein leichter Bauchansatz ist sichtbar. Er passiert einen unter die Dachschräge passgenau gezimmerten Schrank voller mit Ziffern beschrifteter Ordner, den mit Dokumenten überladenen Sekretär, entfernt sich schrittweise vom Fenster und vom der Straße zugewandten Balkon.

Im Gang ist es dunkel, kurz schaut er ins vom Abendlicht beleuchtete Kinderzimmer: Die himmelblaue Bettdecke ist akkurat gefaltet, eine Giraffenfamilie sitzt der Größe nach sortiert in der Ecke, die von ihm eigenhändig an der Fensterscheibe angebrachten Sternzeichen, Kassiopeia und Orion, deren Leuchtkraft vor langer Zeit bereits verblasste, schimmern schwach.

Die Fenster des Schlaf- und Arbeitszimmers weisen in den Hinterhof. Das Bett an der einen, der Rechner an der anderen Wand. *Karl* gibt den letzten Kabelmeter nach und verbindet den HDMI-Stecker mit dem Gehäuse. Der Computer synchronisiert automatisch, auf dem Bildschirm erscheint: *Jetzt Live gehen! Karl* nimmt das Telefon aus der Gesäßtasche und legt es neben die Tastatur. Als wäre es damit nicht einverstanden und wollte lieber auf die Station zurück, um mit voller Kraft wichtige

Anrufe entgegennehmen zu können, piept es dreimal und lässt das Akkusymbol trotzig aufblinken.

Karl geht live, schaltet die Option HD wie empfohlen ein, da die Kamera die notwendige Datenmenge liefert. Es erscheinen Videofenster und eine Kommentarleiste. Das Videofenster streamt das statische Bild einer in die Abendsonne getauchten Hausfassade, im Mittelpunkt ein etwas tiefer gelegener Erker. Im Zimmer hinter dem Erker sind im Oval angeordnete und mit Kabeln verbundene Bildschirme sichtbar. *Karl* betätigt eine Taste, auf Kommando zoomt die Kamera heran: Ein- und mehrfarbige Zettel sind auf einem Schreibtisch verteilt, die Hälfte eines Polo-Shirts schwebt frei in der Luft, fransige, feucht glänzende Stofffetzen, eine Hose, Socken, Unterhosen. Der Boden ist bedeckt von Kisten, Pizzaschachteln, benutzten Tellern, einer Wanne, einer vom Bildschirmrand abgeschnittenen Matratze. Da ist ein Terrarium, da ist Klopapier zu einer Pyramide aufgetürmt, dazwischen unzählige leere Flaschen. Aus einer Kiste ragen Beutel heraus, gefüllt mit einer gelben Flüssigkeit. Die Wand in der Zimmertiefe wird von einigen Bildern geziert, hier und da steht etwas in einer unleserlichen Handschrift geschrieben, daneben finden sich Striche wie an den besudelten Wänden eines Gefängnisses. Oder den verzierten Wänden eines Klosters.

Nichts bewegt sich in diesem Raum, lediglich ein Wassertropfen, der sich langsam an den Stofffransen sammelt, gibt einen Anhaltspunkt, dass Zeit vergeht. Gemächlich schwillt er an, vergrößert sich, legt an Oberflächenspannung zu, bis er sich unerwartet löst, lautlos auf die Zettel tropft. Unter dem Videofenster steht die Anzahl der Zuschauer, bei jedem Hinzukommenden reibt sich *Karl* über das ausgedünnte Haar. Es sind bereits 12 anwesend, ein dreizehnter ist unsichtbar, in der kurzen Zeit gab es 154 Besucher, zwei davon sind Anhänger. Till ist nirgends zu sehen. Rechts neben dem Videofenster schießen Kommentare in die umrahmte Kommentarleiste. *Karl* liest:

21:42 cassyjuenger: *Was für eine scheise ist das denn hier?*

21:43 holychristo: *ein übler saustall, peinlich uns sowas zu zumuten *augenkrebs**. (Er macht ein angewidertes Gesicht.)

21:43 schnapsdrossel87: *mann könnte auch mal aufräumen.* (Sie lächelt.)

21:49 cassyjuenger: *assiiiiiiiiiiiiiiiiiiiiiiiiiiiiiiiiiiiiiiiiiiii*

21:50 harrypopper: (Er übergibt sich.)

21:55 holychristo: *Und Klopapier sollte fürs klo sein und nich auffem tisch stehen*

»*oder auf nem berg mit kA was das is.* (Er macht ein verwundertes Gesicht.)

21:56 hexxar: *gibs hier nackte frauen?* (Er zwinkert mit dem Auge.)

21:57 harrypopper: *lebt da überhaupt noch jemand?*

21:00 holychristo: *sieht nicht so aus.* (Er grinst über das gesamte Gesicht.)

»*Jemand*

»*da?*

»(Er runzelt die Stirn.)

Es ist dunkel. *Karl* scheint sich nicht bewegt zu haben. Neben ihm piept das Telefon minütlich, stehen ein Glas Wasser und ein Teller mit einem Schinkenbrot. Nur in den Rauchpausen verlässt *Karl* seinen Posten am Bildschirm, begibt sich zum Balkon, stellt seinen Körper für wenige Minuten zwischen die Kamera und Tills Zimmer. Obwohl es sehr dunkel ist und man kaum etwas anderes als graue Schattierungen erkennen kann, sind Zuschauer anwesend. Till ist als Umriss zu erahnen, wie er ausgestreckt auf der Matratze liegt, die Beine vom Fensterrand abgeschnitten. Zurück an seinem Platz zählt *Karl* zwei Zuschauer, es ist kurz nach 3 Uhr. Ein dritter Zuschauer ist unsichtbar. 880 Besucher bis dato, 14 Anhänger wurden gezählt. In der Kommentarleiste liest er:

3:07 affeohnewaffe: *ich se nichts, alles dunkel bei mir …*

3:07 [PRO]NachtWaechter: *drueck refresh, sonst kannst du dir nicht sicher sein ob sich etwas bewegt*

»Hab vorhin naemlich für ne Stunde nen eingefrorenen Bildschirm angeglotzt. (Er lächelt.)

3:07 affeohnewaffe: *isser dieser fleck da in der mitte …?*

3:07 [PRO]NachtWaechter: *yes das isser*

3:08 affeohnewaffe: *schläft der mit sachen …?*

3:08 [PRO]NachtWaechter: *hat ewig vorm Bildschirm rumgezappelt*

»Nur in Shorts

»Er schwitzt viel

»schmeißt andauernd irgendwelche tabletten und kippt sich so ne flüssigkeit rein

»Hat dann das Zeugs von der Leine abgenommen und sein Shirt uebergezogen

»Sass ne Ewigkeit mit geschlossenen Augen da, meditierte oder so

»Und wird immer gruener

»wie n Allien

»Liegt jtzt schon ne Weile da

»da in der Mitte wos noch dunkler ist

3:14 affeohnewaffe: *gibts kein sound …?*

3:12 [PRO]NachtWaechter: *nee, noch nicht*

»musste den MOD fragen, vll baut der noch was ein

3:12 affeohnewaffe: *wer is der mod …?*

3:12 [PRO]NachtWaechter*: GroberoXX*

»der streamt 24/7

»von gegenueber

3:13 affeohnewaffe: *wie lange läuft das schon ...?*

3:13 [PRO]NachtWaechter: *ich bin erst seit gestern mit dabei, laeuft vll seit 2–3 naechten*

3:13 affeohnewaffe: *schaust du nur nachts ...?*

3:13 [PRO]NachtWaechter: *Tagsueber hab ich kein Zeit.* (Er zwinkert mit dem Auge.)

»*Tagsueber ist bei mir Nacht.* (Er wiederholt die Geste.)

3:13 affeohnewaffe: *nachts sieht man doch gar nichts ...*

3:13 [PRO]NachtWaechter: *abwarten, er ist sehr nachtaktiv*

»*Steht irgendwan auf hockt vor dem Computer rum*

3:14 affeohnewaffe: *zockt er ...?*

3:14 [PRO]NachtWaechter: *er muss ziemlich gut sein, sagen sie*

»*Spielt manchmal 10 Stunden am Stueck ohne einmal aufzustehen*

»*Einer soll gesehen haben, dass er beim Zocken in so beutel gepisst hat*

3:16 affeohnewaffe: *hm ... ich seh keine beutel ...*

3:16 [PRO]NachtWaechter: *wenn er das Licht anmacht siehst du sie bestimmt*

»*Wenn nicht heute dann musst du mal tagsueber vorbeikommen und Glueck haben, dass der Rollladen oben ist dann siehst du alles, was so rumsteht*

»*Oder du stellst deinen Bildschirm auf volle Helligkeit*

»*So erkennst du zumindest ein paar Umrisse.* (Er zwinkert mit dem Auge.)

Karl strengt sich an, auch etwas auf dem Bildschirm zu erkennen. Hinter den Erkerfenstern schwirren dunkle Schatten umher. Mal erkennt er einen Schaukelstuhl, der durch den Raum schunkelt, mal ein vierbeiniges Wesen etwa von der Länge eines Baguettes, das wie erstarrt auf dem Fenstersims den Kopf gen Nachthimmel reckt. Mal meint er ein bläuliches, ätherisches Strahlen wahrzunehmen, als läge hinter den Grauschichten noch eine verborgene Ebene, die ab und an durch die Fugen des Parketts hindurchschimmert.

3:42 [PRO]NachtWaechter: *noch hier?*

3:43 affeohnewaffe: *da wird einem ja schwindlich wenn man lange draufglotzt … bin fast weggeknackt … du …?*

3:42 [PRO]NachtWaechter: *voll dabei.* (Er hebt die dampfende Kaffeetasse.)

»Laeuft immer nebenher

3:43 affeohnewaffe: *ganz schön gruselig … was man da so sieht …!*

3:43 [PRO]NachtWaechter: *wart erstmal die Morgenstunden ab*

»Er hat es mit voegeln

3:43 affeohnewaffe: (Er kugelt sich vor Lachen.)

Karl frühstückt Rührei mit Speck und Bohnen. Die Telefonanlage hat er mittlerweile neben dem Computer installiert, das Telefon ist vollständig aufgeladen. Null Anrufe in Abwesenheit. Auf dem Bildschirm lehnt Till sich aus dem Erkerfenster, sein Oberkörper ist frei, breitschultrig. Er trägt kurze Shorts, kräuselnde Schamhaare entwachsen dem Saum in Richtung Bauchnabel. Vögel stürzen ins Bild und landen auf Tills gewölbter Hand. Andere umkreisen seinen Arm, seinen Oberkörper, seinen Kopf. Flüchtig streift er mit den Augen die Kamera und schüttelt die letzten Krümel aus der Handfläche über den Tieren aus. Er lässt sich in den Stuhl fallen, schiebt die Mouse hin und her und drückt auf Tasten.

Unter dem Videofenster steht: 22 Zuschauer, 1580 Besucher, 21 Anhänger. Ein Zuschauer ist unsichtbar. Manchmal tippt *Karl* eine Bemerkung ein. In der Kommentarleiste eine Kommentarflut:

8:30 affeohnewaffe: *was füttert er den vögeln …?*

8:31 [PRO]Vogel1: *ich würde vermuten, dass er geschrotete Erdnüsse verwendet, die sind sehr energiereich und eiweißhaltig, vielleicht verwendet er auch eine Mischung aus Haferflocken, gehackten Nüssen, hochpotente Ingredienzen, und vermischt das mit einer großen Menge Fett zu einem schönen Brei.*

»*Das lieben die Vögel!!*

8:31 affeohnewaffe: *kann ich das auch kaufen ... und dann futtern die mir auch aus der Hand ...?*

8:32 [PRO]Vogel1: *so leicht ist das nicht, Äffchen. Wir haben in unseren Observationen festgestellt, dass Vogelprodukte aus dem Supermarkt nicht sonderlich gut funktionieren. Die Vögel spüren anscheinend, wie viel Liebe in der Zubereitung steckt.*

»*Und da ist unser Freund ganz vorbildlich!*

»*Er investiert viel Zeit, weißt du?*

»*Die spüren nämlich, ob du es ernst mit ihnen meinst*

»*das bekommt man nicht von einen auf den anderen Tag hin*

8:33 fickdichinsknieduspast: *morgen alle zusammen*

8:33 [MOD]GroberXX: *fickdichinsknieduspast has joined*

8:33 fickdichinsknieduspast: *ich hab nen joint.* (Er grinst über das gesamte Gesicht.)

8:33 affeohnewaffe: *morgen*

»*Du, Vogel1, wo kann ich das lernen ...?*

8:33 schnapsdrossel87: *moin*

8:33 [MOD]GroberXX: *schnapsdrossel87 has joined*

8:33 holychristo: *moin, liebste!* (Seine Augen werden zu Herzen.)

8:33 schnapsdrossel87: (Sie verteilt Kusshände.)

8:34 [PRO]Vogel1: *@Äffchen, schau genau zu, wie er es macht, er schafft es nämlich, wie unsichtbar für die Vögel zu sein, zumindest keine Bedrohung mehr, eher einer von ihnen, seine Bewegung, der Geruch, die Geräusche ...*

8:34 affeohnewaffe: *kuhl ...*

8:35 Piddybaby: *Moin*

8:35 [MOD]GroberXX: *Piddybaby has joined*

8:35 Piddybaby: *Hab ich die Fütterung schon verpasst.*

8:36 holychristo: *ya, er hat schon das Croissant geholt*

»wir haben köstlich fappiert!

»Er rührt es mal wieder nicht an, nur die Spitze hat er abgeknabbert

8:36 [MOD]GroberXX: *nächste Fütterung, meine Herren, gegen 14:00 Uhr*

»Der MOD prognostiziert das Auftauchen der Schwester

»Sie versorgt ihn in letzter Zeit mit Fressalien, meine Herren!

8:36 affeohnewaffe: *ich hab sie noch nie gesehen ... ist sie hot ...?*

8:37 [MOD]GroberXX: *hat jemand einen Screenshot von ihr?*

8:37: lutz_kettenschutz: *wartet, ich hab einen*

8:38 [MOD]GroberXX: *lutz_kettenschutz pfostiert Tiers Sister!*

8:38: affeohnewaffe: *ui nich schlecht ...*

8:38: holychristo: *bump and thanx!* (Seine Augen werden zu Herzen.)

8:38: Batt_dan: *Fap!*

8:39 hexxar: *Message was deleted*

8:39 germandream: *moar!*

8:39 Elgrandeburito: *fap fap fap! Sauceeee!!!* (Er holt sich einen runter.)

8:39 hexxar: *Message was deleted*

8:39 schnapsdrossel87: *jungs reist euch zusammen*

»Aber die gefällt sogar mir (Sie zwinkert mit dem Auge.)

8:39 [MOD]GroberXX: *hexxar bekommt eine 10-Minuten-Auszeit*

8:39: holychristo: *Drossel, du bist die beste!* (Seine Augen werden zu Herzen; er holt sich einen runter.)

8:40 tussipussi: ***morgen in die runde***

8:40 [MOD]GroberXX: *tussipussi has joined*

8:40 fickdichinsknieduspast: *hehe tussipussi hat auch nen joint* (Er grinst über das ganze Gesicht.)

8:40 tussipussi: *wat neues?*

8:41 holychristo: *die Drossel is da!!!* (Seine Augen werden zu Herzen.)

8:41 [PRO]Vogel1: *und ein Tier!*

8:41 schnapsdrossel87: *ein waaaas??? Ein tiiiiieeeerrrrr????* (Sie macht ein verwundertes Gesicht.)

8:41 [PRO]Vogel1: *da, in dem größten Haufen hat es sich eingelümmelt*

»Es war schon so gut wie tot

»Total farblos, hat sich keinen Meter mehr bewegt, keine Atmung, nada

8:42 schnapsdrossel87: *woooooooo??? Ich seeehhhs nichtt??!* (Ihre Augen wandern suchend umher.)

»Ahhhhh, jaaaaaaaaaaa, jetzts eeehheheh ichsssseeehhhssss!!!!!!!

»Hat graad rausgeschaaauuuutt!!!!

»Was issnnnn daaassss???!!!!!

8:42 [PRO]Vogel1: *als Experte sage ich: es ist ein GRÜNER LEGUAN.*

»Unser Freund hat es mit Folie umwickelt – es so aus dem Reich der Toten zurückgeholt!!!

8:43 schnapsdrossel87: *oohh is das süüßßßßß* (Sie überreicht dem Tier eine Blume.)

8:43 tussipussi: (Sie überreicht dem Tier einen Blumenstrauß.)

8:43 holychristo: (Klaut dem Tier Blume und Blumenstrauß und überreicht sie *schnapsdrossel87*.)

8:44 schnapsdrossel87: (Sie gibt ihm die Brust.)

8:44 holychristo: (Er nuckelt daran.)

8:45 affeohnewaffe: *ich hab auch son tier bei mir im zimmer ...!*

Dichte Behaarung überzieht große Teile der Brust, erstreckt sich über die Schulter bis hin zum Rücken. *Karl* schwitzt. Aus einer Vase neben dem Telefon ragt ein frischer Blumenstrauß. Er schaut auf die Uhr, dann wieder auf den Bildschirm. Die Fenster sind weit geöffnet. In den letzten Tagen ist es erdrückend heiß geworden, auch Till scheint sich Schweiß von der Haut zu wischen, hat seine Bewegungen auf ein Minimum reduziert. Die Flugbahnen der Vögel sind träge. Lediglich der Leguan scheint Gefallen an der Hitze zu finden, reckt pausenlos den Kopf in Richtung Sonne, rollt genüsslich mit den Augen. Seine groben Schuppen haben einen fahlen Grünstich, er trägt einen gezackten Kopfhelm, der Kehlsack ist braun gefärbt. Entlang des Rückens verläuft bis zum Schwanz ein gestachelter Kamm. Die Vögel scheinen keine Angst vor dem Reptil zu haben, landen dicht neben ihm, zerhacken die Nüsse. Ein Vogel pickt frech auf seinem Schwanz herum.

Auf Tills Schreibtisch ist eine Wanne platziert. Mit einem Stofffetzen, den er in die Wanne tunkt, reibt Till sich von oben bis unten ein. Er benetzt die Achseln, den Brustbereich, flüchtig den Bauch, die Rückenpartie. Auf die Haare schöpft er kellenweise Wasser, knetet und wringt den Stofffetzen, zieht die Boxershorts herunter, benetzt das Schamhaar, fährt an seinem Glied auf und ab, schiebt die Vorhaut beiseite und befeuchtet die Eichel. Aus einer Kiste holt er ein Handtuch hervor und reibt sich das Wasser von der Haut.

Till schaut aus dem Fenster und reckt den Kopf wie der Leguan gen Sonne, bis seine Haare trocken sind. Wie der Leguan rollt er mit den Augen, wie der Leguan schnalzt er mit der Zunge nach Fliegen, wie der Leguan starrt er einem Vogel hinterher, wie er durch die Luft schwingt, ins Blau hinein, vor der Kamera landet: fächrige Federschichten.

Karl zählt 168 Zuschauer, einer ist unsichtbar, 4203 Besucher gab es, 54 Anhänger. In der Kommentarleiste überschlagen sich die Beiträge. Sehr häufig muss er den Chat auf null zurücksetzen, um den Server nicht zu überlasten. Nach einer Weile steht er schwerfällig auf, geht ins Bad und macht sich frisch. Er zieht sich ein Unterhemd und ein gebügeltes Hemd über, stopft es in die Stoffhose und streicht noch die letzte Falte heraus. Er scheitelt das glänzende Haar und nimmt den Blumenstrauß aus der Vase. *Karl* tippt eine Nachricht in das Chatfenster. Sie mögen auf ihn warten, ist zu lesen, *GroberXX* habe jetzt ein Date. Sie drücken ihn herzlich und wünschen ihm gutes Gelingen.

Der Blumenstrauß ist in der Vase zurück, die Blätter bräunlich gewelkt, den Blüten hängen die Köpfe, das Wasser muffelt. *Karl* sitzt mit freiem Oberkörper vor dem Bildschirm, umgeben von Pizzaschachteln und gebrauchten Taschentüchern. Das Telefon liegt bereit, die Schuhe hat er an, auf dem Bildschirm lehnt Till weit aus dem geöffneten Fenster. Er und der Leguan starren zur Kamera. Eine weitere Woche ist vergangen und die Hitze wurde nicht weniger. 224 schauen zu, einer ist unsichtbar, 9203 Besucher bis dahin, 150 davon sind Anhänger. In der Kommentarleiste:

16:50 [PRO]schnapsdrossel87: *Ob er uns entdetckt hat?*

16:50 [PRO]holychristo: *Ach was, Drosselchen, der sieht uns nicht*

»Guck, da sitzt er wieder am Compu, zockt bestimmt

16:50 Miezekatze94: *Hat einer schon rausgefunden was*

16:50 lutz_kettenschutz: *Hipshot weiß das*

16:50 Miezekatze94: *Wer?*

16:50 lutz_kettenschutz: *Hipshot, aus seinem Clan.*

16:50 [MOD]GroberXX: [PRO]*affeohnewaffe has joined*

16:50 [PRO]affeohnewaffe: *hi in die Runde …!* (Er klopft mit den Fingerknöcheln 3-mal auf den Tresen.)

16:51: [PRO]schnapsdrossel87: *salve Äffchen!* (*schnapsdrossel87* drückt ihm einen Kuss auf die Wange; tussipussi drückt ihm einen Kuss auf den Mund.)

16:51 Mietzekatze94: *@lutz_kettenschutz, wer?? Hipshot???*

16:51 [PRO]Hipshot: *was gibts?*

16:51 [PRO]holychristo: *sie wollen Info.*

16:51 [PRO]Hipshot: *schon wieder* (Er rollt wie der Leguan mit den Augen.)

»Er ist ein Großer, spielt Medal of Honor, v2 Rifle only, Apex nennen sie ihn. Nach der Apex Elite.

»Ist Clan-Anführer, er und Das Tapfere Sniperlein zusammen

»Wir haben zu viert angefangen. Girl No. 1 ist unsre Sniper-Bitch.

»Von Tag zu Tag werden wir mehr

»Wir sind ungeschlagen

»Hier der Stream, da könnt ihr ihm über die Schulter schaun. Ein Mega Pro. Jungs, behandelt ihn mit Respekt

16:52 [MOD]GroberXX: *Hipshot pfostiert einen streamlink*

16:52 Miezekatze94: *thnx*

(Sie errichten eine Kapelle; jeder zündet eine Kerze an; *tussipussi* und *holychristo* haben Sex auf dem Altar.)

16:53 [PRO]schnapsdrossel87: *guckt, jungs!!!*

»jetzt glotzt er wieder so!!!!!

Vom Blumenstrauß sind bloß die Stängel übrig geblieben. Die Telefonstation ist wieder abgebaut. Kalle sitzt in Boxershorts und mit freiem Oberkörper da. Im Videofenster ist das immer gleiche Standbild zu sehen: Tills Zimmer. Der Schreibtisch ist beiseite geschoben, so dass Till leichter an das Fenster kommt. Der Leguan ist nicht im Bild, auch von den Vögeln keine Spur. 639 verfolgen das Geschehen, einer ist unsichtbar, *Karl* zählt 14672 Zuschauer, 312 Anhänger. In der Hand hält Till schwarzes Klebeband.

20:00 [PRO]schnapsdrossel87: *Was hat er da?*

20:00 Miezekatze94: *Was will er damit machen?*

20:00 [PRO]holychristo: *vllt is irgendwas kaputt*

20:00 [PRO]schnapsdrossel87: *Warum stellt er sich denn aufn stuhl???*

20:00 Piddybaby: *Äh, was isn das in der hand???*

20:00 [PRO]affeohnewaffe: *Warum klebt er einen streifen von dem zeugs ans Fenster …?*

20:01 Piddybaby: *Ist was undicht?*

20:01 [PRO]affeohnewaffe: *Warum klebt er einen zweiten streifen darunter …?*

20:01 [PRO]schnapsdrossel87: *Hat er uns gesehen?*

20:01 [PRO]affeohnewaffe: *Und noch einen …?*

20:01 Miezekatze94: *Ihn stört vllt die sonne*

20:01 [PRO]affeohnewaffe: *Und noch ne reihe …!*

20:01 [PRO]Hipshot: *So kann er bestimmt besser zocken*

»konzentrierter

20:02 [PRO]affeohnewaffe: *Noch eine …*

20:02 [PRO]Hipshot: *Keine spiegelung aufm Bildschirm mehr*

20:02 [PRO]affeohnewaffe: *Hm … schon die hälfte zugeklebt …*

20:03 Piddybaby: *Er hat aufgehört!!!!*

»Er raucht!!!!

20:03 [PRO]holychristo: *Wir rauchen!* (Alle rauchen mit Till. Auch *Karl* steckt sich eine Zigarette an.)

(Alle sind erleichtert; viele Küsse, viele holen sich einen

runter; ein paar Schlägereien; ein kleiner Naziaufmarsch; die Hälfte ist bekifft; kaum einer hat vor rauszugehen.)

20:07 [PRO]schnapsdrossel87: *Schläft er?*

20:07 [PRO]holychristo: *Im Stehen???*

20:07 [PRO]schnapsdrossel87: *Er hat die Augen zu*

20:07 [PRO]affeohnewaffe: *Betet er …?*

20:07 [PRO]holychristo: *Ach was!!*

20:07 Piddybaby: *Er raucht noch eine!!!*

(Alle rauchen noch eine; *tussipussi* ist schwanger, ihr Bruder war es; *schnapsdrossel87* outet sich, sie hat ein erigiertes Glied; *holychristo* begeht Selbstmord, er wird heiliggesprochen.)

20:12 [PRO]schnapsdrossel87: *Ohhh, starrt er zu uns!!!!*

»Er hat uns entdeckt???!!!

20:12 [PRO]affeohnewaffe: *Er muss uns doch mögen …*

20:12 tussipussi: *Ich liebe ihn!!!*

(Herzen ploppen aus 64 Augenpaaren; 12 holen sich einen runter.)

20:12 [PRO]affeohnewaffe: *Warum klebt er dann weiter … wenn er soooo geliebt wird …???*

(Vielen läuft eine Träne über die Wange.)

20:12 [PRO]holychristo: *Er will uns nur prüfen, wie lange wir durchhalten!!!*

20:12 [PRO]affeohnewaffe: *er hat alles zugeklebt!!!*

20:12 [PRO]Vogel1: *was soll denn aus den Vögeln werden??*

20:12 [PRO]schnapsdrossel87: *und aus dem Tier erst!!*

(Hunderten läuft eine Träne über die Wange; Hunderte zünden eine Kerze in der Kirche an; zum ersten Mal seit langem verstummen die Stimmen.)

12

Es ist ein glühend heißer, aber ein dunkler Sommer. Mit der Hand streiche ich durch die dickflüssige Luft, langsam dorthin, woher mein Atem kommt. Nur durch ihre Schwere spüre ich, dass ich noch da bin. Es ist so dunkel hier, mein Körper scheint gänzlich mit dem Raum verschmolzen. Außerhalb meines Zimmers gibt es nichts.

Ich neige den Kopf nach vorne, dort müssten meine Beine sein. Sosehr ich mich auch anstrenge, die Umrisse treten nicht aus der Finsternis hervor, es ist, als hätten die alten Körperteile ihre Bedeutung verloren. Ich fühle mit der Hand das schweißnasse Knie, streiche über die Wade. Die Muskeln sind angespannt, heben sich deutlich vom Knochen ab. Schon lange trage ich keine Socken mehr, die Zehennägel stehen über, auf die Hornhaut bin ich mächtig stolz. Einzeln breche ich die Nägel ab, Knackgeräusche füllen den Raum aus. Ein Bild von früher taucht auf, wie Jan voraus durchs Gestrüpp prescht, in ausladenden Bewegungen das Geäst wegschlagend, ich damit beschäftigt, mein Gesicht vor den zurückschnellenden Ästen zu schützen. Das Knacken des Waldbodens unter unseren Schritten, die Haut mit Harz besprenkelt.

Ich bin nicht allein. Die Dunkelheit ist bedeutungsvoll und bedrohlich zugleich. Aus ihr könnte alles hervortreten, in ihr könnte alles lauern, etwas, das scharfe Klauen und Zähne hat, das mir feindlich gesinnt ist, Hunger und Durst verspürt. In jeder Sekunde könnte es mich anfallen, erst wenn es an meiner Kehle säße, würde ich es bemerken. Ich strenge meine Ohren an, es ist zum Zerreißen still: Anna-Marie muss das Smartphone weggelegt haben, keine Mutterschritte vor der Tür, kein Vatergeklapper, kein Auto weit und breit – lediglich das monotone Tropfen des Schweißes auf den Boden. Tropfen, die vor meinen Füßen aufschlagen.

Der letzte Zeitindikator.

Durch die Dunkelheit taste ich mich zum Fenster vor. Dort bunkere ich sein Essen, und ich möchte mich mit ihm vertragen. Ich strecke meine Arme weit von mir, jede Richtung wird die richtige sein. In der Beschränktheit des Raums werde ich zwangsläufig irgendwann ans Fenster stoßen. Der verdunkelte Raum ist nun mein Gedankenraum. Ich werde mich in dieser Dunkelheit zurechtfinden müssen. Wie lange das weiter anhalten wird, kann ich nicht sagen.

Zwischen Schreibtisch und Fenster stoße ich an den Rechner, gleite mit der Hand über das geriffelte, noch aufgeheizte Gehäuse und lasse den Bildschirm aufblitzen: Ich sehe eine Hausfassade, einen Erker – meinen Erker. Die Kamera ist so nah an die Scheiben herangezoomt, dass die einzelnen Paketbandstreifen zu erkennen sind. Die ganze Welt schaut zu. Ich könnte Botschaften in die Wand meines Kokons ritzen, alle würden sie lesen. Meine Verwandlung wird Tag und Nacht gestreamt. Dank ihm. Ich taste nach den Zigaretten. Wir rauchen. Karl und ich. Ich bin ihm nicht böse.

Ein paar Seiten weiter schreibt Jan als Statusmeldung des Tages, wie er beinahe an einer kitschigen Karibikküste mit seinem Boot auf Korallen aufgelaufen wäre, wie er in einer Hängematte zwischen Bananenstauden schaukelt und Piña Coladas aus meterlangen Strohhalmen schlürft. Kim erwähnt er nicht, vielleicht hat er sie für ein bisschen Internet eingetauscht. Auch ihm bin ich nicht böse. Ich lasse ein Kabel durch die Hand gleiten, ziehe den Stecker und streiche über die Fensterscheibe. Sie hat ihre

Glätte verloren, ist mit einer hitzebündelnden Schicht überzogen, die sich ins Innere des Kokons entlädt.

Ich hangele mich auf meinem Bürostuhl um den Schreibtisch herum, stoße mich wie ein Schwimmer am Beckenrand von der Schreibtischkante ab und tauche ein in die Zimmertiefe. Jeder Zug verursacht ein neues Geräusch: hier ein Papierrascheln, ein Aluknistern, das Schwappen von Wasser. Da, unter dem Dreckwäscheberg, höre ich es. Ich klettere auf die Matratze, um ihm näher zu sein, und mache mit dem Mund ein Geräusch, als wolle ich ein scheues Pferd anlocken. Das Tier reagiert nicht. Seitdem es angekommen ist, ignoriert es mich.

Live Reptile (Handling with great care) hatte jemand auf der anderen Seite der Welt auf die Holzkiste geschrieben. Mutter hatte die koffergroße Kiste bis vor meine Zimmertür geschleppt und per Zettel mit mir vereinbart, ihr für die Erhöhung meiner Wasserration die ausgeräumte Kiste für die Dekoration ihrer Ausstellungsfläche, Motto: *Carribean Casual Living*, zu überlassen. Wie eine Reliquie platzierte ich die Kiste auf dem Schreibtisch. Die Frühlingssonne strahlte rege durchs Fenster; es sollten noch Wochen vergehen, bis ich mich zu der absoluten Finsternis entschloss. Die Kiste war erstaunlich leicht und offensichtlich handgefertigt, kein Brett glich dem anderen, auch die Nägel, die die Bretter an einem inneren Gehäuse befestigten, hatten allesamt ganz unterschiedliche Köpfe. Münzgroße Löcher überzogen ungleichmäßig den Deckel. Die Ausdünstungen aus dem aufquellenden Kisteninnern rochen beißend nach Hasenstall und modernder Pappe.

Das Gehäuse war mit pflanzlichen Fasern ausgestopft worden, die Inhalte zudem sorgsam umwickelt. Als einzelne Stränge waren die Fasern spröde, als Bündel erst gewannen sie an Weichheit. Sie rochen nach Urin und Unrat, in der Ferne konnte ich Reste von Kokosnuss wahrnehmen: Mutters Handcreme? Ich musste die Fenster weit aufreißen, so sehr nahm der Geruch das komplette Zimmer ein. Die Kiste selbst war durch dünne Trennwände in verschiedene Bereiche unterteilt. Zum Vorschein kamen Wärmestrahler in allerlei Größen und Farben, spiralförmige Infrarot-Glühbirnen, samuraischwertlange Leuchtstoffröhren, ein weiterer Strahler mit der Aufschrift *Replux UV Heat D3* sowie zwei Plastikteile mit marmorierter Kunststoffoberfläche, die man zu einem Trog zusammenstecken konnte. Erst nachdem ich von oben nach unten alles ausgeräumt hatte, beinahe am Boden angekommen war, zeigte sich, embryonal zusammengerollt, meine eigentliche Bestellung: das drachenähnliche Reptil.

Mit einem Stift stupste ich es an. Der Panzer war steinhart, gab keinen Zentimeter nach. Ich fegte die Faserbündel vom regungslosen Körper, drehte die Holzkiste ins Sonnenlicht: Das Reptil sieht im Grunde aus wie ein kleines Krokodil, es hat einen wuchtigen Rumpf und spitze Zähne. Der Rücken ist mit Stacheln übersät, die vom Nacken entlang des Rückgrats verlaufen. Der Nacken ist so etwas wie ein fetter Wulst, als hätte es für den strengen europäischen Winter einen Schal umgelegt bekommen. Am erstaunlichsten war damals jedoch seine Farbe: Ich hatte einen grünen Leguan geordert, aber das Tier in der Kiste war gräulich, beinahe farblos.

Stunden vergingen, ohne dass sich irgendwas bewegte. Ich hatte keine Ahnung, was mit ihm anzufangen sei. Ob ich es reklamieren und in die Karibik zurückschicken sollte? Oder falls es überlebte: ob es überhaupt ins Terrarium passte? Ich entschied mich, das Tier erst einmal aus der Kiste zu hieven, obwohl der Gedanke nahelag, es gleich darin zu begraben. Es hatte ein anderes Schicksal verdient, es hatte von so weit her in mein Zimmer gefunden, also gebührte ihm eine besondere Beachtung. Die Sonne erhitzte seit Wochen den metallenen Sims, ein guter Ort für einen sterbenden Kaltblüter, dachte ich.

Auf meinen Armen wog es schwer. Ich wankte mit ihm ans Fenster. Zwischen den Häusern liefen deutschlandfahnenschwenkende Kinder neben ihren deutschlandfahnenbemalten Müttern und ihren »Deutschland-Deutschland« skandierenden Vätern umher. Auf die erwärmte Fensterbank legte ich das Reptil, ich hatte Angst, es könne im nächsten Moment unter den Berührungen meiner Finger zu Staub zerfallen. Für viele Tage ließ ich es dort, der immer stärker werdenden Sonne ausgesetzt, während ich mich in den Ego-Shooter vertiefte. An der Wand machte ich den 500. Strich für den 500. Login. *Girl No. 1, Das Tapfere Sniperlein* und ich trafen uns stündlich im Schatten der *V2-Rakete*, trainierten, wann immer uns nichts daran hinderte. Wir schlichen uns in die Server der gegnerischen Teams ein und studierten deren Bewegungsmuster. Wir entließen Freunde und Familie in ihre wohlverdienten Individualreisen. Wir bestellten uns vielfarbige Pizzen, handliche Sushi-Boxen, im Ausland abgepackte, nach Vaters Astronauten-Ernährungsplan zusammengestellte Vorratskisten. Wir ließen uns vom Getränkedienst beliefern, trugen den Bäckereien unserer Wahl allmorgendlich die Frühstückswünsche auf. Im Spiel selber vermieden wir alles Vorhersehbare, kein Schritt sollte dem vorigen gleichen. Wir besiegten Clan um Clan und rekrutierten den Nachwuchs. Wir lehrten sie, wie man auch ohne *Kills* gewinnen konnte, wie der *Silent Shot* funktionierte, wie Liebeskummer, wie die analoge Realität zu überwinden sei. Aber all das genügte nicht, so wenig wie wir fremdbestimmt werden wollen, so wenig wollen wir in fremdprogrammierten Computerspiel-Szenarien leben. Wir suchten nach Welten, die nicht von irgendjemandem, der uns nicht kannte, entwickelt wurden. Wir wollten selber zu Schöpfern unserer Welten werden! Wir hörten von einem Programm in Beta-Version namens *Minecraft*, das dem Spieler lediglich Bausteine zur Verfügung stellte, mit denen man alle nur erdenklichen Szenarien konstruieren könnte. Gleich bestellten wir das Programm: Sollte sich *Minecraft* als das Werkzeug erweisen, nach dem wir lange gesucht hatten? Bis es eintrifft, legen wir uns auf die Lauer, die Waffe im Anschlag. Das können wir stundenlang machen, dort im virtuellen Gras herumliegen. Bis wir aus Langeweile zu schwitzen beginnen, sich unsere Haare einfetten, bis wir spüren, wie dieser Zustand winzige Parasiten anlockt, die sich an uns heften, sich unter die Haut bohren und ihre Eier absetzen. Wir spielen, und in uns beginnen die Larven zu schlüpfen und alles aufzufressen, uns innerlich auszuhöhlen.

Während wir warteten, vollzog das Tier das Wunder. Anfänglich behielt es die fahle Farbe, war in der Sonne sogar noch weiter ausgeblichen. Einige Tage später aber stellte ich bei Sonnenaufgang einen gelblichen Ton im Schuppenpanzer fest. Erst führte ich ihn auf das gebrochene Sonnenlicht zurück, als er im Tagesverlauf jedoch nicht zurückging, eher noch ins Orange kippte, wusste ich, dass eine Verwandlung stattfand. Sein wahrscheinliches Schicksal hätte das Tier in die Gefangenschaft eines lieblos montierten Terrariums geführt, permanent forschenden Instrumenten oder streichelnden Händen ausgesetzt. Doch hier in meinem Zimmer, hier auf dem Fenstersims hatte es die Möglichkeit, etwas anderes, etwas viel Größeres zu werden. So begann es, sich gemächlich von innen heraus zu transformieren. Es spielte alle erdenklichen Regenbogenfarben durch, bis es sein ursprüngliches Leguangrün zurückgewonnen hatte, endgültig den Tod überwand und zum ersten Mal bedeutungsschwer mit den Augen rollte.

Ich nahm es vom Fenstersims und setzte es wie einen kostbaren Gewinn behutsam auf den Boden. Ein paar Tage saß es so da und glotzte aus dem Fenster. Es glotzte überallhin, nur dahin nicht, wo ich stand. Ich hatte wohl viel wiedergutzumachen. Die Sonne erreichte ihren Höhepunkt an Strahlkraft, die Menschenströme auf der Straße nahmen wegen der endenden Sommerferien wieder zu. Regelmäßig rauchte ich Zigaretten am offenen Fenster und präsentierte mich meinen Zuschauern in stoischer, unbewegter Pose, wie ein Feldherr, der über seine Garnisonen wacht. Karl war überaus umtriebig, hatte Wichtigeres zu tun, als mit seinem alten Freund am Fenster zu stehen. Ich war der Auslöser für seinen Tatendrang. Sein suchendes Auge, die Kamera hinter der Fensterscheibe, wurde die Brücke zur Außenwelt. Durch sie hindurch sehen sie mich. Der Leguan sah die im Sonnenlicht aufblitzende Linse zuerst. Wie ein SOS-Zeichen. Die Welt ist da, die Welt schaut zu.

Mutter fragte nicht nach, als die Rollen Paketklebeband eintrafen. Das Tier war genauso verwundert wie ich, als wir als Gratisdreingabe einen dieser Handabroller entdeckten, mit dem sich die Paketbandschichten leicht auf die Scheibe auftragen ließen. Das Zimmer verdunkelte. Von unten nach oben, Reihe für Reihe brachte ich das Klebeband an. Als wäre mein Fenster ein Bildschirm und alles dahinter lediglich ein Bild, ein altbekannter Desktophintergrund, den ich spaltenweise ausradierte. Für mich, der ich seitdem in der Dunkelheit lebe, gibt es außerhalb nichts mehr. Auch meine Erinnerung daran verblasst. Man muss nur die Tür hinter sich zuziehen, und schon ist man auf der Schwelle zu einer anderen Welt. Zu der Welt, die man in sich trägt, die von der Außenwelt unterdrückt wurde, der man die Luft zum Atmen nahm.

Den Sommer habe ich in der Dunkelheit verpasst. Jetzt läuft die Heizung auf Hochtouren, da die Außenwelt nicht mehr viel an Wärme hergibt. Das Tier versteckt sich immer seltener. Indem ich ihm Delikatessen vor den Dreckwäscheberg lege, versöhnen wir uns. Mutter ist sehr erfreut darüber, dass ich in letzter Zeit auf eine gesunde Ernährung achte. Statt das Licht anzuknipsen, schalte ich die Bildschirme an. Ich schreibe auf einen Zettel: *Salat, Karo: Löwenzahn, Wicken, Breitwegerich, Erbsenblätter, Möhren (geraspelt) und Möhrenblätter. Eine ganze Kiste davon, bitte. Und in den nächsten Tagen noch: Zucchini, Rübenkraut, Hibiskusblätter, Kapuzinerkresse, etwas Dill, etwas Estragon, etwas Minze, eine gekochte Kartoffel.* Und auf einem zweiten Zettel, den ich an den ersten tackere, füge ich hinzu: *Ich habe einen unglaublichen Hunger – nicht wundern. Ich probiere all das durch, was mir früher nie geschmeckt hat. Dein Junge.* Sie denkt, wenn sie meinen Körper gesundmästet, würde mein Geist langsam nachziehen, würde ich das Zimmer bald verlassen. Aber noch bin ich nicht so weit, noch habe ich keinen Grund zu sagen, dass es sich gelohnt hat.

Ein Durchbruch! Das Tier ist zum ersten Mal auf meine Brust gekrabbelt. Es muss Hunger haben, denn es beginnt nach meinem Finger zu schnappen. Ich richte mich ruckartig von der Matratze auf, aber es schreckt nicht vor mir zurück, klettert sogleich, als ich mich wieder hinlege, auf mich. Nun hat es meinen Finger erwischt und kaut darauf herum. Wütend scharrt es mit den Krallen über den Boden, als wäre mein Zimmer nur eine größere Transportkiste, in die es aus seiner kleineren gesetzt wurde. Ich lasse es gewähren, da ich mich für seine Lage verantwortlich fühle. Es kaut liebevoll, wie ich finde, bis ich blute. Ich unterdrücke einen Schrei, trotz des Schmerzes, der in jeden Winkel meines Körpers fährt und die volle Aufmerksamkeit auf meinen Finger lenkt. Adrenalin pumpt durch die Nervenstränge und bewirkt, dass die Konturen des Zimmers schubweise aufflackern.

»Alles okay da drinnen?«

Vielleicht habe ich doch geschrien. Ich reibe mir die Augen.

Ein lastendes Gewicht auf meiner Brust: der Leguan, wie er mit der langen rauen Zunge mein Gesicht schmirgelt. »Alles okay, Papa«, sage ich, ohne mir gewiss zu sein, dass der Klang bis zu ihm nach draußen dringt.

»Das hört sich aber nicht so an«, sagt er. »Du tust dir doch nichts an?«

Der Leguan raspelt weiter mit der Zunge über meinen Hals, immer über ein und dieselbe Partie.

»Ich komm rein, wenn du nicht gleich aufhörst!«

Es ist alles okay, will ich ihm sagen. Aber ich kann es nicht aussprechen, zu sehr nimmt mir das Tier alle Luft. Es geht mir blendend, will ich ihm versichern, er kann sich auf mich verlassen. Ich bin auf einem tollen Weg, ich bin voll und ganz dabei, mir eine Form zu verpassen, kantig zu werden, ganz wie er es für essenziell hält.

»Was machst du da für Geräusche? Langsam ist der Spaß vorbei, Till!«

Der Hals beginnt wie Feuer zu brennen, das Tier scheint ein Loch in meinen Hals bohren zu wollen, um meine Stimmbänder endgültig lahmzulegen. Ich will Vater sagen, wie froh ich bin, seine Stimme zu hören. Wie ich sie, wie ich ihn vermisse. Wie er sich durchs Haar fährt, am Tisch sitzt und sich Gurken in den Mund schiebt. Wie stolz er immer auf alles war, was ich gemacht habe. Wie er über die schulischen Disziplinarmaßnahmen immer nur geschmunzelt hat, wie er mir, wenn alle wegschauten, in die Rippen stieß und genüsslich den Kopf schüttelte. Dass ich das ja alles vergessen solle, dass Vergessen sowieso das Wichtigste sei.

»Till? Ich zähle bis drei! – Eins!«

Mit der Hand schütze ich meinen Hals vor den Zungenschlägen des Tiers. Ich halte dagegen. Ich überwinde den Schmerz.

»Zwei!«

Wie ich dazu in der Lage bin. Wie ich einen enormen Willen entwickelt habe. Das will ich ihm sagen. Wie ich das Interesse für die komplette Außenwelt verloren habe, wie ich mir von niemandem mehr was sagen lasse. Wie ich dabei bin, mir eine eigene Welt aufzubauen. Wie ich sie groß, Papa, wie ich sie unendlich groß werden lasse!

»Till, ich warte nicht!«

Wie ich das nicht aufgeben werde, weil ich zu einer bedeutenden Person für einen Kreis besonderer Menschen geworden bin. Dass sie sich auf mich verlassen können, jederzeit ansprechbar. Dass ich mich voll und ganz auf sie einlassen werde, dass das Alltägliche mich nicht im Bann hält, wie er sich das doch immer gewünscht hat. Dass sie von weit her gereist sind, um mit mir gemeinsam diese neue Welt aufzubauen, deren Basis ich stifte: einen Server, der sie für immer online halten wird.

Aber Vater zertrümmert nicht meine Tür. Der Leguan hebt seinen Kopf von meiner Brust, als hätte auch er vermutet, dass Vater einmal doch ernst machen würde. Draußen rauscht eine Sirene vorbei. Ich höre, wie Vater das neu erworbene Laufband anwirft, Luft einsaugt, seine Schritte auf dem Band aufschlagen. Der Leguan fährt seine Zunge ein. Die Taktzahl von Vaters Schritten erhöht sich. Weiß er, dass wir nur Spaß machen? Der Leguan schließt die Augen, legt seinen schuppigen Kopf auf meine Brust. Das Gerät piept bei jedem Kilometer. Der Leguan will, dass ich einschlafe und kräftig bleibe. Drei, flüstere ich.

13

Die Glasfront des l-förmigen *SchauRaums* reicht vom Boden bis zur Decke und ist vom Atem der Gäste beschlagen. Regentropfen perlen von der Scheibe ab, dann und wann erhellt ein Autolicht die dunkle, kopfsteingepflasterte Gasse. Drinnen darf nach der offiziellen Inauguration geraucht werden. Karola stützt sich mit dem Arm auf dem Tresen ab, der eigens aus handgeformten und von Gras durchsetzten mayanischen Lehmziegeln gefertigt wurde. Frau Reichert steht in identischer Pose daneben, ein Glas Weißwein vor sich. Karola trägt, ganz gegen ihre Gewohnheit, eine bunt bestickte Bluse mit weiten Taschen in Blumenornamentik.

Der Raum gleicht einem in farbiges Licht gehüllten Café, Palmen sind dekorativ um die Möbel herum positioniert, überall faustgroße Totenköpfe, bunt lasiert, die den Gästen ihre Zähne entgegenstrecken. Jedes Möbelstück ist ein Unikat, eine Tisch- und Stuhlgruppe versprüht den Charme des Nachlässigen. Eine weitere Sitzgruppe besteht aus deformierten Autoteilen des legendären grünen mexikanischen Käfers. Von der Decke baumeln Lampen aus Kokosnüssen, Mülleimern oder Getränkekisten mit Aufschriften wie: *Sol enciende tu sabor!* In der Mitte des Raums hängt eine Lampe aus Sisalfasern, die an ein überdimensionales Raupennest erinnert. Gäste blättern im Ausstellungskatalog, der von zwei Mitarbeiterinnen auf Nachfrage ausgehändigt wird. Sie erfahren, dass jenes in Handarbeit gefertigte Exemplar »Lurchlüster« genannt wird. Als sie Kaufinteresse zeigen, betont Karola, dass sich das Sisalgewebe wie ein

Kokon um das fragile Licht spannt, dieses so vor der Außenwelt zu schützen weiß. »Das Licht ist der wahre Wesenskern«, sagt sie und wartet ab, ob die Lampe mit einem roten Punkt versehen werden soll.

Wenn die Gäste lange auf einem Exponat sitzen, strecken sie die Glieder; denn die Stücke sind keineswegs bequem. Die Preise erfragt man bei den Mitarbeiterinnen, die unauffällig aber präsent mit Tabletts durch die Reihen wandeln, keine Sekunde das Lächeln vergessen, während die Gäste nach den frittierten Bananen und den mit Bohnen und gebratener Schwarte gefüllten *Gorditas* greifen. Eine Blickkontakt genügt, und eine der beiden holt einen Punkt aus der Westentasche und drückt ihn auf die Kiste, auf der ein junges, hippes Pärchen sitzt. »Eine exzellente Wahl«, sagt Karola zu dem mit schwarzen Ray-Ban-Brillen ausgestatteten Paar. »Eine originale Transportkiste, handgezimmert aus Schwemmholz, zum Tiertransport geeignet.«

Auf aufgeschüttetem Sand singt eine junge Frau unter einer Palme inbrünstig *Bello e Impossibile* von Gianna Nannini. Beinahe küsst sie das Mikrofon. Sie ist eine ehemalige Schulkameradin Tills. Karola entfernt sich galant von der Bar, bleibt am Rand zur Sandlandschaft stehen. »Aus der wird noch was Großes«, sagt eine Frau mit Hochsteckfrisur neben ihr, in deren Haare Rosen eingebettet sind und die sie an Frida Kahlo erinnert. »Bei der Ausstrahlung, das hat nicht jeder.«

Karola schließt die Augen, Sand knirscht unter ihren Füßen. Für einen Moment vergisst sie, dass sie der eigentliche Mittelpunkt des Abends ist. Beim Refrain öffnet sie die Augen wieder. Sie zählt vierzig Gäste. Alle Teil der Ausstellungsfläche, denkt sie und nimmt einen Schluck. Man könnte auch Punkte an den einen oder anderen Gast kleben. Ein Großteil der Anwesenden ist der Musik zugewandt: grau melierte Herren in lässigen Anzügen und knalligen Schuhen, selbst gedrehte Zigaretten rauchend; Damen mit Kurzhaarfrisuren, Ringe in Form von Efeublättern an den Fingern, in kirschroten Pumps, eifrig in den Katalogen blätternd. Manche stimmen in den Refrain ein. Es ist kurz vor Mitternacht. Etliche Flaschen wurden bereits geköpft.

»Sie haben sich mal wieder selbst übertroffen.« Die Frau mit Hochsteckfrisur hat rote, volle Wangen, dabei trotzdem ein markantes Gesicht. Ihr Atem riecht süßlich: »So originell wieder hier – ich könnte alles kaufen!«

Karola lächelt, bedankt sich, erzählt, wie sie das meiste auf der Familienexkursion nach Mexiko gefunden habe, dass man das gewohnte Umfeld verlassen müsse, um für neue Formen offen zu sein.

»Sie haben bestimmt eine tolle Familie«, sagt die Frau, »mit meiner könnte man so etwas nie unternehmen.«

Karola hebt das Glas, sagt: »Dann brechen Sie eben alleine auf, oder suchen sich gleich jemanden hier aus, mit dem man so etwas machen kann.« Ihre Gläser klirren beim Anstoßen. Das nächste Lied ist ein salonfähiger Popsong, zu dem die jüngeren Gäste zu tanzen beginnen, in der ersten Reihe das Ray-Ban-Pärchen. Eine Bedienung balanciert ein Tablett mit Getränken durch die Tanzenden, für die Frauen gibt es fermentierten Agavensaft mit Mangogeschmack, die Männer trinken stoßweise Mezcal. Karola prostet Frau Reichert zu, die ihr auf Schritt und Tritt folgt, ohne jemandem wirklich aufzufallen. Vor der Sängerin sind ein Keyboard und eine Tastatur aufgebaut. Sie drückt eine Taste, woraufhin ein sanfter Bass durch den *SchauRaum* wummert. Die Sisalfasern des »Lurchlüsters« vibrieren, das Teeservice in Regenbogenfarben, bereits mit einem Punkt versehen, klappert. Karola braucht eine Weile, bis sie das hektische Zucken in ihrer Tasche ihrem Telefon zuordnet.

Die Musik verebbt, als sie die Eingangstür hinter sich zuzieht und in die dunkle Gasse tritt.

»Oskar, was gibt's? Du weißt doch, was heute ist.«

Karola hört ihm ohne Regung im Gesicht beim Sprechen zu. Hinter der Scheibe steht Frau Reichert und blickt ins Dunkle oder in ihr eigenes Spiegelbild.

»Oskar«, fängt Karola mit gedämpfter Stimme an, »du bist der Arzt, lass dir endlich etwas einfallen!« Sie drückt die rote Hörertaste, im warmen Innern wird sie von Frau Reichert mit einem neuen Getränk bereits erwartet.

»Ist was passiert? Du schaust so irritiert.«

Karola wischt sich über die Wange, die Regungslosigkeit verfliegt, als wäre sie wirklich weggewischt worden, und Karola strahlt wieder von innen heraus, versucht, präsent zu sein, aber nicht plump durch die Mimik und Gestik ihres Körpers, sondern ganz alleine durch die Augen hindurch verteilt sie Kusshände, Aufmunterungen, ein sanftes Lächeln. »Oskar wollte mir nur Gute Nacht sagen. Er muss morgen früh raus. Eine Tagung.«

Sie bahnen sich einen Weg zur Tanzfläche. Der Beat hat sich weiter erhöht und ist satter geworden: Electroswing. Das Ray-Ban-Pärchen scheint den passenden Tanzkurs besucht zu haben. Karola packt sich einen der grau melierten Herren, der sie ohne zu zögern auf der Tanzfläche herumwirbelt. Es ist einer ihrer früheren Kommilitonen, Joachim, der Frauenschwarm am Kunsthistorischen Institut. Nicht nur weil er gut aussah, buhlte auch Karola um ihn, sondern weil seine Eltern bedeutende Sammler waren und jeder gerne an der Seite eines Mäzenensohns das Studium abgeschlossen hätte. Karola hatte sich gegen alle Kontrahentinnen durchgesetzt und Joachim für sich gewonnen, bis er auf dem Medizinerball gegen den große Reden schwingenden und alle in seinen Bann ziehenden Oskar eingetauscht wurde.

Ein paar Getränkerunden später verabschiedet sich Frau Reichert. Sie sei hundemüde, für den harten Kern nicht mehr so geeignet. In der Sitzecke, die laut Katalog den zwei Mexico City umgebenden Vulkanen Popocatépetl und Ixtaccíhuatl nachempfunden wurden und für den »öffentlichen Indoorbereich« geeignet sei, fläzen sich die Übriggebliebenen so relaxed wie möglich. Karola lässt sich neben der Frau mit der Hochsteckfrisur nieder. Sie trägt eine dunkelblaue Bluse, eine feine Halskette schmückt ihr mageres Dekolleté. Sie haben in etwa das gleiche Alter. Die Haut der Frau glänzt im Licht der Sisal-Lampe vor Tanzschweiß und Aufregung. »Sind die echt?« Karola streicht ihr über die in die Haare eingearbeiteten Rosenknospen, lässt dann die Hand auf ihrem Arm ruhen.

»Nein.« Die Frau stößt einen kurzen Lacher aus. »Aber danke, dass Sie Ihnen gefallen. Sie sehen auch schön aus. Wollen Sie eine Zigarette mit mir rauchen?«

Oskar trägt Schweißband und einen lilafarbenen Trainingsanzug mit gelben Steifen. Die Wohnung ist hell erleuchtet, aus dem Wohnzimmer schallt *Yeah Yeah Yeah* von den Beatles.

»Was ist denn mit dir los?« Karola streift sich im Stehen die Schuhe ab, hält sich dabei an der Wand fest.

»Was soll los sein?«, sagt Oskar. »Wir werden auch nicht mehr jünger.«

»Es ist mitten in der Nacht. – Und was hast du da für Zeugs an?«

Oskar zuckt nur mit den Schultern. Karola zwängt sich an ihm vorbei. In der Küche mixt sie Naturjoghurt mit Tomatenmark, Pfefferminze und Ingwer, gibt eine Prise Salz dazu. Mit dem Rücken an die Anrichte gelehnt, trinkt sie und schaut aus dem Fenster in die schwarze Nacht.

»Alles verkauft?« Oskar steht als lilafarbener Fleck im Türrahmen.

»Am Montag kommen die Packer, der Raum wird danach leer sein.«

»Wer war da?«

»Alle.« Mit einem Löffel quetscht sie die Minze gegen den Glasboden.

Oskar geht auf sie zu, schnuppert an ihr, sie weicht zur Seite aus. »Du hast geraucht.«

»Steht das zur Debatte?«

»Wenn dir nichts an der grauen Substanz liegt.«

»An der was?«

»An der Gehirnmasse, die so nebenbei bemerkt unser Aufmerksamkeitspotenzial beeinflusst. Das schrumpft zugunsten des Belohnungszentrums!«

»Was willst du mir damit sagen?«

»Du solltest ins Bett gehen.«

Karola schaut ihn lange und befremdlich an, als wäre er eine undefinierbare Spezies, die, statt zu sprechen, über Schwingungen im Äther kommuniziert.

»Du hast angerufen.«

»Wir müssen eingreifen. So geht das nicht mehr weiter.« Oskar kratzt sich die schweißnasse Achsel.

Karola nestelt eine Zigarette aus der Tasche. Unter Oskars vorwurfsvollen Blicken nimmt sie einen tiefen Zug, bläst den Rauch gen Küchendecke.

»Lass es«, sagt Oskar. »Es ist auch meine Küche.«

»Wenn es dich wirklich so sehr stört: Wir haben halt keinen Balkon, wo ich dich nicht mehr belästigen würde.« Karola leert das Mixgetränk, wischt sich über den Mund.

»Sollen wir das auch noch machen? Hat alles andere nicht gereicht? Jetzt noch einen Balkon aus der Wand stanzen? Genau: Wir stanzen einen Balkon aus der Wand, damit die werte Dame sich um Jahre zurückqualmen kann!«

Karola verschränkt die Arme, lässt Luft durch die Lippen entweichen. Aus dem Wohnzimmer schallt nun *Ob-La-Di, Ob-La-Da*. Karola raucht die Zigarette hastig, drückt sie im Löffel aus und eilt zielstrebig, so dass die Dielen unter ihren Schritten ächzen, ins Wohnzimmer. Mit einem Knall aus den Boxen hebt sie die Nadel des Plattenspielers an.

Auf dem Wohnzimmerboden sind Trainingsmatten ausgebreitet. Karola begutachtet sie, bis Oskar hinzukommt und deplatziert im Raum stehen bleibt. Sie stehen sich nun gegenüber, nur eine Trainingsmatte trennt sie noch: »Er hat geschrien und Laute wie ein Tier von sich gegeben.«

»Warum bist du dann nicht rein?«

»Ich habe ihm gedroht, die Tür einzuschlagen – da war es dann still. Für eine Weile. Dann hat es wieder angefangen: die Schüsse, wieder diese Schüsse! Und gleichzeitig, ich weiß nicht, wie er das macht, hat er begonnen, an der Tür zu scharren. Als ob er eingesperrt wäre, ihm Krallen gewachsen seien und er hinauswolle, aber nicht könne. Aber er kann doch, Karo.« Er verlagert das Gewicht vom linken auf das rechte Bein: »Wir haben Ende Oktober, stell dir das mal vor!«

»Aber ihm tut das immer noch gut«, sagt Karola etwas unentschlossen. »Junge Menschen brauchen doch ihre Zeit.«

»Ja, ja, ich weiß.« Oskar verdreht die Augen. »Aber Till braucht keine Symbiose.«

»Wie meinst du das?«

»Junge Menschen brauchen ihre Zeit, das heißt aber auch, sie müssen sich irgendwann abkapseln, nicht wie Parasiten an einem Wirt kleben, sich so lange von diesem ernähren, bis der Wirt krepiert. So einfach ist das.«

»Was soll das heißen? Till der Parasit, oder was?«

»Na ja, der Parasit kann ohne Wirt nicht überleben. Der Parasit ist von der Essenszufuhr und Zuneigung des Wirts abhängig. Und der Wirt wird dadurch koabhängig, weil er das Essen stellt und dadurch das parasitäre Leben erst ermöglicht! Reichert nennt das eine klassische Eusymbiose.«

»Bist du jetzt völlig übergeschnappt?! Wir reden hier von unserem Sohn und nicht von einem parasitären Insekt!«

Anna-Marie ist im Wohnzimmer erschienen, in der Hand den Tablet-Computer. Die Haare sind verstrubbelt, ihr Körper verschwindet beinahe im zu langen Pyjama. Dennoch wirkt sie hellwach.

»Ach, Ann, haben wir dich geweckt«, sagt Karola mit süßer, verstellt wirkender Stimme.

»Ich habe gegoogelt«, sagt Anna-Marie und legt das Gerät auf den Tisch. Die Eltern nähern sich bedächtig, als wäre der Boden aus Glas und zerbrechlich. »Du muffelst«, sagt Anna-Marie zur Mutter gewandt, aktiviert dann in einer Bewegung das Display. Ein Videofenster vergrößert sich und das Video startet. In sehr schlechter Qualität ist die Aufnahme eines spärlich beleuchteten Zimmers zu sehen. Es muss mit einem Smartphone aufgenommen worden sein, das Bild wackelt sehr, ein nur vager Lichtschein geht von dem Gerät aus. Dazu kommentiert eine japanische Stimme im Flüsterton wohl das zu Sehende. Die Wände sind mit Eierkartons isoliert, an der Decke verlaufen Unmengen Kabel, das Fenster ist mit knittriger Alufolie verhangen. Auf dem Boden häufen sich Manga-Zeitschriften, zerknüllte Taschentücher und Beutel voller Dreck, so dass der Filmende von Insel zu Insel über den Müll hinwegbalanciert. Abrupt bricht das Video ab, erscheint die Option, weitere derartige Videos anzuklicken.

»Mehr nicht?« Karola schaut spöttisch die Tochter an. »Das kann ja alles sein: Hätte ich zum Beispiel früher mal *dein* Zimmer gefilmt, wärst du auch nicht besser weggekommen.«

»Mama, hör auf!«

Oskar reibt sich über die Wange, wirkt nachdenklich: »Und wie nennen sich die?«

»Hikikomori«, sagt die Schwester mit einem Anflug von Stolz. »Meine Diagnose für Till.«

»Das ist ja mal ein Ansatzpunkt«, sagt Oskar. »Und was haben die vor, planen die irgendwas? Amokläufe?«

»Mach dich nicht lustig, Papa.«

»Danke«, mischt sich Karola ein. »Anna-Marie, du hast uns sehr geholfen, jetzt kannst du wieder ins Bett.«

Anna-Marie scheint das ernst zu nehmen, klemmt den Tablet-Computer unter den Arm und tippelt davon.

Karola wartet, bis sie die Tür bis auf einen schmalen Spalt hinter sich zugezogen hat. »So ein Schwachsinn«, sagt sie. »Diese ganze Internet-Diagnose-Scheiße! Würde da auch nur ein Hundertstel zutreffen, könnten wir uns gleich erschießen!«

Oskar zuckt mit den Schultern, gähnt langgezogen, bis sein Kiefer knackt, als sei vorerst alles zu diesem Thema gesagt.

Karola hat die Fäuste geballt. »Ich rede jetzt mit ihm.«

Oskar zuckt erneut mit den Schultern, rückt sich das Schweißband zurecht. Während sich Karola vor Tills Tür hinkniet, beendet Oskar stoßartig atmend seine Übungseinheit auf der Trainingsmatte: Sit-ups, Liegestützen, Sit-ups.

»Hey, mein Junge.« Ihre Hand hat sie an die Tür gelegt. »Ich bin's, Karo.« Keine Regung ist aus dem Zimmer zu vernehmen. »Ich will dir sagen, ich stehe zu einhundert Prozent hinter dir. In deinem Alter und in einer so fordernden Welt, die euch wirklich viel abverlangt, hätte ich bestimmt das Gleiche getan. Ja, die Tür hinter sich zuziehen, sich nicht mehr nach dem Außen richten zu müssen, das ist es doch, nicht wahr? Nur, mein Junge, langsam nimmt dein Verhalten bedenkliche Ausmaße an. Oskar sagt, du solltest mal an deinen Körperhaushalt denken. Vergiss nicht, der Mensch, vor allem der wachsende, braucht gewisse

Nährstoffe. Ich weiß, du denkst, du bekommst doch alles, das gesunde Essen würde das ausgleichen. Aber Nährstoffe müssen auch aus dem Sozialen kommen, verstehst du? Das ist auch eine Zutat, die man sich einverleiben sollte. Ich sage *sollte*, ja? Weil das auch nur *eine* mögliche Lebensform ist, ja? Das denkst du doch. Wer sagt denn, dass es so sein muss, dass man in die Welt integriert sein muss, Freunde und Familie hat. Das wäre *eine* der möglichen Welten. Ja? Du hast eine andere gewählt, Till. Du hast mir gezeigt, dass du das kannst. Ja?« Sie wartet einen Augenblick, gibt ihm Zeit zu antworten. »Jetzt aber, mein Junge, denke ich doch, kannst du sie uns zeigen. Alles, was du eben entwickelt hast in deiner Welt, das kannst du doch mit uns teilen, Oskar und auch deine Schwester würde das wirklich freuen! Oder Jan, ich meine, er wartet bestimmt jeden Tag, dass du dich wieder bei ihm meldest.« Sie lauscht einen Moment, das Ohr ans Türblatt gedrückt. »Sag was. Oder schieb einen Zettel unten durch. Schreib, was du denkst. Gib uns ein Zeichen, damit wir wissen, wie es weitergeht. Es wird bald Winter. Die Tage werden kürzer. Und kälter. Und der Wind. Der wirbelt so schön das bunte Blattwerk auf. Dein Lieblingsherbst steht vor der Tür! Wir könnten wieder darin herumtollen, wie früher! Oder etwas anderes machen, Hauptsache, es macht dir Spaß. Etwas frische Luft, egal, etwas Bewegung kann nicht schaden, sagt Oskar. Ja? Er macht sich wirklich Sorgen. Irgendwann wird es sonst ungesund. Und du willst ja nicht, dass wir den Notarzt rufen müssen, der die Tür aufhebelt und dann bescheuert in deinem Zimmer steht, obwohl es dir doch blendend geht und du sicher irgendwann von alleine herausgekommen wärst.« Sie hält inne, Oskar gibt einen Ton von sich, als wäre ein Krampf in ihn gefahren. »Vielleicht ist es jetzt so weit. Ja, ich denke, Junge, dass es so weit ist. – Komm, es ist *jetzt* schon die Geschichte deines Lebens. Ich meine, wer hat sich denn derart bewiesen, wer hat etwas so Radikales durchgezogen!« Sie lauscht wieder für eine Weile. »Ja? Jetzt komm, dreh den Schlüssel um. Ja? Dreh ihn um, komm raus, lass dich feiern. Oskar ist auch da. Du hast nichts zu befürchten, keine Strafe, nein. Ja? Scheiße. Till. Till?« Sie klopft erst leicht, dann immer fester an die Tür. »Till? Till, du willst doch nicht, dass es so endet? Wir sind immer noch stolz auf dich. Aber jetzt komm wirklich raus. Ja? Till. Jetzt komm endlich aus diesem verdammten Scheißzimmer raus. Hast du mich gehört?! Verdammte Scheiße, der Spaß ist jetzt echt vorbei. Till? TILL! KOMM ENDLICH AUS DIESEM VERDAMMTEN LOCH RAUS!«

Sie wendet sich erschöpft ab, starrt für lange Zeit auf ihre zitternden Hände.

Oskar ist über ihr erschienen, sie schaut ihn von unten nach oben an, ihre Augen glasig. Oskar trägt jetzt Straßenschuhe.

»Was hast du vor?«, flüstert sie schwach.

»Ich gehe in den Keller.«

»In den Keller?«

»Ich stelle ihm die Heizung ab.«

»Es ist Oktober.«

»Es wird noch früh genug kalt werden.«

»Weißt du überhaupt, wie das geht?«

»Das werde ich schon herausfinden.«

Oskar schaltet die Lichter hinter sich aus, als er die Tür zum Treppenhaus aufstößt. Karola bleibt im dunklen Gang zurück, mit dem Rücken gegen Tills Zimmertür gelehnt, in der Hand eine Zigarette. Nur aus dem Zimmer der Schwester fällt noch ein schmaler Streifen Licht in den Gang. Karola spielt gedankenverloren mit der Zigarette, lässt sie von Finger zu Finger wandern. In einem Ruck wird die Tür zum Zimmer der Schwester zugezogen, die letzte Lichtquelle ist versiegt. Dunkelheit. Karola lässt die Zigarette aus der Hand auf den Boden gleiten, als fehle es ihr an Kraft, sie festzuhalten, dicht vor den Türspalt. Sie tastet nach der Schachtel, holt eine zweite Zigarette hervor und steckt sie sich vorsichtig zwischen die Lippen. Dann fasst sie nach der Zigarette am Boden, rollt sie lange hin und her, als könne man sie so noch gleichmäßiger formen. Nach einer Weile gibt sie ihr einen Stoß, so dass sie unter dem Türspalt verschwindet. Karola zückt das Feuerzeug, hält es griffbereit, wartet. Sie wartet, sie ist sehr angespannt, kann aber keinen Laut, kein Zeichen vernehmen. Die Finger haben wieder zu zittern begonnen. Die Dunkelheit dehnt sich ins Unendliche. Die Zeit scheint nicht zu vergehen. Erst als schwere Schritte im Treppenhaus widerhallen, hört sie ein Klicken ganz dicht hinter ihrem Rücken. Denn dreht auch sie am Zündstein: erst Funken, dann Flamme, dann Glut.

14

Vierzehn Grad, Tendenz fallend.

Wenn ich auf der Matratze liege, ist Nacht. Wenn Nacht ist, denke ich viel an Kim. Ich tue das sehr bewusst, um sie nicht gänzlich aus meiner neuen Welt auszuschließen und ihr einen zukünftigen Platz darin zu sichern. Darum katapultiere ich mich weit aus meinem Zimmer heraus, suche nach einem Abdruck, den Kim vielleicht irgendwo hinterlassen hat. Weit über dem Block schwebend sehe ich die Stadt unter mir, vielleicht ist helllichter Tag, auf den Karosserien funkelt die Sonne, spiegelt sich der blaue Himmel, sitzen die Menschen vor den Cafés, Tassen und Gläser wie winzige Noppen vor sich auf den Tischen. Ich höre ihre Stimmen, sie dringen bis zu mir herauf, so freudig und ausgelassen sind sie. Es muss ein strahlend heller Spätsommertag sein, vielleicht der letzte vor dem Herbst, dann Winter. Da ist der Popperbrunnen, umringt von einigen Schülern, die ihre Wasserpistolen bis zum Anschlag aufziehen. Dort schieben sich Autos in langsamen Kolonnen durch die Stadt. Die Boxen der Menschen sind hell ausgeleuchtet, wirken wie auf Hochglanz poliert. – Nur mein Zimmer fällt heraus. Ein schwarzes Karzinom, das von dem restlichen gesunden Gewebe abgestoßen, von den Experten jedoch nicht aus den Augen gelassen wird. Das zwar nicht sichtbar wächst, noch nicht auf die benachbarten Zimmer-Zellen übergreift. Das aber, wenn man genau hinschaut, in sich zu wuchern beginnt, das auf den ersten Blick vielleicht schwarz und bedrohlich wirkt, aber auf den zweiten so, als schimmere etwas Neues durch dieses Schwarz hindurch, als läge noch etwas Unsichtbares dahinter. Ich zoome da hinein, tief ins dunkle Schwarz – da ist der Umriss der Matratze. Da lag sie. Zur Seite, zu mir gedreht, die Beine leicht angewinkelt, die rechte Hand unter den Kopf geschoben. Ich zoome noch weiter hinein, bis wenige Zentimeter über der Matratze. Aber noch kann ich das Bild von ihr nicht scharf stellen, als sei mein Geist noch zu ungeschult und verzerre ihr wahres Abbild bloß. Wie war ihr Geruch? Ich strecke meine Arme aus, um sie zu ertasten, aber die Nacht bleibt schwarz und leer. Ich falle auf die Matratze zurück, schwitze. Vielleicht, weil ich auffällig geatmet habe, knackt es in der Ecke, tippeln winzige Schritte in meine Richtung. Grün schimmernde Schuppen. Ganz dicht, ganz nah.

Ein Zupfen an meinem Finger. Das Tier will, dass ich die Augen öffne, mich aufrichte, seine Sonne zum Strahlen bringe. Kim ist irgendwo hier, schießt es mir durch den Kopf, das darf ich nicht vergessen. Ich muss sie nur finden, ins Zimmer holen. Ich recke mich, strecke die Glieder. Das Tier klettert hastig auf den Schreibtisch, starrt auf den Bildschirm, so lange, bis die Sonne hochfährt. Auf der Straße ist es nun wieder erstaunlich ruhig, als würden zwischen meinem Zimmer und draußen diverse Zeitzonen verlaufen, als wäre jenseits unserer Mauern ein ferner, an andere Regeln gebundener Ort. Fahre ich den Rechner hoch, beginnt unser Tag.

Heute ist ein Arbeitstag. Der neue Rechner ist vor wenigen Tagen eingetroffen. Er müsste kräftig genug sein, eine kleine erste Welt zu tragen. Da ich von uns dreien die meiste Zeit online sei und man sich auf mich verlassen könne, wurde mir die Aufgabe übertragen, die neue Welt 24/7 am Laufen zu halten. Würde ich den Computer ausschalten, verschwände auch die Welt schlagartig. Ich öffne das Programm *Minecraft* und werde gleich als Erstes gefragt, wie ich denn meine Welt nennen möchte und ob sie für jedermann offen sei. Natürlich soll sie für jeden zugänglich sein, bejahe ich durch ein simples Häkchen. Das Tier, genauso neugierig wie ich, wartet gespannt, welchen Namen ich der neuen Welt geben werde.

Mit dem Namen steht und fällt alles, er wird zum prägenden Merkmal werden, authentischer als das, was er bezeichnen wird. So wie »Till« zu meinem Gefängnis geworden ist, weil alle immer daran erinnert werden, dass ich mich angeblich nicht unter Kontrolle habe, muss ein Name doch auch befreien können. Wie ein Gemälde ohne Leinwand, oder ein Lied ohne Noten, oder ein Name ohne Inhalt, oder eine Welt ohne Menschen, oder eine Zahl ohne Wert – tippe ich *0* in den Computer ein. Das Tier nickt sichtlich beeindruckt.

Von oben gesehen ähnelt Welt 0 einem weißen Blatt Papier. Ein weißes Nichts, das ich in gottgleicher Vogelperspektive überfliege. So muss ein jeder Anfang sein. Das Programm *Minecraft* fragt, wie ich weiter verfahren möchte, ob das Programm eine zufällige Welt erstellen solle, die ich dann mit meinen Freunden besiedeln könne, oder ob ich mich der Grundbausteine bedienen möchte, um selbst eine Landschaft zu entwerfen. Bevor ich auch nur darüber nachdenken kann, hat das Tier bereits wie wild über die Tastatur gekratzt und den Ja-Knopf aktiviert. Ich fahre mit der flachen Hand über die Tastatur, als wären die Tasten die Gänsehaut eines geliebten Menschen, und leite so einen beachtlichen Elemente-Schauer auf die noch weiße Fläche ein. Als würde das Blatt mit grünen, braunen, blauen Farbspritzern besprenkelt, baut sich die Landschaft unter mir auf: *B* schichtet Erde zu Bergen, *T* rückt Bäume zu einem Wald, schnell zu einem Urwald, *K* verteilt Mineralien, *Y* Blumen und Früchte, *W* zieht Wasseradern, kreiert Seen und Flüsse, Binnenmeere. Alles außerhalb meines Radius bleibt unbeschrieben weiß, kann zu einem späteren Zeitpunkt, vielleicht von anderen, mit Landschaft versehen werden.

Es ist ein unkompliziertes Programm, das ich verwende. Ich bin kein Computer-Nerd, habe nie eine Programmiersprache gelernt. Heutzutage bedarf es nur weniger Tutorials, um eine Welt in weniger als sieben Tagen zu erschaffen. Sanfte Hügelketten gehen in schroffes Gebirge über, Flüsse schließen sich netzartig zu Seen zusammen, dort hinten breiten sich dichte Wälder aus, daran angrenzend wüstenartige Sandflächen. Bereits jetzt ist es um das Tausendfache imposanter, als was wir in der gesamten Schulzeit mühsam aus Schuhkartons basteln oder aus morschen Ästen schnitzen mussten. Bevor ich die eigentliche Welt betrete, aktiviere ich noch Tag und Nacht, aktiviere Nutz- und Haustiere, aktiviere Gut und Böse. – Wie ich denn Gut und Böse verteilen möchte, werde ich von *Minecraft* gefragt. – Welt 0 ist weder gut noch böse, antworte ich, also die Leerstelle dazwischen. – Ergo 50–50, schlägt *Minecraft* vor. – Na ja, sage ich, eher der Bindestrich. *Minecraft* überlegt, dann stimmt es zu, gibt die Welt frei: 0.

Ich bin allein und nackt. Um mich herum weites hügeliges Grün. Blauer, wolkenloser Himmel, sich zum Horizont hin aufhellend. Bäume und Büsche willkürlich verstreut. In der Ferne ein See oder ein sehr breiter Fluss. Im Gras wachsen gelbe, sechsblättrige Blumen. Das Gras raschelt monoton unter meinen Schritten. Vogelgezwitscher um mich herum. Die Landschaft steigt nicht sachte, sondern blockweise an, da hier alles wie aus Legosteinen zusammengesetzt scheint, jede einzelne Graspartie, jeder Erdhaufen. Ich muss springen, um eine Stufe höher zu gelangen. Der Baumstamm ist wohl aus fünf holzartigen, die Baumkrone etwa aus zwanzig blättrigen Blöcken. Ich grabe intuitiv mit bloßen Händen in der Erde, trage so einen Block ab und erhalte in einer separaten Inventarleiste *1 Erde*. Die Welt lässt sich ab- und aufbauen, schießt es mir durch den Kopf, wie ein unendlich formbarer Lehmklumpen. Dasselbe mache ich mit dem ersten Baum, der mir im Weg steht, indem ich auf dessen Krone steige und ihn von oben nach unten aberne, bis nur noch der Stumpf übrig bleibt, auf dem gleich darauf ein Pilz zu wachsen beginnt. In der Inventarleiste erhalte ich *16 Blätter* und *4 Holz (unbearbeitet)*. Die bloßen Hände von mir gestreckt, hüpfe ich von Stufe zu Stufe, besteige weitere Kronen, baue hier und da Elemente ab, ohne zu wissen, was ich mit ihnen anfangen werde. So durchstreife ich die Gegend, immer bergauf, füge noch *8 Steine*, die ich von einem Felsen ernte, dem Inventar hinzu, bis ich mich nach einer Weile auf einem Hochplateau befinde, weit über dem Tal, in dem ich zufällig die Welt betrat.

In der Mitte des Plateaus wächst ein einzelner Baum in die Höhe, der mich an einen überdimensionalen Brokkoli erinnert. Als ich näher komme, merke ich, dass es tatsächlich ein riesenhafter Brokkoli ist, der die übrigen Bäume um das Vielfache überragt. Wenn ich mich sehr konzentriere, vernehme ich den süßlichen Duft, den er verströmt. Sein Stamm ist hellgrün und mündet in großen Ästen, an deren Spitzen sich bauschige Röschen ballen. Soweit ich sehen kann, ist dies der höchste Punkt der gesamten Umgebung. Wenn ich in die Wipfel schaue, sehe ich die Sonne durch die Blätter scheinen. Blicke ich lange genug in den Himmel, kann ich sie wandern sehen und den beinahe unmerklichen Wechsel der Himmelsfarben beobachten. Um den Baum herum weiden Schafe und blöken in unregelmäßigen Abständen. Ich mag Schafe. Sie erinnern mich an die Schaffelle, auf denen ich als Kind immer geschlafen habe. Der Geruch nach Stall, das ungemütliche Kratzen, die einfache Wärme, die ein Fell spendet. Die Schafe haben keine Angst vor mir, heben kurz die Köpfe, geben ein ulkiges Geräusch von sich, grasen dann unbeirrt weiter. Auf der anderen Seite des Plateaus öffnet sich die Landschaft. Es geht steil bergab, dunkle

Adern durchziehen das Felsmassiv, das müssen die Mineralien sein. Ich merke erst jetzt wirklich, dass ich mich auf der Spitze eines hohen Berges befinde. Unten im Tal sehe ich andere Tiere. Kühe. Aus den Baumwipfeln steigen Vögel auf, die ihre bunten Federn massenweise bei jedem Flügelschlag verlieren. Weiter in der Ferne ein wild wachsendes Getreidefeld, rosafarbene Punkte könnten Schweine sein.

Rücklings lehne ich mich an den Stamm des Brokkolis. Die Schafe weiden um mich herum. Ich ziehe die Beine eng zu mir heran, betaste meine Fußsohlen: Hornhaut. Zu meiner Rechten finde ich einen saftigen Pilz, den ich, da ich Hunger verspüre, gleich roh esse und meine Lebensenergie so auffrische. Die Sonne läuft langsam dem Horizont entgegen und taucht die Landschaft in warmes Rotviolett. Die Schafe unterbrechen das Grasen, heben die Köpfe. Vögel flattern zu ihren Nestern in den Brokkoli über mir. Die Tage scheinen hier kurz zu sein. Gleich ist es dunkel. Ein dunkelblauer Schleier legt sich über die Umgebung, es ist merklich kälter geworden und das Hungergefühl steigt stetig an. Ich hätte den Tag über mehr essen sollen. Wenn es Nacht wird, sollte die Lebensenergie hoch sein, kräftig sollte man sein. Wenn es Nacht ist, sollte man eine Behausung haben.

In meiner Wahrnehmung verschwindet zuerst das Blöken, dann die Schafe. Ich springe auf, eile zum Rand des Hochplateaus. Alle Tiere scheinen die Welt verlassen zu haben. Ich höre ein Rascheln und ein angestrengtes Schnaufen vom Tal her. Da steht es vor mir, ein dunkler grunzender Schatten mit rot funkelnden Augen, der mich wie ein Zombie anfällt. Ich habe keine Waffe, also wehre ich mich mit meinen Fäusten, hämmere so lange auf seinen Schädel ein, bis er entzweibricht. Ich bin stolz auf mich, mit bloßen Fäusten den Feind besiegt zu haben, obwohl ein Großteil meiner Energie dabei verloren gegangen ist. Ein Schwächegefühl ergreift Besitz von mir. Mir scheint, als zittere ich. Bis auf das spärliche Licht, das der Mond spendet, ist es stockfinster. Ich stolpere zum Brokkolibaum, einen zweiten Kampf würde ich nicht überleben. Schnaufgeräusche dicht hinter mir, klettere ich in einem letzten Kraftakt in die weit ausladenden Röschen hinein. Ich zittere vor Kälte und Anstrengung. Auch die Vögel nächtigen hier in ihren Nestern. So voll der Vorfreude auf die kommenden Wochen bin ich, zugleich aber auch so müde, dass ich die Augen nicht mehr offen halten kann und unter den blinkenden Sternen zum ersten Mal zufrieden einschlafe.

Elf Grad, Tendenz fallend.

Mit Essen werden wir weiter versorgt. Mutter telefoniert lautstark im Gang mit ihren Freundinnen. Irgendein Nachbarskind habe sich eingeschlossen. Seit über einem halben Jahr! Sie geben ihr Ratschläge, die sie an die Nachbarsmutter weitergeben soll. Da sie zu schwach ist, die Ratschläge zu befolgen und dem Jungen die Nabelschnur durchzutrennen, droht sie bloß und sagt: »Streng dich wenigstens an, wenn du dich blicken lässt, dann müssen wir baff sein, dann musst du Großes vollbracht haben.« – Wir nicken, sie hat nicht unrecht.

Seit einigen Tagen streiten sie, wann immer sie zur selben Zeit in der Wohnung sind: Vater ist anscheinend von seinen neuen Trainingsgeräten nicht mehr herunterzubekommen, er vertritt lautstark die Überzeugung, er habe sein Soll erfüllt, sie wirft ihm vor, er lasse sie mit dem Problem, mit mir, alleine. Ich ruhe derweil auf der Bank vor meinem Baumhaus hoch oben in den Brokkoliwipfeln und schaue ins weite Land. Um voll und ganz hier sein zu können, trenne ich den Kot vom Urin. Den Urin sammele ich in Plastiktüten, den Kot vermenge ich in einem Eimer mit Rindenmulch. Der Kompost wird schon bald ertragreiche Erde abwerfen, so habe ich auf der Website von *Garten-Pur* gelesen. Um das Gezeter zwischen dem Baumhaus und der alten Welt abzuschalten, stülpe ich mir die Kopfhörer übers Ohr, drehe Welt 0 voll auf: erst Stille, dann das Zirpen einer einsamen Grille. Das Weideland hat einen eigenartigen Blaustich bekommen. Dennoch ist es herrlich, mitanzusehen, wie alles wächst und gen Sonne treibt, die Bäume und das Getreidefeld, auf dem ich regelmäßig ernte, die Schweine und Kühe, die ihre Rücken im Liegen der niedrig stehenden Sonne zuwenden, denen ich Fleisch und Leder entnehme. Sosehr ich hier auch wüte, die Kraft der Natur ist tausendfach stärker, niemals könnte ich ihr wirklich Schaden zufügen.

Die ersten Tage habe ich hauptsächlich Ressourcen gesammelt und mich von Pilzen und Beeren ernährt. Nachts schlief ich bei den Vögeln in den Brokkoliröschen. Irgendwann kam ich auf die Idee, dass man die Ressourcen kombinieren könnte, um Werkzeuge oder noch Komplexeres zu erhalten. Ich reihte beispielsweise *3 Holz* nebeneinander auf und bekam sodann eine Werkbank. Mit dieser kann ich bis zu zwölf Elemente kombinieren. Das müsste reichen. Aus Holzelementen werkelte ich Bretter, die ich erst als Sprossen an den Brokkolistamm nagelte, dann zum Bau des Baumhauses knapp unter dem Wipfel verwendete. Ich sparte Öffnungen für die Fenster aus, falls ich herausbekommen sollte, durch welche Kombination man Glas herstellt. Um das Haus zog ich eine Terrasse, die mir einen 360-Grad-Blick ins Land ermöglicht. Das Innere des Baumhauses beließ ich simpel und hölzern. Ein Tisch, ein Stuhl und ein Ofen genügen. Aus Holz und Kohle habe ich Fackeln gebildet, die so um das Baumhaus herum angebracht sind, dass sie, wenn es dunkel wird, noch aus weiter Ferne sichtbar sein müssten. Ich wünsche mir, dass man mein Haus von jedem Winkel der Welt 0 aus sehen kann. Die Fackeln benutze ich zudem, um den Ofen, den ich aus einer Steinkombination gewonnen habe, zum Glühen zu bringen. Tagsüber jage ich im Tal Kühe und ernte aus ihnen Fleischstücke, die ich anfangs roh aß, was meine Lebensenergie nicht sonderlich auffrischte. Seit es den Ofen gibt, besteht nun die Möglichkeit, Steaks zu braten oder die Pilze zu einem Sud zu verrühren. Ein permanenter Duft steigt seitdem von der Behausung auf. Das Besondere in 0 ist, dass man hier keinem Wesen Leid zufügt, denn die Schweine oder Kühe, die ich kurz zuvor geerntet habe, suhlen sich wenig später wieder irgendwo im Schlamm oder weiden im satten Gras. Einige der Tiere opferten sich gar freiwillig und warfen ihr Fell zu meinen Füßen, da es sich vielleicht bereits herumgesprochen hatte, dass der neue Bewohner früher nur auf Fellen schlief. Der Boden meines Brokkolihauses ist komplett damit ausgelegt, egal wo ich mich jetzt fallen lasse, schlafe ich gut. Die Schafe dienen auch zur Herstellung von Wolle, irgendwann sicherlich zur Gewinnung von Käse und dergleichen.

Ich lebe von der Hand in den Mund und in den Tag hinein. Wenn ich Hunger habe, gehe ich jagen, wenn Durst, schlendere ich runter zum Fluss, wenn ich pinkeln muss, schiffe ich einfach in den nächstbesten Busch, und wenn es mich nach Unterhaltung gelüstet, zertrümmere ich bei Anbruch der Nacht ein paar Zombieschädel. Mehr brauche ich erst einmal nicht.

Sieben Grad. Tendenz fallend.

Das Tier schlottert am ganzen Körper. Wir messen die verrinnende Zeit an den sinkenden Temperaturen. Ich wickele es fest in ein Bettlaken ein, lege es so auf seinen Platz in Tastaturnähe. Wir lieben die Wärme des Bildschirms. *Minecraft* fragt, wo ich denn den Spawn, den Eingang zur Welt 0 festlegen möchte, da die Ersten bereitstünden, um zu joinen. Ich weise neben das Abbild des Tiers, das ich auf dem Hochplateau aus Stein geschlagen habe. *Das Tapfere Sniperlein* und *Girl No. 1* sind die ersten Menschen, die neben dem Abbild des Tiers erscheinen. Adam und Eva. In der Sekunde, wo sie Gras unter den nackten Füßen spüren, halten die Tiere dieser Welt inne, heben die Köpfe vom Weiden oder unterbrechen ihre Flugbahn, registrieren die Neuankömmlinge. Zudem erschallt vom Baumhaus als Begrüßungssound *On Ho!* von Andrew Birds *Nobel Beast*. Jedes Mal, wenn jemand in diese Welt spawned, wird dieser Song ertönen.

Von der Terrasse meines Baumhauses aus erblicke ich zum ersten Mal ihre Ebenbilder. *Das Tapfere Sniperlein* ist drahtig gebaut, jeglichen überschüssigen Fettes entledigt, die Finger bewegen sich feingliedrig über den Kopf eines Lamms, das sich wie eine Katze an sein Bein schmiegt. Seine Haare sind schwarz und dicht gewachsen, die Haut zart, die Poren rein. Besondere Fähigkeiten wird er sich erst mit den Jahren aneignen, seine Anlagen sind aber: scharfer Verstand, hohe Konzentrationsfähigkeit, Familiensinn.

Bei dem Anblick von *Girl No. 1* falle ich beinahe von meinem Aussichtspunkt. Sie ist groß, die kastanienfarbenen Haare flattern trotz Windstille durch die Luft. Die weiße Haut ist mit Abertausenden, sachte pulsierenden Sommersprossen übersät, eine jede birgt einen Wunsch in sich. Sie erinnert mich an Kim, so wie ich sie in Erinnerung habe.

Girl No. 1 und *Das Tapfere Sniperlein* schauen sich in die Augen, ohne ein Wort zu sagen, geschweige denn zu bemerken, dass die Sonne währenddessen weiterwandert. Da greifen sie wie auf Kommando nach den Händen des anderen, als wäre das in dieser Situation das einzig Logische. Eine Brise weht über die Hochebene und schiebt *Girl No. 1* an ihn heran. Alles hängt hier zusammen, nicht nur Körperliches mit Körperlichem. Nein, auch der Wunsch, der Gedanke, das Gefühl – alles hat seine Auswirkung auf die natürliche Umgebung. Da küssen sie sich.

Im Nu bin ich, sporadisch ein Fell um meine Lenden gewickelt, die Sprossen hinuntergeklettert. Mit offenen Armen erwarten sie mich, minutenlang halten wir uns fest. Ich kann ihr Blut pulsieren spüren, das Senken und Heben ihres Brustkorbs.

Ich nehme *Girl No. 1* an der Hand, umlaufe das Plateau, zeige ihr die Tiere und Berge und Flüsse der Umgebung, während *Das Tapfere Sniperlein* wie selbstverständlich auf das Baumhaus klettert. Ich weiß, dass es sein Mädchen ist. Er weiß, dass ich sein Freund bin. Mit einer Fackel und ein paar Blöcken Feuerholz unterm Arm steigt er die Sprossen hinab und entzündet ein Lagerfeuer. Er kombiniert rasch und richtig, denn er ist in derartigen Welten groß geworden.

Das Lagerfeuer wirft unsere flackernden Schatten in die Landschaft, in der Glut des Lagerfeuers garen wir unsere Steaks. *Girl No. 1* ist überzeugte Vegetarierin, da hier aber alles Leid aufgehoben ist, brät sie ihr Stück, als wäre es ein Marshmallow, und knabbert an der Kruste. Wir blicken zu den blinkenden Sternen hinauf, *Girl No. 1* hat ihren Kopf in meinen Schoß gelegt. Ab und an erheitert uns ein torkelnder Zombie, der sich, vom Feuer angezogen, in die Flammen stürzt und Grimassen schneidet, während er verbrennt.

Schön hier, sagt *Girl No. 1* und schaut in den Himmel.

Episch, sagt *Das Tapfere Sniperlein. Echt episch.* Nach einem Schwarm Zugvögel, die wir mit unseren Blicken bis zum Horizont begleiten, fügt er hinzu: *Ich wundere mich nur, es ist hier so merkwürdig kühl. 5 Grad, Tendenz fallend. Und dieser Blaustich, obwohl doch die Sonne täglich scheint.*

Das renkt sich schon ein, sage ich und sehe, wie gleichzeitig mit dem Erlöschen einer Sommersprosse auf *Girl No. 1* Stirn sich ein Stern aus dem Firmament löst und, einen Schweif hinter sich herziehend, am Horizont einschlägt. Funken stieben auf und werden zu Glühwürmchen, bis in alle Ewigkeit.

Unmittelbar ans Hochplateau grenzend liegt der Eingang zur

Behausung der beiden. Nachdem ich ihnen von meinen ersten Erfahrungen in der Rekombination der Elemente zur Herstellung der wichtigsten Werkzeuge und Baumaterialien berichtet hatte, errichteten sie in nur wenigen Stunden ein erstaunlich ansprechendes Haus. Es besteht aus drei Ebenen in Blockform, die leicht zueinander versetzt auch Terrassen und Aussichtsplattformen bilden. Die Idee hätte eigentlich von Jan sein können: Die Form eines jeden Bausteins des Hauses entspricht der Form des Hauses selber. Aber das ist erst der Anfang: Große Aussparungen werden die Panorama-Glasfront ergeben, wenn das Glas erfunden ist, Aufzüge werden die Ebenen verbinden, sobald Strom erzeugt wird, und zu guter Letzt soll das Gebäude in der Lage sein, seine Form entsprechend der Stimmung seiner Bewohner zu verändern. *Alles nur eine Frage der Zeit*, sagen sie. Und Zeit haben wir.

Wie sehe ich aus?, will ich von den beiden wissen, da ich bis jetzt nur mein vom Fluss verzerrtes Spiegelbild kenne.

Du hast schönes, sonnengebleichtes strubbeliges Haar und lächelst unentwegt, sagt *Girl No. 1. Du hast einen süßen Mund.* Sie fährt mir über den Handrücken. *Du hast sehr weiche Haut, und du riechst sehr gut nach Rosen und Kokosnuss.*

Rosen und Kokosnuss?

Und du hast lustige Augen. Das eine ist tief und dunkel. Das andere glänzt hell. Wie Yin und Yang. Und du hast eine Badehose an mit Lotusblumen! Sie lacht hell auf, dass es als Echo durch die Welt schallt.

Ich schaue an mir herunter: Ich trage wirklich plötzlich diese Badehose. *Würdet ihr mich auch in der anderen Welt wiedererkennen?,* frage ich.

Ganz, ganz sicher!, sagt *Das Tapfere Sniperlein. Egal wo wir wären, wir würden dich wiedererkennen.*

Ich mag den Gedanken und schließe die Augen.

Drei Grad, Tendenz fallend.

Wir verbringen viel Zeit in Decken gehüllt. Ich habe mich erkältet, muss andauernd husten. Der Hals ist rau, wenn ich schlucke, brennt es schrecklich. Das Tier wärmt nicht sonderlich, eher noch übertrage ich ihm etwas von meiner verbliebenen Körperwärme. Oder ich fahre schnell über seinen Schuppenpanzer, damit es etwas von der Reibungsenergie spürt. Es rollt mit den Augen. Noch ein gutes Zeichen. Sie wollen mich rausjagen. Sie haben die Heizung abgestellt. Ich lasse mich aber nicht rausjagen. Es ist mein gutes Recht, hier zu sein. Zudem ist es Mutter, die gesagt hat, ich müsse zuerst ein toller Junge werden.

Ich schüttele die Hand in der Luft wie ein großer Pianist und begebe mich in Welt 0. Beinahe minütlich spawnen Neuankömmlinge unterhalb des Brokkolibaums und recken ihre bloßen Glieder in alle Himmelsrichtungen. Es sind ulkige, mir auf Anhieb sympathische Namen wie *Vogel1, Miezekatze94, Pwnsauce, NachtWaechter, tussipussi* oder *Piddybaby*. Sogar ein *lutz_kettenschutz* hat den Weg zu uns gefunden und betrachtet seine neuen Hände. Einzeln lade ich sie zu mir auf den Brokkoli ein, damit sie neben mir auf der Bank Platz nehmen. *Lutz_kettenschutz*, dem eine Vogelfeder im Haar steckt, fragt mich, wohin er denn gehen, wo in Welt 0 er sein Lager aufschlagen solle. Ich frage zurück, ob es denn einen Unterschied macht, wohin er aufbricht. Er betrachtet die hügelige Landschaft. Ich frage weiter, ob es denn eine falsche Richtung überhaupt geben kann, wenn es keinen mehr gibt, der das bewertet. Jetzt blickt er verstohlen zu Boden. Ich sage: Richtig und Falsch existieren nicht mehr. Du machst etwas, und wenn es dir gefällt, machst du es weiter. Und wenn nicht, dann beginnst du etwas Neues.

Die Neuankömmlinge orientieren sich rasend schnell, eine kurze Einführung genügt, schon schichten sie Blöcke zu mehrstöckigen Häusern, legen Gemüsegärten und Komposthaufen an, halten sich Kühe und Schweine, manche sogar ein Rudel wilder Zombies. Sie streben nach Fortschritt, ganze Zeitalter werden in Sekundenbruchteilen durchschritten. Meine Wohnstätte ist bei weitem die rückständigste, aber ich genieße diese Einfachheit. Die anderen haben bereits Whirlpools und TV-Flatscreens gerendert und importiert, überlegen, wie die Haptik verbessert, wie Wasser vom Meer zu den Häusern geleitet oder wie aus der schnellen Tag-Nacht-Abfolge, also aus der schnellen Erdumdrehung, Energie gewonnen werden könnte. Ein Junge ist dabei, seine alte Schule maßstabgetreu nachzubauen, nur um sie danach in alle Einzelteile zu zerlegen. Ein Mädchen lebt im Inneren eines Rubik's Cubes, eines drehbaren Zauberwürfels, den sie jeden Tag aufs Neue nach den Farben sortiert, sich von Mal zu Mal an Schnelligkeit übertrifft. Ein älterer Herr mit Namen *Illustrissimi*, einem langen grauen Mantel und einem Bart, der ihm bis zu den Füßen reicht, hat in der Mitte eines anfangs niedrigen Turms einen Kaktus gepflanzt, der Tag für Tag mehrere Meter wächst, so dass er in regelmäßigen Abständen auch den Turm um mehrere Stockwerke erhöht. Es wird berichtet, dass im Tal sogar eine Krankenstation gebaut worden sei, auch wenn ich nicht weiß, welchem Zweck die hier dienen sollte.

Weil es stetig kälter wird, habe ich mir aus Schafswolle einen dicken Pullover gestrickt, der auf der nackten Haut kratzt. Die Neuankömmlinge freuen sich unheimlich, wenn ich die Sprossen des Brokkolibaumes hinuntersteige und sie willkommen heiße. Sie strahlen und lachen, als wären sie Kinder, deren Arme und Hälse sich nach vielen verregneten Wintern wieder nach den ersten Schneeflocken strecken können, und lange pressen wir unsere Körper fest aneinander. *Wir sind da!*, jubeln sie.

Die Hochebene ist inzwischen zu einer Art Marktplatz geworden. Hier werden Ressourcen gehandelt, hier wird unter blinkenden Glühwürmchen bei Nacht getanzt, bis man schweißnass denjenigen gefunden hat, der einem beim Sonnenuntergang am *Lovina-Beach* den Lendenbereich krault. Viele, die keinen abbekommen, muss man davon abhalten, den Suicide-Wald aufzusuchen. Es wird getuschelt, dort gäbe es Treppen, die man endlos hinaufsteigen könne, ohne jemals an ein Ende zu kommen, oder man stehe in Schlangen an, die niemals kürzer werden. Wer dort hineingeht, kehrt nie wieder zurück. Da Welt 0 aber nach dem Spawnen keinen Tod kennt, bedeutet der Suicide-Wald nicht das Ende der eigenen Existenz, sondern schlicht das Erlöschen aller Wünsche und Triebe bis in alle Ewigkeit.

Die eigentliche Attraktion hier ist aber das Tier. Besser gesagt sein Ebenbild, um das herum die Neuankömmlinge scharenweise sitzen. Das Tier wirkt noch einen Tick prächtiger als im Zimmer, drüben auf der anderen Seite. Beinahe lebendig. Wir alle wirken prächtiger, wahrer. Beharrlich warten alle darauf, dass es etwas sagt. Und dann ist es so weit: die grün leuchtende Leguan-Statue rollt mit den Augen, die Neuankömmlinge schlagen die Hände vor Freude zusammen, fappieren nennen sie das. Es öffnet den Mund und schnalzt ein *Irigrginrgringirn.* Nur ich weiß, dass es drüben sitzt und auf der Tastatur herumkratzt. Die Neuankömmlinge fappieren und johlen, die ersten versuchen sich in Deutungen. Vorneweg ein Junge mit dem Namen *affeohnewaffe*, der keine Sekunde von der Seite der Statue weicht, sich sodann an die Seite des Tiers stellt und feierlich spricht: *Genug fappiert! Das Tier sagt: Welt 0 ist abgeerntet. Das Tier will: Erntet euch gegenseitig.* Da greifen die Zuhörenden rechts und links nacheinander, ziehen sich gegenseitig die einfache Woll- oder Lederkleidung aus, liebkosen Haut, Münder und die Brüste.

Cvxycvxycvxycv unterbricht das Tier die Orgie. Alle Blicke sind *affeohnewaffe* zugewandt: *Genug geerntet! Das Tier sagt: Alle wandern!*

Ach, nee, sagt eine gewisse *schnapsdrossel87*, *wandern muss doch nicht sein.*

Doch, so sei es, sagt *affeohnewaffe* und zeigt in eine der Himmelsrichtungen, *wer weiß, welche Aufgaben er uns stellt.* Schnell haben sich ein paar zu ihm gesellt, die Lederrucksäcke aus Kuhhäuten kombiniert und Butterbrote aus Schafsmilch und Getreideblöcken entworfen haben. Singend beginnen sie mit dem Abstieg. Ich lasse sie ziehen, gerade aus einer falschen Deutung oder Annahme heraus kann Gutes entwachsen. In ein paar Tagen werden sie vielleicht wiederkommen, *affeohnewaffe* ganz bestimmt, er scheint hier seine Lebensaufgabe gefunden zu haben. Oder sie werden sich, wie die vielen anderen vor ihnen, irgendwo niederlassen und ihre Stadt oder ihr Land oder ihre eigene Welt in o gründen. Das ist gut: Sie spielen und haben Spaß, Spaß an der Gemeinschaft. Und schlagen sich nicht die Köpfe ein oder verbiegen den anderen nach ihren Wünschen, wie sie es draußen gelernt haben.

Packt euch warm ein, rufe ich ihnen noch hinterher.

Null Grad, Tendenz weiter fallend.

Abgesehen vom frostigen Polarblau sind nun alle Farben aus o herausgefiltert. Nur noch wenige Bewohner, die sich bereits *Oldfags* nennen, handeln auf dem Hochplateau mit Ressourcen. Auch ist die Stromversorgung einiger *Newfags* unterbrochen und der Wandertrupp unter *affeohnewaffes* Führerschaft noch nicht zurückgekehrt. Meine beiden Freunde haben sich in ihre unterdessen zu sieben Stockwerken angeschwollene Villa zurückgezogen, vornehmlich ins Matratzenstockwerk, und lassen sich nur schwer aus dem Bett- und Kuschelmodus locken.

Ich klettere von meinem Baumhaus und mache mich alleine auf die Suche nach den Verschollenen. Die Sonne ist gerade aufgegangen, blauer Nebel liegt über dem Tal. Schafe begleiten mich bis zur Talsohle. Häuser und Dörfer, die auf meinem Weg liegen, sind verlassen und menschenleer. Ich rufe und klingele an Türen, nichts regt sich. Während ich mich der Krankenstation erinnere, passiert es. Zuerst rieche ich ihn, dann erst sehe ich ihn: Schnee, wie er sich aus dem blauen Himmel löst und mich und die Landschaft in wenigen Augenblicken bedeckt. Ich muss zur Krankenstation, denke ich und ziehe einen Schweif an Schneeflocken hinter mir her.

Die Krankenstation befindet sich auf einer Lichtung und hat die Form eines kegelförmigen Zelts, auf der Spitze sitzt ein blaues Kreuz. Als ich eintrete, kommt mir gleich *Piddybaby* in Krankenschwesteruniform entgegen und fragt verlegen, ob sie mir helfen könne. Um den Hals baumelt ein merkwürdig gebogenes Stethoskop und in der Hand hält sie ein zierliches Köfferchen. Im Inneren der Station erblicke ich Hunderte Feldbetten dicht an dicht gereiht. Die Patienten haben sich mit den Decken rundherum eingewickelt, so dass nur noch ihre Köpfe hervorgucken. Manche winden sich im Schlaf, andere brabbeln leise vor sich hin. Ich schaue *Piddybaby* fragend an, da fängt sie zu bibbern an, was sie zuvor unterdrückt zu haben scheint. Ich kenne sie, sie sieht meinem *Schwesterchen* verblüffend ähnlich: der Pagenkopf, das Polo-Shirt. Schlagartig fällt sie mir um den Hals, als würde auch sie mich wiedererkennen. Doch etwas scheint zwischen uns geschoben, etwas scheint hier nicht mehr zu stimmen. Erst jetzt bemerke ich das sich in ihrem Gesicht ausbreitende Blau in Form kleiner Äderchen, die sich von den Lippen über die Wangen und Stirn erstrecken, bereits bis zu ihrer Kinnpartie vorgedrungen sind. Sie ist Patientin und Krankenschwester zugleich. Ich knie mich vor sie hin, nehme ihre blau anlaufenden Hände zwischen die meinen.

Du frierst, sage ich.

Sie lächelt, trotz der Schmerzen, die sie haben muss: *Siehst du nicht*, sagt sie, *wie sehr wir alle frieren?*

Doch, sage ich.

Dann mach doch bitte die Heizung an. Sie zieht die Hände weg, schaut apathisch in Richtung des Feldbettenlagers.

Du frierst, wiederhole ich.

Sie schaut mir kurz in die Augen: *Dann mach doch bitte die Heizung an.*

Unter null Grad.

Wir husten blechern, legen das Ohr an die Fensterscheibe: ein Geräusch auf dem Fenstersims, zaghaft aufs Metall fallende Kügelchen. Schnee über Schnee. War nicht erst Sommer?

Nebenan höre ich Anna-Marie. Das Tier röchelt und strampelt wie ein schlafender Hund. Seit vielen Tagen läuft die Heizung auf höchster Stufe. Seit Tagen rumort sie bloß, ohne sich im Geringsten aufzuwärmen. Sind das auch Ratschläge der Nachbarn? *Die Heizung, bitte,* habe ich auf einen Zettel geschrieben. *Wir frieren.* Keine Antwort. »Hallo«, habe ich gerufen, als jemand vorbeiging: »Die Heizung!« – »Mach sie doch an«, hat sie geantwortet. Anna-Marie. – »Hab ich schon«, habe ich gesagt. »Es kommt aber nichts.« – »Dann sag's Mutter«, hat sie hinzugefügt, genervt. – »Will ich doch«, habe ich geantwortet.

Weit unter null Grad.

Ich kraule den Hals des Tiers, während es sich fragt, warum keiner mehr da ist, der ihm zuhört. »Minus vier Grad«, sage ich ihm. Eisregen. Es nickt. Es ist geschwächt, verweigert das Essen. Draußen peitschen Hagelkörner gegen die Scheibe.

Minecraft weist mich darauf hin, dass die Population auf ein Minimum geschrumpft sei. Sogar das Meer sei mitsamt aller Meeresbewohner, von denen ich bis dahin gar nichts wusste, zugefroren. Ich sitze auf dem Dach des Baumhauses und mich überzieht eine hauchdünne Schneelage nach der anderen. Flocken fallen nicht nur aus dem blauen Himmel, sondern krabbeln vom Boden auf mich wie Trupps polarer Parasiten, die mich besiedeln wollen. Welt 0 liegt vollständig eingeschneit da. Von den Freunden, die mir wenigstens eine Wolldecke umlegen könnten, keine Spur.

Weit, weit unter null Grad.

Es muss bitterkalt draußen sein, zumindest strahlt es eisig vom Fenster her, obwohl ich es längst mit meinen letzten Klamotten abgedichtet habe. Immerhin hat sich das Tier der UV-Lampen erinnert, die ihm in der Transportkiste mitgegeben wurden. Ich habe sie entstaubt und angeschlossen. Entscheidend lindern sie die Kälte nicht, sondern provozieren eher noch ein heftiges Jucken auf der Haut, das mich zum ständigen Kratzen verführt. Das Tier bewegt sich nicht mehr. Wir liegen auf der Matratze, das Tier reglos auf meiner Brust, die UV-Lampen über uns laufen im Hochbetrieb. »Die Matratze ist unser Grab«, sage ich, »ein kaltes.« Nur der Rechner schnauft energisch, trägt tapfer die vereiste Welt 0.

Etwas tut sich im Flur, auch wenige Autos rauschen in der Ferne vorbei, ausgelassene Stimmen skandieren immer wieder: »Hölle! Hölle! Hölle!« Ich habe Hunger und Durst und fühle mich sehr schwach. »Es ist so weit«, sage ich entschlossen, sammele die letzten Kraftreserven und setze das vor Kälte erstarrte Tier von meiner Brust auf den Boden. Es ist so weit. Sie haben es geschafft.

Die Gelenke schnarren mit jedem Schritt, den ich Richtung Tür mache. Als wollte mich mein Körper zurückhalten.

15

Ein heiteres Gemurmel zu Haydns Celloklängen im Wohnbereich, bis auf den Gang schimmert die Festbeleuchtung, es riecht nach geröstetem Brot und Honigwachs. Die Eltern, Anna-Marie und ein Junge zu ihrer Seite haben sich gerade an den Tisch gesetzt. Oskars Haare sind nachgefärbt worden, Anna-Marie hält unter dem Tisch Händchen mit dem Jungen, es ist Kilian, dessen Vater Oskars plastische Chirurgie in allen rechtlichen Belangen vertritt und der nun auf Tills Platz sitzt. Um den Hals trägt er eine Kette gleichförmiger Muscheln, das Gesicht ist für sein Alter markant. Karola reicht den Brotkorb herum, jeder nimmt sich eine Scheibe. Auf dem Tisch steht ein Ufo-artiger Toaster, sind Wurst- und Käseplatten, mit Oliven, Artischocken und Peperoni gefüllte Schälchen verteilt. Im Hintergrund knistert das Feuer. Es ist noch früh am Abend, jedoch bereits dunkel. An der Wand steht eine reich verzierte Konsole. Sie ist mit einem Adventskranz dekoriert, zwei der jeweils vier Kerzen brennen. Als Till ins Wohnzimmer tritt, verstummen alle schlagartig.

Till sieht ganz und gar nicht gut aus. Dunkle Ringe unter den Augen, die er immer wieder mit dem Handrücken reibt. Blaue Äderchen schlängeln sich über die Haut, einige der Hautpartien sind rötlich entzündet, heben sich wie kleine Plateaus ab und erinnern an Brandblasen. Till trägt eine Badehose und dazu einen dicken Wollpullover. Am Hals so etwas wie ein Knutschfleck. Die Füße sind stoffumwickelt, als käme er von einer langwierigen Polarexpedition. Die Haare sind länger geworden, die

Fingernägel heruntergekaut. Für geraume Zeit hat er sich nicht mehr rasiert.

Karola, den Kopf schräg gelegt, betrachtet ihn von oben bis unten: »Wo ist deine Hose?«

Till räuspert sich, Schleim schwappt den Hals hinauf, er schluckt herunter. »Ihr habt ihn umgebracht.« Seine Stimme klingt sehr heiser und rasselt wie eine Kette.

Karola schaut Oskar an. Anna-Marie verdreht die Augen.

»Setz dich doch erst mal«, sagt Oskar und weist auf den Gästestuhl. »Ruh dich aus.«

Wortlos setzt sich Till umständlich auf den Gästestuhl Kilian gegenüber, der auf sein Butterbrot stiert.

»Du hast bestimmt Hunger«, sagt Karola. Oskar steht auf und geht in die Küche.

Till nickt, sucht dabei mit seinem Blick etwas im Wohnzimmer, bleibt an der Konsole hängen.

»Die ist neu«, sagt Karola. »Mexikanisches Pinienholz, als einziges Stück von der Ausstellung übrig geblieben. Das Karibikmotto war eine tolle Idee, Junge!«

Till schaut sie kurz an, blickt dann apathisch auf den Teller vor sich.

»Wir haben sie geschmückt. Mit Adventskränzen, Till. Wir haben uns gedacht, wir machen das auch mal.«

Till schaut ihr verwundert in die Augen.

»Genau wie bei den Reicherts. Wie du's immer wolltest.«

Oskar erscheint mit einem Tischset. Till belädt seinen Teller mit Käse, Wurst und Radieschen. Karola drückt zwei Brotscheiben in den Toaster, Oskar schiebt ihm die Butter hin. Kilian beobachtet ihn immer noch, als habe er einen Geist vor sich. Bevor sie zu essen beginnen, reichen sie sich die Hände, Kilian zögert erst eine Weile, bis er kapiert, was er zu tun hat, und schließt den Kreis. Im Chor wünschen sie sich: »Guten Appetit.«

»Willst du etwas trinken?« Karola schwenkt die Weinflasche. Till nickt. Sie füllt sein Glas halb voll.

Till trinkt den Wein, als sei es Wasser. Sie heben die Gläser. »Prost!«

Anna-Marie lächelt nur verlegen. Oskar zerschneidet sein Brot mit Streichleberwurst in quadratische Häppchen, Karola faltet ein Salatblatt, Anna-Marie löffelt aus einem Schüsselchen drei Oliven auf ihren Teller, die wie Kreisel herumschwirren, in der Mitte des Tellers zur Ruhe kommen. Die Brotscheiben schnellen aus dem Toaster, eine elektronische Stimme ertönt: »Invasion! Invasion! Invasion!«

»Witzig«, sagt Karola.

»Ja, witzig.« Im Handumdrehen hat Till die Scheiben bestrichen, belegt und zu essen begonnen.

»Wer wurde umgebracht?« Kilian hat als Einziger sein Brot noch nicht angerührt. Anna-Marie boxt ihm in die Seite und schaut ihn böse an.

»Niemand wurde umgebracht«, beschwichtigt Karola.

Till tunkt ein Radieschen in den Meerrettich, kaut darauf herum, so dass es laut knackt. »Ihr habt ihm die Heizung abgestellt.« Er tunkt ein weiteres Radieschen ein. »Er ist erfroren.«

»Wer ist erfroren?« Kilian bekommt abermals einen Stoß in seine Rippen.

»Niemand ist erfroren«, sagt Karola. »Pure Einbildung.«

»Ja?«

»Ja, pure Einbildung.«

»Okay.« Till wischt sich mit der Serviette den Meerrettich vom Mund, erhebt sich schwerfällig, als wögen seine Glieder Tonnen, und bewegt sich langsam, die Blicke der anderen im Rücken, in sein Zimmer. Mit einer Kiste auf dem Arm, aus der der Kopf und die Vorderbeine des Leguans heraushängen, kehrt er ins Esszimmer zurück und hievt sie so auf den Tisch, dass die Gläser zu taumeln beginnen.

Als Erste beugt sich Karola über den Inhalt. »Das ist alles, was du uns nach so langer und schwieriger Zeit präsentierst, Till? Einen Kadaver?!«

Anna-Marie hält sich mit dem Shirt-Zipfel die Nase zu. Kilian dicht hinter ihr: »Das sieht ja echt tot aus. Was war denn das?«

»Nichts war das.« Karola läuft vor dem Kamin auf und ab. »Nichts Großartiges zumindest.«

Tills Augen sind glasig, er muss viele Male tief einatmen, um nicht in Tränen auszubrechen.

»Lasst mich mal, lasst mich mal.« Oskar bahnt sich seinen Weg, indem er die Tochter und deren Freund beiseiteschiebt, und greift in die Kiste.

»Du fasst das ohne Handschuhe an?«, sagt Anna-Marie.

»Abwarten.« In aller Ruhe hebt Oskar den leblosen Körper heraus, hält ihn auf seinen beiden riesenhaften Händen. Das Zittern ist nun gänzlich verschwunden, er hat es routiniert von der einen auf die andere Sekunde abgestellt. Schwanz und Haupt des Reptils hängen schlaff herunter, der Körper hat den Farbton abgestandener Milch. »Abwarten.« Behutsam trägt er das Tier zum Kamin. »Polster!« Anna-Marie löst ein Polster aus der Sitzgarnitur und bereitet einen Platz am Kamin vor. Karola schaut aus dem Fenster, eine Zigarette zwischen den Fingern. Er setzt den Leguan auf dem Polster ab, legt erst die Hand, dann das Ohr auf den Bauch. »Es atmet noch. Ganz leicht, kaum spürbar, in weiter Ferne. Es bedarf etwas Wärme.« Und er hebt den Kopf und sagt zu Till gewandt: »Keine Angst, Junge, deinen Freund holen wir wieder zurück unter die Lebenden.«

Till wischt sich über die Wange. Anna-Marie legt Holzscheite nach.

»Kalzium, Anna-Marie.«

»Kalzium?«, fragt Kilian.

»Es hat die Gicht«, sagt die Schwester.

»Die Gicht? Ist die nicht ausgestorben?«

Oskar knetet die Gelenke: »Nein, nein. Da hat deine Freundin schon recht. Gut diagnostiziert, total eingegichtet, die armen Gelenke. Und warum benötigen wir Kalzium, Till?«

Till ist wie die anderen dicht an das Reptil herangetreten: »Weil das gegen Erfrierungen hilft?«

»Weit gefehlt. – Anna-Marie, dein Tipp?«

»Weil das Kalzium-Phosphor-Verhältnis nicht stimmt, der Harnsäurestoffwechsel ist gestört.«

»Gründe?«

»Falsche Ernährung, Gefangenschaft, fehlende Sonne zur Vitamin-D3-Produktion.«

»Schwesterchen, woher weißt du das?« Till ist sichtlich erstaunt.

»Leistungskurs Bio.« Sie strahlt. »Vitamin D3 braucht es zur Anregung des Kalziumstoffwechsels. Siehst du, es hängt alles miteinander zusammen.« Sie strahlt noch mehr.

»Ich weiß«, murmelt Till kaum verständlich.

Oskar klopft der Schwester auf die Schulter. »Dann hol doch bitte das Kalzium-Vitamin-D3-Präparat aus dem Tegetmeyer-Erste-Hilfe-und-Aufpäppelung-Fach und leg dem armen Kerl eine intravenöse Infusion.«

Kilian schaut ihr stolz hinterher, beobachtet, wie sie verschiedene Fächer der Kommode öffnet und die notwendigen Utensilien nacheinander auf einem sterilen, metallischen Tablett ausbreitet: die Kalzium-Lösung, ein Infusionsbeutel, ein gekrümmter, spitz zulaufender Schlauch, den sie aus der Verpackung befreit und an den Beutel anschließt, ein Gläschen mit Vitamin-D3-Extrakt.

Till kniet neben dem Reptil und streichelt sein Haupt: »Gicht?«

»Ja, mein Sohn, gleichfalls Rachitis genannt. Und du könntest auch ein paar Kalzium-Infusionen und gezielte UV-Direkteinstrahlung brauchen. Ich sehe nämlich, dass du dich nicht an unseren Astronautenplan gehalten hast.« Er krempelt Tills Pullover hoch und ertastet seine Gelenke: »Viel zu wenig Bewegung, schlechte Ernährung, ergo: erhärtete Gelenke.« Er fährt ihm über die erhobenen, erröteten Hautpartien: »Und hier ... hm, das sieht komisch aus. Als hättest du zu lange im Sonnenstudio gelegen.«

»Ihr habt mir die Heizung ausgeschaltet.«

Im Hintergrund löst Anna-Marie das Kalzium in einem Erlenmeyerkolben auf, schüttet das Vitaminpulver hinzu und rührt mit einem Teelöffel darin herum. Sie füllt den Infusionsbeutel mit der Flüssigkeit und sucht in einer weiteren Schublade nach der Infusionspumpe.

»Keiner hat dir die Heizung ausgeschaltet. Im Gegenteil«, sagt Karola, die Arme hält sie verschränkt, die Zigarette in der einen, ein Feuerzeug in der anderen Hand.

Oskar untersucht die Erhebungen auf Tills Haut. »Wenn mich nicht alles täuscht, handelt es sich um eine Lichturtikaria, Urticaria solaris.«

»Wir machen uns Sorgen, Till«, sagt Karola.

Oskar grübelt: »Deswegen die verdunkelten Scheiben. Du hast eine Lichtallergie, du musst dich vor bestimmten Wellenlängen schützen!«

»Urticaria was?«, fragt Kilian, den Infusionsbeutel in den Händen balancierend.

Oskar dreht ihm Tills Arm hin: »Urticaria solaris. Von falsch dosierter UV-Strahlung hervorgerufene Erhebungen, hier, im Volksmund Quaddeln genannt. Sehr stark juckend, ungefähr so, als hätte er den Arm für lange Zeit in einen Ameisenhaufen gesteckt.«

»Das sind Frostbeulen«, sagt Till.

»Nein, es ist alles andere als kalt hier bei uns, die Heizungen laufen auf Hochtouren. Du hast – ich weiß nicht wie – die falsche Strahlung abbekommen. Ob Sonnenlicht oder irgendwelche anderen Strahlungen kann ich noch nicht diagnostizieren. Wir müssten ein paar Tests durchführen.«

Till zieht den Arm weg. »Meine Heizung läuft nicht auf Hochtouren.«

»Pure Einbildung.« Karola hat sich die Zigarette angesteckt. Till und Oskar schauen sie beide gleichermaßen verstört an. Karola streckt dem Sohn die Schachtel hin, der ablehnt. »Wir haben verstanden«, sagt sie, »dass du keine Lust auf draußen hast. Aber irgendwann ist Schluss, da muss es auch mal weitergehen. Du kannst dich nicht einfach tot stellen, das geht nicht. Verstehst du? Wenn wir an die Tür klopfen oder dir Zettel-Botschaften zukommen lassen – stündlich! –, dann muss man auch mal reagieren.«

»Oder dir Ständchen bringen.« Oskar beginnt den Leguan nach einer geeigneten Vene abzutasten.

»Genau, die Geburtstagsgeschenke hast du angenommen, die waren schnell weg. Nicht mal Danke hast du gesagt.«

»Ich habe überhaupt keine Geschenke bekommen.«

»Wir wollen nur das Beste für dich. Oder gegen das Einklagen, dass wir dich durch das Abitur gebracht haben, dass du dich bald an einer vernünftigen Universität einschreiben wirst, dagegen hattest du nichts einzuwenden, das fandest du wieder okay. – Und die Drohungen.«

Anna-Marie drückt den Stecker der Infusionspumpe neben dem Kamin in die Steckdose – das Display an der Pumpe springt an – und tippt unter Kilians offensichtlicher Bewunderung auf das Bedienfeld. Sie schließt den Infusionsbeutel an die Pumpe an und dreht das Rädchen an dem Schlauch. »Wo soll ich einstechen?«, fragt die Schwester.

»Hier.« Oskar hebt den Vorderfuß an und zeigt auf die weiche Achselhöhle des Reptils.

»Drohungen?«, fragt Kilian.

»Wartet«, mischt sich Oskar ein, »das Tier muss erst gerettet werden, das hat Priorität vor den ganzen Befindlichkeiten.«

Anna-Marie bohrt die Nadel in die Vene, ein Zucken durchfährt den Körper des Reptils, Blut schwappt in den Schlauch.

»Aufdrehen!«

Sie dreht am Rädchen, ein Gegendruck wird erzeugt, Blutschlieren treiben zurück in die Vene. »Welche Dosierung?«

»400 I. E.«

Anna-Marie stellt die Dosierung auf dem Display ein und wischt sich den Schweiß von der Stirn. Ein gleichmäßiges Piepen im Rhythmus einer trägen Herzfrequenz und das Saugen der Pumpe verbreiten eine beruhigende Stimmung. Karola applaudiert.

»Jetzt heißt es: abwarten und Tee trinken.« Oskar lässt sich erschöpft auf seinen Platz am Tischende fallen.

»Ist er gerettet?« Till hat sich aus Gewohnheit auf seinen Stuhl gesetzt. Kilian steht unschlüssig in der Gegend herum, die Schwester verfeinert derweil die Einstellungen des Geräts.

»Das wird sich erweisen, Till. Wenn du ihn uns behandeln lässt.« Oskar zwinkert. »Wenn wir ihn in die Familie aufnehmen sollen, dann machen wir das. Du musst bloß zustimmen.«

Till schaut mit einem Blick, als hätte er ein Verbrechen begangen und die Strafe sei ihm gnädigerweise erlassen worden, auf Kilians kaum berührten Teller. In den letzten Minuten haben sich seine Wangen merklich gerötet.

Kilian hat auf dem Gästestuhl Platz genommen: »Welche Drohungen?«

»Lass gut sein, Mails hin oder her«, sagt Oskar. »Wir haben den Tiefpunkt erreicht, ab heute geht es wieder bergauf!«

»Aber Drohungen sollte man sich doch nicht gefallen lassen«, bleibt Kilian beharrlich.

»Es waren keine richtigen Drohungen«, beschwichtigt Karola, die sich nun auch wieder gesetzt hat. »Nur ein paar Mails.«

Die Schwester verdreht wieder die Augen: »Hört bitte damit auf, ich kann es nicht mehr hören!«

»Aber Mails sind doch keine Kleinigkeit«, insistiert Kilian. »Juristisch gesehen sind sie sogar beweiskräftiger als mündliche Aussagen.«

»Wir brauchen keine Juristen«, sagt Karola forsch und drückt die Zigarette im Aschenbecher aus. »Wir regeln das selbst.«

Kilian verstummt. Eine ganze Weile hört man lediglich das Saugen und Piepen der Pumpe. Man kann sehen, wie sich der Bauch des Leguans wölbt und wieder senkt. Till hofft, er möge es überstehen. Könnte er am Ende gar ein gutes Tegetmeyer-Haustier abgeben?

»Ich will das jetzt nicht dramatisieren«, setzt wieder Kilian an, »aber bei so etwas braucht es rechtlichen Beistand, da muss man mit aller Gewalt vorgehen, das ist Mobbing, das gehört ausgemerzt!«

Karola legt ihre Hand auf seinen Arm. »Gut, Kilian, wenn du dann Ruhe gibst. – Oskar, hol die Mails!«

Grummelnd verlässt Oskar das Zimmer, kommt nach einer Weile mit einem Tablet-Computer in der Hand wieder und legt ihn vor Kilian auf den Tisch. Kilian streicht über das Gerät und tippt etwas an: »Was sind denn das für Mailadressen?«

»Deutschland, USA, Japan, Singapur, von überall her kommen die«, sagt Karola genervt.

»Darf ich lesen?«

»Nur zu.«

Kilian klickt wieder ein paarmal. Während er liest, bewegt sich sein Mund zu den Worten.

»Lies vor«, sagt Anna-Marie.

»Sei doch nicht so dramatisch«, sagt Karola.

»Dann hört er's auch mal.«

»Soll ich?«

Oskar zuckt mit den Schultern.

»Dann mach halt«, sagt Karola.

»Also: Hier eine Mail von einem gewissen *affeohnewaffe.*« Kilian lacht und schüttelt den Kopf. »Was ist denn das für ein bescheuerter Name? Also gut, der Typ schreibt: *Wir haben Sniper in einer der Wohnungen gegenüber pfostiert. Wir sehen die Bäckerei, wir sehen Deinen Pagenkopf, Karo, wie Du im Zimmer herumfläzt und Dir auf das Fag-TV einen fappierst, den Weißwein schlürfst (Grüner Veltliner). Wir sehen Dich, Oskar, wie Du zu den Brit-Fags Golf zocken gehst, aber nie dort ankommst … Wir sehen ihn aber nicht! o ist eingefroren. Wir sind eine Legion. Wir vergessen nicht. Erwartet uns.*«

»Wir sind eine Legion, erwartet uns – das ist doch echt schon abgedroschen«, sagt Karola spöttisch. »Aber Grüner Veltliner, Till, woher wissen die das? Das ist doch komisch, nicht?« Till reagiert nicht. »Und dass wir mittwochs vor dem Fernseher sitzen, wenn Oskar Golf spielen ist. Und dass bei dir angeblich die Heizung abgeschaltet ist. Till. Das geht doch keinen etwas an. Oder dass wir dir Zettel schreiben, oder dass du am liebsten Grießbrei isst, nicht mal den mehr bekommen sollst. Das ist eine interne Angelegenheit, Junge. Das gilt es, nicht weiterzuerzählen.«

Kilian studiert derweil ungerührt die weiteren Mails.

»Und wir werden angesprochen«, sagt Anna-Marie.

»Jetzt lasst den Jungen in Ruhe«, geht Oskar dazwischen. »Er kann doch nichts dafür.«

»Doch«, sagt die Schwester. »Das soll er wissen, er kann da bestimmt was dafür! Auf der Party war das.«

»Auf welcher Party, Schwesterchen?«, fragt Till.

»Sag nicht schon wieder Schwesterchen! Irgendeine halt, wo alle sind. Zumindest war da der Matze.«

»Matze?«

»Ja, dein bescheuerter Zockerfreund Matze, wie immer ungewaschen und unerträglich. Und der ist mir den ganzen Abend hinterhergestiefelt. Stand immer hinter mir, als würde er mich im nächsten Moment von hinten anfallen oder so. Echt den ganzen Abend! Wenn ich mich zu ihm umdrehte, hat er sofort weggeschaut und so getan, als würde er mir gar nicht nachsteigen. Irgendwann wurde es mir zu blöd und ich habe ihn am Arm gepackt und gefragt, was denn mit ihm abgeht und ob er es langsam nicht mal sein lassen kann, mich bescheuert anzugeilen. Er hat mich nur, so ernst wie er konnte, angeschaut, genau in die Augen, todernst und gesagt: Mach wieder warm. Und ich: Äh, was, bist du bescheuert? Und er: Du weißt schon, was ich meine. Mach warm, wenn's deine Scheißeltern schon nicht tun. Und ich: Äh, du tickst doch nicht mehr richtig! Und er: Du weißt schon, wovon ich rede. Und dann ist er abgedampft, im Stechschritt, hat drei Neuntklässler umgerempelt und ist in den Schnee raus. Und ich hatte echt keine Ahnung, was er wollte.«

»Matze?«

»Ja, Matze, Till«, sagt Karola. »Und du hast nicht vergessen, wie offen wir sind und wie nett wir gerade den Matthias behandelt haben, obwohl er ja nicht gerade zugänglich war. Und dass wir, wenn alles vorbei ist, dein Zimmer grundsanieren müssen, ist uns ebenfalls total egal!«

»Und der Gestank.«

»Ich muss dann mal.« Kilian hat den Tablet-Computer in den Ruhemodus versetzt und ist hastig aufgestanden.

»Denk an den Freitag«, sagt Oskar.

»Ja, ich denk dran.« Kilian berührt Anna-Marie leicht an der Schulter und drückt ihr zum Abschied einen Kuss auf die Wange.

»Was ist nächsten Freitag?«, fragt Till.

»Was interessiert dich das auf einmal!« Ohne sich noch mal umzudrehen, geht die Schwester in ihr Zimmer. Sie ist nicht größer, lediglich etwas schmaler geworden. Kurz darauf hört man den Fernseher, Sekunden später in doppelter Lautstärke.

»*Das Tapfere Sniperlein*«, murmelt Till.

»Das tapfere *was*?«

»Sie warten auf mich. Drüben.«

»Wer wartet wo auf dich?«

»Sie warten darauf, wieder im Halbkreis ums Tier zu sitzen, Tagesaufgaben gestellt zu bekommen, die Ernte einzufahren, Strom zu erfinden!«

»Till, was redest du für wirres Zeugs?«, sagt Karola. »Ich sage das zum letzten Mal: Wir sind stolz auf dich, du bist toll, du hast einen starken Willen, ja, das sehen wir jetzt.«

»Und Charakter«, fügt Oskar hinzu.

»Genau, und Charakter. Aber jetzt muss es weitergehen.«

»Bin ich so eine Enttäuschung?«

»Nein, du bist doch keine Enttäuschung. Wir glauben immer noch an dich.«

»Sie haben geschrieben. Sie glauben auch an mich.«

»Wer glaubt auch an dich?«, fragt Oskar.

»Sie, versteht ihr?« Lange schauen ihn die Eltern an, ohne darauf irgendwie zu reagieren. »Ihr könnt doch auch gut ohne mich.«

»Kannst du das nicht kombinieren?«, fragt Oskar. »Ich meine, triff sie eben dort, wo auch immer das sein mag, und sonst geht alles wieder normal weiter.«

»Das versteht ihr nicht. Das ist ja das Problem.«

»Was ist das Problem?«

»Dass sie keinen brauchen, bei dem alles normal weitergeht.«

16

Ich brauche keine Heizung. Strom ist unser Grundstoff. Aber trotzdem: 26 Grad, obwohl draußen die Schneepflüge wieder ihren Dienst aufgenommen haben. Nach etlichen Tagen Infusions- und gezielter UV-Behandlung sind wir, soweit es geht, tegetmeyermäßig aufgepäppelt. Sie dulden, dass ich wieder im Zimmer bin, solange ich auf meine Gesundheit achte und nicht übergriffig werde. Um zu zeigen, wie ernst ich es meine, war erst das Tier am Tropf, dann ich, dann wir beide zusammen. Ein seltener Stich in den Lungenflügeln erinnert mich an die schlimme Erkältung. Vater hat uns für die Rückkehr nach 0 fit gemacht. Das rechne ich ihm hoch an!

Anstelle des Winters ist nun Hochsommer. Mein kleines Italien ist zu einer kleinen Karibik geworden! Das Equipment, das neben den UV-Leuchten für die fachgerechte Karibikbestrahlung eines Grünen Leguans in der Transportkiste beigefügt war, habe ich im Zimmer aufgebaut: Die Sonnenspots strahlen von der Stuckdecke herab; die Neonröhren surren wie ein Schwarm Stechmücken; die UV-Strahler erzeugen zwar keine Wärme, dennoch pumpen sie uns mit notwendigem Vitamin B3 voll. Aus ewiger Nacht wurde ewiger Tag!

Es lag ein elektrisches Knistern in der Luft, als ich all die Leuchten und Spots aufgebaut hatte und nur noch verbinden musste. Es dauerte eine Weile, bis sich der Strom durch das dicke Kabel in die einzelnen Stränge, in die Glühbirnen gekämpft hatte. Zuerst sprangen die rot glühenden Leuchten an und hüllten den Raum in Dämmerlicht. Als Nächstes schalteten sich die ultraviolett leuchtenden Lampen dazu. Allein das Gefühl des Lichts der rot glühenden Leuchten auf unserer Haut fühlte sich gut, fühlte sich nach Sonne an.

Als in meinem Zimmer alles zu leben begann, das Tier putzmunter kreuz und quer von der einen in die andere Ecke flitzte, es nicht erwarten konnte, wieder über die Tastatur zu spazieren, da erwachte auch o aus seiner Starre. Der Schnee schmolz in blauen Schlieren von den Bäumen und Dächern zu blauen Seen und Meeren zusammen. Die Sonne brannte auf die Erde nieder, reaktivierte jeden Winkel der Welt und färbte die einzelnen Blöcke orange ein. Blumen sprossen aus dem Boden wie nach einem kargen Winter, Tiere tauchten wie aus dem Nichts auf. Die von der Kälte gelähmten *Oldfags* spawnten und nahmen ihre Projekte wieder auf. Hunderte Neuankömmlinge stoßen pro Tag hinzu, seitdem sich herumgesprochen hat, dass ein einzelner Junge ihre Welt für sie stemmt: Tag und Nacht. Ich musste einen weiteren Server bestellen, um die Welt ruckelfrei und in Echtzeit garantieren zu können. o ist erwacht, ein lebendiger, selbstbestimmter Organismus, den ich erschaffen habe, der jeden Tag aufs Neue fragt: wohin?

Der Himmel strahlt in reinem Swimmingpoolblau, von den Stränden des *Lovina-Beach* hallt das Jauchzen der badenden *Newfags* zu mir hinauf, das sanfte Gestöhne der Pärchen im Dickicht. Eine Schwüle liegt in der Luft, ein Zirpen der Vögel. Wenn ich nicht mit dem Rücken auf dem Dach des Baumhauses liege, die Formation der Wolken und die Flugbahnen der Vögel beobachtend, sitze ich am liebsten auf der Bank und schaue mir die Welt an. Wie einen Film, der sich vor mir abspult, nur mit dem entscheidenden Unterschied, dass ich jederzeit hinuntersteigen und mitspielen könnte.

Aber die Bewohner entwickeln sich auch ohne mich gut. Mit

neu geschöpfter Kraft kombinieren sie die irrsten Bauten aus den Grundbausteinen. Im Meer zum Beispiel erhebt sich die von *holychristo* in hunderten Stunden maßstabsgetreu nachgebaute Freiheitsstatue, wofür er massig Respekt erntet. Er selber hat sich in der Fackel ein hochfrequentiertes Penthouse eingerichtet; denn Respekt lässt sich leicht gegen nackte Haut und Pejote-Kakteen für seine Freedom-Partys eintauschen. Ein Steg führt von der Statue zum Festland, wo sich auch eine Art Rotlichtmilieu angesiedelt hat. Ein anderes architektonisches Highlight ist ein monumentales Wassersystem: ein pilzförmiger Wasserturm, darauf ein Windrad. Das Windrad pumpt Grundwasser in den Speicher, der entstehende Druck verteilt es von da aus durch unzählige von Hand geschaufelte Kanäle zu den Wohnstätten, den Swimmingpools in den Gärten und den Whirlpools der weiß gekachelten Badezimmer. Ich habe den Eindruck, dass Whirlpools und dergleichen zum Standard eines idealen Lebens zu gehören scheinen, wohingegen ich mich mit Schafswolle, einem Brunnen, ein paar Stücken Brot jeden Tag zufriedengebe. Während die anderen nach Luxus streben, erfreue ich mich der Schlichtheit der Armut.

Wenn ich mein Baumhaus auf der Terrasse umrunde und in die andere Richtung blicke, sind es zwei Projekte, die die Szenerie dominieren. Wie mir berichtet wurde, entsteht Glas in der recht komplexen Kombination von Soda, Natriumsulfat, Kalkstein, Dolomit, Feldspat, Pottasche, Borax, Salpeter, alkalihaltigen Gesteinen, Mennige, Baryt, Zinkoxid, Arsenik, Natriumchlorid und Quarzsand. Ein *Ger-Fag* namens *Vogelz* hat mithilfe einer Horde von Anhängern Tonnen dieses Materials für eine gigantische Glaskuppel kombiniert. Er erklärte mir, er wolle einen geschützten Raum im geschützten Raum speziell für Vögel konstruieren, um alle Vogelarten dort zu beheimaten, die jemals existiert haben. Ich fragte ihn, wie das denn gehen solle, und er antwortete, in der Kombination von Federn, Fleisch, Horn und vielerlei anderer Elemente könne man jegliche Vogelart nachbilden. *Danke,* sagte er und verbeugte sich vor mir, dass er fast mit der Nase den Boden berührte.

Dieses Projekt wird nur noch von *Illustrissimis* Kaktus übertroffen, der mittlerweile kilometerweit in die Höhe gewachsen ist. Der graue Herr musste Tag und Nacht Stahlbeton anfertigen und in einem ausgeklügelten Kransystem auf das oberste Stockwerk seines Turms hebeln, um dem schnellen Wachstum des Kaktus nachzukommen. Man sagt, er habe kein Leben außerhalb von 0 mehr. Oftmals war er so beschäftigt, dass er zu essen und trinken vergaß, umso freudiger die *Samariter-Girls* um *Miezekatze94* und ihre Verpflegungspakete in Empfang nahm und mit ihnen auf dem frisch gegossenen Beton kurz rastete, so dass sich auch ihre Handabdrücke im Beton verewigten. Kurz bevor der Kaktus samt Turm den höchsten Punkt der Welt erreicht hätte, nämlich meinen Brokkolibaum, ging er ein; doch zugleich streute er Samen in die Landschaft, so dass sich *Illustrissimi* nun um zwölf Kakteentürme gleichzeitig kümmern muss, diesmal aber mithilfe vieler Turmbaufreunde.

Aber all das ist nur ein Bruchteil von dem, was sich in Welt 0 abspielt. Das Tier ist inzwischen als offizielles Orakel von allen anerkannt, *affeohnewaffe* als sein weltlicher Vertreter. Die Krankenstation unter *Piddybabys* Leitung ist in ein offenes Labor für kleinere Operationen umfunktioniert worden, hauptsächlich auf dem Gebiet der ästhetischen Chirurgie, da Krankheiten weiterhin keine Rolle spielen. Wenn wir diese Geschwindigkeit beibehalten, werden wir die Gegenwart schnell eingeholt, noch schneller überwunden haben, ohne den Verlust eines einzigen Menschenlebens!

Essenszeit. Helllichter Tag. 26 Grad. Anna-Marie stöhnt absichtlich so laut, wie sie nur kann. Wo sind denn jetzt die Eltern, die das unterbinden? Mit diesem Kilian will sie mich provozieren, sie will, dass ich aus der Fassung gerate, mich von der Welt ablenken lasse, bis ich irgendwas mache, das sie gegen mich verwenden können. Im Sommer braucht Anna-Marie keinen Freund, da reicht es ihr, sich den Bikini überzustreifen und mit Duckface-Lippen ins Schwimmbad zu stolzieren. In der prallsten Sonne rutscht ihr dann der Träger des Bikinis herunter, und die Jungs streunen verlässlich um ihren Liegeplatz herum und ziehen die Bäuche ein. Oder sie fahren sich durchs feuchte Haar, lassen ihre Bizepse als Vorgeschmack auf ihre Schwänze anschwellen in der Überzeugung, dass jedes Mädchen Lust bekommen muss, von diesem Ding durchstochen zu werden. Anna-Marie könnte jederzeit nach diesem Fallobst greifen und es sich einverleiben. Ich sehe die beiden förmlich vor mir: Kilians Abiturientenvisage über ihr wie ein Eber schnaubend, sie quiekend wie ein angeschossenes Wildschwein. So gut kenne ich sie, dass ich weiß, sie würde die ganze Sache lieber vermeiden. Denn eigentlich will sie nur tiefe, echte Gefühle, sie will begehrt werden, nicht dieses billige Rein-Raus-Spiel.

Abgesehen davon geht es uns blendend. Ich atme tief durch und konzentriere mich auf 0. Das Tier auf dem Plateau umringt von Fans, ich oben auf dem Dach des Baumhauses, *Girl No. 1* fest an mich geschmiegt. Neuerdings finden wir gemeinsam lange verschollene Gefühle wieder. Ich sollte also die Stärke besitzen, die Jagdszene nebenan zu ignorieren, seine kümmerlichen Brunftschreie, die er mit klischeehaften Youporn-Sätzen – »Ja, gib's mir, Baby! Uh! Uh! Uh!« – unterstreicht, weil ihm nichts Besseres einfällt. Aber ich schaffe es nicht. Egal wo im Zimmer ich stehe, welche Decke ich mir noch über den Kopf ziehe, die Wände sind zu dünn.

Was ist los mit dir?, fragt *Girl No. 1*, *du wirkst so unkonzentriert, bin ich dir nicht mehr interessant genug?*

Doch, doch, sage ich, *es ist nur sehr laut hier.*

Das *Girl No. 1* schaut mich verwirrt an: *Außer ein paar Vögeln ist hier rein gar nichts.* Sie blickt mir lange in die Augen, bis ich den Kopf wegdrehe. *Irgendwas ist anders,* sagt sie.

Was ist anders?

In deinem Gesicht fehlt was.

Was soll in meinem Gesicht fehlen?

Du rauchst nicht mehr. Das steht dir nicht.

Ich möchte dem Tag meinen eigenen Rhythmus geben.

Ich sagte nur, es steht dir nicht, wiederholt *Girl No. 1*. *Mir ist egal, was das wieder für eine Prüfung sein soll. Es steht dir eben nicht.* Sie verschränkt die Arme.

Bevor ich mich besser erklären kann, werde ich wieder ins Zimmer zurückgerissen, Anna-Marie, wie sie einen ersten Höhepunkt vortäuscht. *Fuck!*, zische ich und lasse *Girl No. 1* verwirrt im Baumhaus zurück. Was hat das Universum nur gegen uns? Was für eine Welt ist das, die uns wie Hamster in billig montierte Boxen sperrt, in Zimmer aus Pappmaschee-Wänden? Wände, die zu nichts taugen, außer vielleicht zum Aufhängen von Flatscreens und Erinnerungsfotos, nur gerade so stabil, um das Schrecklichste, das Plumpeste, das Drängendste fernzuhalten. Ich laufe wütend zu unserer gemeinsamen Tür und schlage mit beiden Fäusten dagegen. Das Tier nickt schwer mit dem Kopf, als wäre das auch der Takt seines wütenden Herzens, den er mit jedem Nicken bejaht. Während ich Anna-Marie meinen Ekel entgegenhämmere, schwappt der ganze Mist von nebenan weiter ungefiltert zu mir herüber. »Lass dich nicht von ihm ablenken«, flüstert sie ihm geil ins Ohr. »Ich werde mich nicht ablenken lassen«, denke oder sage ich. Ich hasse diesen Typ, ich hasse alle Typen wie Kilian, der alleine seines Namens wegen einen schnittigen Anwalt abgeben wird: kompetent und hot zugleich. Ja, so einer ist er, der Kilian, der in der Sekunde kommt, in der sie die Befriedigte spielt. Mit einem pornomäßigen »Uuhh« macht er weiter und hört sich dabei an wie ein Schlauchboot, dem langsam die Luft entweicht. Ich sollte dieses Schlauchboot zerstechen.

Aber ich gebe nicht auf. *Girl No. 1* wartet sehnsüchtig auf mich, wartet darauf, dass wir endlich das Geplänkel sein lassen und uns in die Schaffelle kuscheln. Ich schlage also weiter gegen die Tür und imitiere dabei Affengeräusche. Jetzt spricht sie mit mir, die Schwester, sie schreit sogar: »Verpiss dich, du Wichser!« – »Das trifft mich«, sage ich. Meine Stimme klingt, als würde ich in ein großes tönernes Gefäß hineinsprechen. – »Halt endlich mal die Fresse, du Missgeburt!« Oh ja, das finde ich schon treffender. Ich ramme den Kopf einmal fest gegen die Tür. Mir wird sofort sehr schwindlig. Das war eine dumme Idee. Da klopft es an der anderen Tür. Ich wundere mich, dass doch noch jemand da ist, der es für nötig hält, einzugreifen. »Till«, schreit Karola. »Lass deine Schwester in Ruhe!«

Jetzt haben sie was in der Hand. Gegen mich.

»Lasst mich in Ruhe!«, rufe ich. Das Tier kratzt zur Unterstützung Lackreste von der Tür, frisst sie mit wenigen Zungenschlägen. »Hört mit dem Herumgeficke auf!«

»Beruhige dich endlich, sonst war's das!«

Ich beruhige mich nicht, denn ich bin längst die Ruhe in Person. »Es ist nicht meine Schuld«, sage ich, »dass alles hier aus Pappmaschee ist!«

»Jetzt ist Schluss!«, sagt Mutter. »Vergammele halt da drin!«, sagt sie.

Und es ist Schluss, endlich! Mutter schlappt ins Wohnzimmer, die Schwester zieht die Zunge aus Kilians Rachen, gönnt ihm den Schlaf der Selbstgerechten. Jetzt geht nebenan der

Fernseher an. Damit kann ich leben. Aber der Kampf hat mich fast alle Lebensenergie gekostet. *Girl No. 1* wird mich gesund pflegen müssen.

Wollen wir Spaß haben?, fragt *Girl No. 1*, als sie merkt, dass ich zurück bin und wieder anwesend neben ihr sitze.

Sorry, sage ich und ziehe ihr das Shirt über den Kopf. Heute kuscheln wir nicht wie die Schafe. Heute machen wir es vor den Augen aller hoch über der Welt! Sie küsst meinen Mund, den Hals, ich spüre ihr Knie zwischen meinen Beinen, wie ihr Haar kratzend auf meine Schulter fällt. Jede einzelne ihrer Bewegungen erinnert mich an Kim. Herzklopfen.

Strom wurde erfunden und mit ihm die Brücke zur alten Welt geschlagen. Das Kraftwerk ist nah der Küste ins Meer gesetzt worden. Ebbe und Flut treiben die Turbinen an, und da sich Sonne und Mond hier rasend schnell abwechseln, produzieren die Gezeiten Unmengen an Energie. Jeder Winkel unserer Welt ist nun mit Strom versorgt, das Blinken der Glühwürmchen ist längst nicht mehr wahrzunehmen, der Nachthimmel grell erleuchtet. Endlich kann auch das nachgebaute, dann eingestampfte, nun wiederaufgebaute Schulgebäude genutzt werden, indem per Stream Universitätsvorlesungen oder Unterrichtseinheiten in die Räume gesendet werden. *Das Tapfere Sniperlein* hatte mich dazu überredet, wenigstens eine Internetleitung auf meinen Brokkolibaum zu legen. Weil er neuerdings *Girl No. 1* mit mir teilt, wie es sich unter alten Freunden gehört, habe ich ihm brav zugestimmt.

Zum ersten Mal logge ich mich aus der neuen Welt 0 in die alte Welt ein. Viel gibt es nicht, was mich dort noch interessiert, was ich nicht bereits mehr als ebenbürtig in Welt 0 geschaffen habe. Außer Jan und Kim. Ich suche im Internet nach Jan. Jan wurde fleißig archiviert auf Hunderten von Fotos: Jan mit einem Sack voller Baumwolle im Arm. Jan mit einem Foster's-Bier in der Hand. Jan mit einem Mädchen im Arm: Lockenkopf, Nasenring, Blumentattoo am Hals. Jan mit Didgeridoo. Jan vor einem roten Berg. Jan mit blanken Zähnen. Jan beim Rückwärtssalto. Jan ohne Kim. Jan mit stämmigem Mädchen an einer verlotterten Bushaltestelle. Jan mit länger werdenden Haaren. Jan mit Taschenlampe in einer Tropfsteinhöhle. Jan mit dem »Buddha Air«-Flugzeug im Rücken. Am liebsten würde ich ihm zurufen, er könne das alles auch in 0 haben, noch viel abwechslungsreicher, noch viel komprimierter, ohne Wartezeiten, ohne Kosten, ohne Anstrengung.

Aber nein, Jan hat mir ein Video gesendet, vor einem Berg stehend fuchtelt er mit den Armen, deutet auf etwas hoch oben. Der Rucksack auf seinem Rücken wippt bedrohlich, wenn er weiter so zappelt, wird es ihn noch umreißen. »*Da geht's hoch*«, sagt er. Ich habe seine Stimme seit einer Ewigkeit nicht mehr gehört, bei dem Klang läuft es mir eiskalt den Rücken hinunter. Die Kamera – wer filmt da eigentlich? – schwenkt auf einen zerklüfteten Berg, der in dichte Wolken gewickelt ist. »*Das ist das Chonggu-Kloster*«, sagt er. Ich sehe überhaupt nichts außer einem verpixelten braunen Farbklecks am schroffen Massiv und denke, dass er sicherlich nicht wegen des Klosters, sondern zum Klettern dort unterkommt. »*Da haben wir unser Zimmer, mitten in der Klosteranlage*«, sagt er. »*Wir haben für dich zusammengelegt*«, sagt er. »*Du kannst nachkommen*«, sagt er und grinst. »*Am Fuß des Xiannairi-Bergs ist noch Platz für dich!*«, sagt er. »*Du bist doch eh schon durchs Abi geklagt worden. Jetzt hast du Zeit, oder?*«

Da ich nicht mehr rauche, laufe ich ersatzweise im großen Kreis um das Brokkolihaus herum. Ich stelle mir ein minimalistisch eingerichtetes Klosterzimmer am Fuße des heiligen Berges vor. Ich sehe die Menschen, Touristen, ich sehe Jan an einem kargen Holztisch sitzen, die Augen auf den Klostergarten gerichtet, die Steilwand dahinter. Vor sich ein aufgeschlagenes Buch, wahrscheinlich hat er sich fürs Wochenende ein Schweigegelöbnis auferlegt. Kein WLAN, kein nachzureichendes Immatrikulationsdokument, keine Weihnachtsjingles, Bekundungen, wie gut es tue, dem Ganzen zu entfliehen, Abstand zu haben. Er schaut auf die Tür. 72 Stunden Isolation plus Selbstfindung für 350 Dollar. Die Steilwand ist natürlich eine Kletterwand. Wie gerne hinge er da. Am Fuße des heiligen Berges, am Ende einer asphaltierten und neuerdings im GPS-Netz registrierten vierspurigen Autobahn.

Die Videobotschaft wird fortgesetzt: »*Bis es losgeht*« – was losgeht? –, »*bist du doch frei*«, sagt er und grinst, wie nur Jan grinsen kann. »*Komm raus*«, sagt er. »*Du brauchst bloß einen Backpack*«, sagt er, »*und einen guten Reiseführer.*« Bei Reiseführer denke ich unweigerlich an Schnitzeljagd. »*Kim hat dir verziehen*«, sagt er. »*Kim wird schon am Fuß des heiligen Berges auf dich warten, wenn du ankommst*«, sagt er. »*Wir drei*«, sagt er.

Ich brauche nicht lange darüber nachzudenken: Es kann nicht sein. Kim ist todsicher nicht bei ihm, Kim würde niemals bei so einem Selbstfindungstrip mitmachen. Kim wäre tausendmal lieber in Welt 0.

Anstatt mich um Welt 0 zu kümmern, anstatt einen Weg zu finden, diese meine Welt als die einzig wahre für Kim zu perfektionieren, musste ich viel Energie in die Nahrungsbeschaffung stecken, denn die Nahrungs- und Wasserzufuhr war unterbrochen. Mutter hält es nicht mehr für notwendig, ihren Sohn zu unterstützen: kein gesunder Wochenplan, keine Delikatessen für das Tier, kein Heilwasser, keine Vaterpastillen, an die ich mich so gewöhnt hatte. Obwohl Vater doch für die Rettung des Tiers verantwortlich war, hat er sich mittlerweile abgewendet und uns verraten: kein Pillenlutschen, kein Astronauten-Ernährungsplan, keine Tegetmeyer-Cremes, schon lange keine Infusionen mehr. Er muss sehr enttäuscht von mir sein. Seitdem das Tier von seinem Aufpäppelungsprogramm ausgeschlossen wurde, siecht es dahin, zieht, wie eine Schnecke, einen grünen Schleimstreifen, der seiner Kloake entstammt, hinter sich her. Im Zimmer, im Uhrzeigersinn um die Matratze, 76 tippelnde Schritte, immer wieder herum.

Schlagartig: nichts. Wenn etwas zu Ende geht, werde ich immer gleich sentimental. Also schrieb ich eine ganze Flut von Nachrichten, in denen ich Mutter darum bat, noch ein wenig auszuharren. Keine Antwort, lediglich wie sie die Zettel unnötigerweise noch auf der Türschwelle zerknautschte, provozierend fallen ließ, davonstakste. Etliche Male ging das so. Sie wollen mich weiter prüfen, dachte ich, oder sie haben den Glauben an ihr Projekt verloren. Ich beschloss, mich doppelt anzustrengen. Das Tier hatte schlicht Durst.

Wir haben uns abermals angepasst. Über die neue Internetleitung bestellte ich vom Baumhaus aus eine Mikrowelle, kistenweise Konservendosen und Instantgerichte. Ich glaube, Vater nahm die Pakete an und war so nett, sie vor der Tür abzustellen. In der Nacht schlich ich raus und ergatterte mir auf der Tour noch den Wasserkocher aus der Küche. Auch hier ist es der Strom, der eine ganze Welt am Leben hält. Eine Wand nimmt der Proviant nun in Gänze ein, von oben bis unten. Ich habe ausgerechnet, ein Jahr damit durchkommen zu können. Die Wasserbeschaffung war hingegen weitaus komplizierter. Ich schnitt mit dem Brotmesser einen Spalt in die Kokonwand, um ans Fenster zu gelangen. Es war mitten in der Nacht, in den Fenstern der gegenüberliegenden Häuser blinkten vereinzelt Weihnachtssterne, waren Lichterketten in Form von Tannenbäumen angebracht, ein Weihnachtsmann flog auf seinem

Schlitten, die Rentiere davorgespannt, durch die Nacht. Nur Karls Fenster wurde durch flackerndes Blau unruhig beleuchtet. Er schien der Einzige zu sein, der wach war.

Ich betrachtete lange die Fassade, erst dann richtete ich meinen Blick auf den mit Sternen übersäten Himmel. Es war lange her, dass ich so weit hatte sehen können. Es kam mir beinahe unwirklich vor, dass ein realer Raum existiert, der nicht von einer Wand begrenzt wird. Sehr erinnerte mich der Nachthimmel an den in Welt 0. Es tat gut, nicht an eine Grenze zu stoßen, an eine der Türen, an einen der Bildschirme. Ich spürte, wie meine Augen entspannten, ich bemerkte, dass sie die ganze Zeit über gejuckt haben mussten, denn ich hatte plötzlich kein Verlangen mehr, sie zu reiben. Der Nachthimmel war nur schwach von der im Stand-by-Modus ruhenden Stadt erleuchtet, wolkenlos. Die Sterne funkelten, als würden sie ihr Licht immer wieder an- und ausmachen. Wie in Seenot geratene Schiffe, die SOS-Lichtzeichen geben. Mir gefiel der Gedanke, ebenfalls Signale auszusenden, wie ein Leuchtturm, an dem man sich orientieren kann. Ich blickte hinunter auf die Pflastersteine. Sie lagen verlassen da, von Schnee und Eis frei geschippt. Niemand war wach, niemand nahm sich die Zeit, diese wunderbaren Sterne zu betrachten, niemand empfing ihre Signale. Das ist das Grundproblem, dachte ich, und dass vielleicht ich es sein müsse, der daran etwas ändert.

Beinahe hätte ich die eigentliche Aufgabe vergessen: Wasser. Entlang des Erkers verläuft die Regenrinne. Mit einem Schraubenzieher stach ich ein Loch vom Umfang des Schlauches ins Metall, den ich online bestellt hatte. Der Schlauch passte nicht, das Loch war zu groß geraten, mit Paketband dichtete ich alles ab und schloss den Kokon bis auf das Loch für den Schlauch. Wenn es regnen oder wenn Schnee auf dem Dach schmelzen sollte, würde ein Teil des Wassers so in mein Zimmer abgezweigt und hier von einer Wanne aufgefangen. So würde es funktionieren.

Zum ersten Mal bin ich auf niemanden mehr angewiesen.

Rücklings liegen wir zu dritt auf dem Dach des Baumhauses und lassen uns von der Sonne bräunen. Wenn wir Durst verspüren, greifen wir nach den Soda-Getränken, bei Hunger nach kleinen Schalen Kartoffeleintopf, die wir rechts und links von uns postiert haben. Die Tage eilen dahin, bald jährt sich die Gründung von Welt 0. Ein Jahr hier entspricht einem Monat alter Zeitrechnung. Alle sind mit den Vorbereitungen für das große Fest beschäftigt, sie schmücken die Straßen und Häuser mit LED-Girlanden, bringen ihre angefangenen Projekte zu Ende. Als Jubiläumsgeschenk kündige ich eine Erweiterung der Welt 0 um eine neue Art von Lebewesen an. Einem jeden der Bewohner soll ein treuer Begleiter als Attribut zugeordnet werden, so wie sie das Tier als meinen Begleiter betrachten. In einer großen Fabrik recht abseits gelegen werden diese Begleiter gerade entworfen, einer schöner als der andere: flatternde Origami-Kraniche; schwabbelige schwarze Löcher, die alles verschlingen wollen, den Herrinnen und Herren zuliebe aber artig gehorchen; handgroße, schattenartige Wesen in Form von Ahorn-, Kastanien- und Lindenblättern, spindeldürr, mit überdimensionalen, aufklappbaren Nüssen als Handgepäck. Und zigtausend andere.

Ich bin der Weihnachtsmann, sage ich mit verstellter Stimme, so dass die beiden zu lachen beginnen.

Nein, du bist Steve Jobs, sagt *Das Tapfere Sniperlein.*

Nein, sagt *Girl No. 1*, *für mich bist du einfach nur Till.*

Das Tapfere Sniperlein habe ich mit der Überwachung der Fabrik und der Koordination der Festlichkeiten betraut. So ist er beschäftigt und kommt über die Trennung von *Girl No. 1* leichter hinweg. Er macht alles, was ich sage. *Girl No. 1* liegt neben mir, die Beine angewinkelt, und schläft. Ihre Sommersprossen sind bereits weniger geworden. Ich versuche mir vorzustellen, wie Kim aussehen, nach was sie riechen, wie sich ihre Haut anfühlen könnte, und fahre über *Girl No. 1* blasse Haut, streichele ihre eng am Kopf anliegenden Ohren, im Schlaf dreht sie sich auf die andere Seite und gibt einen kleinen Laut von sich.

Sie schlägt die Augen auf, als ich mich auf ihren Bauch setze. *Keine Angst*, sage ich, *es wird dir nichts passieren*. Sie presst die Lippen zusammen und schließt die Augen wieder. Als wäre ihr Gesicht ein Klumpen Ton, drücke ich meine Daumen in das Fleisch. Sie zuckt, vielleicht vor Schmerzen, vielleicht, weil es sich befreiend anfühlt. Zuerst forme ich ihr Gesicht neu, gebe ihr eine gleichmäßig gewölbte Stirn, die in eine kleine Nase mündet. Zwei schmale Striche graviere ich als Augenbrauen in den Ton. Hautfarbe und Sommersprossen belasse ich, wie sie sind. Die Augen schmücke ich mit fasanfederlangen Wimpern, die mir beim Blinzeln Luft zufächern sollen. Als Letztes nehme ich ihre Ohren und ziehe sie leicht vom Kopf ab, so dass jeder weiß: Sie soll es sein.

Ich lege mich neben sie und umschlinge ihren Körper in der Hoffnung, ihn passgenau zu den Linien meines Körpers formen zu können. Erst entsteht der Rumpf, die Hüftknochen stehen deutlich hervor, dann präge ich die Brüste aus. Ihr Bauchnabel senkt sich, dem Rumpf entwachsen feingliedrige und sehr lange Beine, so dass sie beim Abschiedskuss leicht an meine Lippen heranreichen wird. Erst zuletzt bemerke ich, wie nicht nur ich sie in den Armen halte, sondern wie auch sie mich umschlungen hält, ihre Hand meinen Schwanz umfasst, etwas in mir zum Leben erweckt. Als ich ihr einen Kuss auf die Stirn hauche, erwärmt sich die Luft um uns herum um ein Vielfaches. Es riecht nach Beeren und Honig. Ein Kuss auf den Nasenrücken, da schlägt sie die Augen auf. Die erste Brise weht mir von ihren Wimpern entgegen.

Bist du Kim?, frage ich.

Wenn du willst, Till, dann bin ich deine Kim.

Wir halten uns an den Händen.

Till?

Ja.

Gibst du mir einen Kuss?

Ich gebe ihr einen Kuss auf ihren erdigen Mund. Die ganze Welt schaut zu, die ganze Welt fappiert. Ich lege meinen Kopf an ihre Brust. Sie drückt mich fest an sich. Ihr Herzschlag, mein Herzschlag.

Wir sitzen am Esstisch und frühstücken Bohnen. Ich sitze in einer gepunkteten Boxershorts und mit freiem Oberkörper da, Kim hat sich ein luftiges Sommerkleid übergezogen. Später stehen wir Arm in Arm am Fenster und blicken über die bunte Welt o hinweg. Ich umfasse ihre Hüfte, sie streichelt mir über die fröstelnden Arme. Allgemeine Staatsfreude wurde verordnet. Die Sonne ist im permanenten Sonnenaufgang-Modus, die Kakteentürme werfen riesige Schatten, die immer wieder bis zu ihrer maximalen Länge anwachsen und dann von vorne beginnen.

Wir richten uns hier ein. Ich koche aus den Röschen des Baumes nach Brokkoli duftenden Tee. Kim schöpft aus den zotteligen Ästen Papier. Tagelang ist das ihre einzige Beschäftigung. Sie ist sich wieder selbst genug, kann Stunden vor einem leeren Blatt Papier verbringen, scheinbar aus dem Nichts, aus sich heraus alles erschaffen. Das ist es, was in Zukunft zählen wird. Ich erzähle ihr Geschichten von dem, was alles sein kann, sie zeichnet mit aus Holz gewonnener Kohle die Gesichter zu diesen Geschichten, behängt unsere Wände mit ihren Porträts. Wenn ein Porträt einem Neuankömmling gefällt und es ihm zu mühsam ist, sich selbst ein Aussehen für sein neues Ich auszudenken, kann er die Vorlage als leere Hülle verwenden und langsam hineinwachsen.

Wenn wir zum Fest den Berg hinuntersteigen, werden sie nicht mehr zu jubeln aufhören. Auch *Das Tapfere Sniperlein* wird das neidlos anerkennen. Bis dahin genießen wir auf dem Dach des Baumhauses jede Sekunde. Denn jährt sich die Existenz von Welt 0, werden sie mich nicht mehr brauchen. Dann ist das Projekt stabil genug für die nächsten Schritte, dann ist es Zeit für mich zu gehen. Ich halte sie fest von hinten umschlungen, ihre Brüste in meinen gewölbten Händen, ziehe sie eng an mich heran, küsse ihren Nacken, dass sich ihre Härchen erst elektrisch aufladen, dann meine Haut zu kitzeln, zu stechen beginnen. Ich habe eine vollkommene Gewissheit, dass wir da sind, eiskalte Schauer wallen durch unsere Nervenbahnen. Sie umfasst mein Glied, drückt es immer fester gegen ihren Po, bis sie ihr Bein leicht anhebt, mein Glied zwischen ihre Beine gleitet, ich von einem warmen Schauer umschlungen werde, ein Seufzer ganz tief aus ihr entweicht, sie mir ihr Gesicht zudreht, sich ihr Geruch über mich legt, ich ihren Hals küsse, während wir uns im Einklang vor und zurück bewegen, ein Druckgefühl, das auf mir lastet, sich in schauerartigen Schüben in ihren Schoß verlagert, ich mit meinen Zähnen ihr Ohrläppchen zu fassen bekomme, mein Atem tausendfach verstärkt durch ihre Ohrmuschel hindurch in ihr Innerstes vorstößt, bis sie sich über mich schwingt, beide Hände auf meine Brust legt, Halt findet, ihre Hüften kreisen lässt, über ihr die Sterne kurzschlussartig aufflackern, einen heiligen Moment ankündigen, wie ihre Augen glühen, wie sich mehr und mehr der Druck zu bündeln scheint, wie sie es ist, von der die Konzentrierung ausgeht, wie sie all den Druck in sich vereint – und ihn zerstreut. Und alles Licht erlischt.

Dunkelheit. Strom ist unser Grundstoff. Die Server, die o tragen, fahren herunter, die Sonnenspots, das UV-Licht, die Mikrowelle, der Wasserkocher – alles ist ausgeschaltet, nur der faulige Geruch von Wachs und Erde und Bohnen hängt noch in der Luft. Strom ist unser Grundstoff. Die Temperatur fällt. Ein Zittern, das ich nicht kontrollieren kann, überkommt mich. Ich taste mich zum Computer vor, schlage mir irgendwo den Kopf an. Die Stand-by-Leuchte, die pulsiert, seitdem ich denken kann, ist nicht mehr zu entdecken. Ich bewege mich vorsichtig zum Lichtschalter, trete mit meinen nackten Füßen in die Schleimspuren, die überall sind. Immer wieder und wieder lege ich den Schalter um. Hunderte Male. Strom ist unser Grundstoff. Kein Licht, keine Sonnenspots, keine UV-Strahlung, keine Welt o – nichts springt an. Ich klopfe an die Tür. Ich rufe: »Macht den Strom wieder an!«

Ich bin völlig außer Atem. Diesmal werde ich nicht sentimental.

»MACHT DEN SCHEISSSTROM WIEDER AN!«

Mein Kopf ist auf einmal viel zu schwer, um ein drittes, ein viertes, ein fünftes, ein sechstes, ein siebtes Mal zu schreien.

Keine Antwort.

17

Zimt. Der Weihnachtsbaum reicht bis knapp unter die Decke und ist mit goldenen Figuren, mit Sternen und einem Dutzend Kerzen geschmückt. Karola und Anna-Marie entzünden die Kerzen einzeln, Oskar, der sportlicher aussieht, seit er einige Kilos, besonders um den Bauch herum, abgenommen hat, trägt große Geschenke ins Wohnzimmer und platziert sie auf dem roten Tuch unter dem Christbaum. Der Kamin knistert, die Glocken läuten in der Ferne andächtig, der Plattenspieler gibt die warme Stimme einer Chansonsängerin wieder. Ein nussiger, mit Rotwein vermischter Bratengeruch liegt über allem.

»Wollen wir dieses Jahr wieder singen?« Karola steigt auf einen Schemel, um an die höchste Kerze heranzukommen.

Anna-Marie reicht ihr die Streichholzschachtel. »Muss nicht sein«, sagt sie.

Karola streckt sich, zündet die Kerze an, dann steigt sie hinab, stemmt die Hände in die Hüften, schaut den Baum an. »Ja, der sieht ganz ordentlich aus.«

»Wir hätten öfter üben müssen, wenn der Clan weiter unter die Sänger gehen will.«

»Dann die Platte.« Seine Frau zwickt ihn in die Seite.

Unter dem Plattenspieler stöbert Oskar in einer metallenen Kiste, nimmt die Chansonplatte vom Plattenteller und legt *The Wizard of Oz* auf. »Es ist das vierte, nicht wahr?«

Mutter und Tochter nicken, schauen auf die gleichmäßig tänzelnden Kerzenlichter.

Beim Aufsetzen der Nadel knackt es einmal laut aus den

Boxen. Oskar positioniert sich zwischen Karola und Anna-Marie – das Lied setzt ein, es ist *Somewhere Over The Rainbow*, gesungen von Judy Garland persönlich – und legt die Arme um die Hüften beider, während sie der Melodie lauschen.

Jeder nimmt seine Weihnachtsrolle ein: Anna-Marie ist die Ungeduldige, die es kaum erwarten kann, dass das Lied endet, mit Geschenken überhäuft zu werden. Oskar geht im Geiste noch einmal alle Geschenke durch, dass auch ja keines vergessen wurde, segnet das Resultat mit einem Nicken ab und setzt zur zweiten Strophe ein. Er hat eine erstaunlich tiefe und klare Stimme. Karola trägt ihre allweihnachtlichen roten Ballerinas, ein plüschiges Dreißigerjahre-Kleid, für die Dauer des Lieds ist sie kurz ein unbekümmertes Mädchen. Tills Rolle ist es traditionell, die Wünsche aller in sich zu bündeln. Er hätte der Schwester zugeblinzelt, Freude signalisiert, er hätte die Anzahl der Geschenke überprüft, hätte als Zeichen der Zustimmung in Oskars Gesang eingestimmt, Karola naiv dreinschauen lassen, sich blöde Kommentare verkniffen, eher noch ein Lob für ihre Ballerinas über die Lippen gebracht. Er hätte die Familie vollendet.

Doch jetzt nähert sich ein Till den dreien, der nur noch an das verblasste Bild seiner selbst erinnert. Er sieht um Jahre gealtert aus, sein Gang ist unsicher und schwankend, ab und an muss er sich an einem Möbelstück festhalten. Die Haare sind lang und von dicken filzigen Strähnen durchzogen, die Augen zu einem schmalen geröteten Schlitz verkümmert, die Wangen hohl und mit borstigem Flaum übersät, am Kinn hängt ein zotteliger Ziegenbart. Till trägt wieder den dicken Wollpullover, die Boxershorts ist fleckig, die Füße sind mit Lederlappen umwickelt. Anna-Marie hält sich die Nase zu. In Karolas Gesicht ist erst Entsetzen geschrieben, dann fängt sie sich, schaut die Tochter eindringlich an, bis diese die Nase loslässt, den Blick wieder zu den Geschenken richtet. Oskar hat kurz gestockt, dann wieder Luft geholt und lauter als zuvor das Lied gesungen. Während sich Till schleppend auf den Weihnachtsbaum zubewegt, dabei grünliche Schlieren auf dem Parkett hinterlässt, beteuert Judy Garland, wie all ihre Sorgen in einem fernen Land hinter den Wolken dahinschmelzen würden. Wie Zitronenbonbons. Till versucht, wie Oskar mitzusingen, nur ein blechernes Krächzen und Husten verlässt seine Kehle.

Das Lied verstummt, die Nadel wird angehoben, der Plattenspieler dreht im Leerlauf.

»Frohe Weihnachten!« Karola breitet die Arme aus, umarmt die Tochter.

»Frohe Weihnachten!« Karola und Anna-Marie halten sich für einen kurzen Moment in den Armen. Anna-Marie entwindet sich, umarmt Oskar, so dass sie über seine Schulter hinweg genau in Tills Augen schaut. Es ist, als schaue sie durch ihn hindurch, als entspringe er einer anderen Dimension, die zwar über der Familien-Dimension liegt, ohne aber dass zwischen den beiden eine Verbindung bestünde.

Oskar gibt seiner Frau einen Kuss auf die Wange, woraufhin sie sich den Geschenken zuwendet: »Was haben wir denn da für uns?«

Während die anderen unter dem Baum nach ihren Namen Ausschau halten, steht Till einen Meter von dem Weihnachtsbaum entfernt, in dem scheinbar vergeblichen Versuch erstarrt, Einlass in ihren Kreis zu finden. Er fährt sich durchs Haar. Schuppen gleiten wie Schneeflocken an seinem Gesichtsfeld vorbei. Er macht den Mund sichtlich unter Qualen auf und zu, lediglich ein heiseres Säuseln dringt aus ihm hervor. Es könnte genauso gut das Glucksen der Heizung sein.

»Wer fängt an?«

»Lass doch Anna-Marie«, sagt Oskar. »Andernfalls implodiert sie noch!« Anna-Marie holt ein aufwendig verpacktes

Geschenk unter dem Tannenbaum hervor. »Das ist von mir«, sagt er stolz.

Die Tochter reißt die Verpackung auf. Zum Vorschein kommt ein eng geschnittener Wintermantel mit goldenen Manschettenknöpfen aus der Ann Christine Autumn Collection. Er erinnert vage an einen Matrosenanzug für Mädchen.

Anna-Marie schaut ihn enttäuscht an.

»Was ist?«, sagt Oskar.

»Du weißt doch, Mäntel krieg ich auch so, das ist doch nichts Besonderes.«

»Zieh ihn doch erst mal an«, mischt sich Karola ein.

»Okay, gut.« Sie streift sich den Mantel über ihre schmalen Glieder. Er passt ihr wie angegossen, sie posiert in der Spiegelung des Fensters. Till findet, sie würde sich mit diesem Mantel prächtig als Marinekrankenschwester machen.

»Schwesterchen«, flüstert Till.

Obwohl er sehr leise spricht, hören ihn alle.

»Der sieht originell aus«, sagt Anna-Marie.

»Den hat nicht jeder.« Karola zwinkert hinter ihrem Rücken Oskar zu. »Vor allem nicht so ein Innenfutter.«

Anna-Marie zieht den Mantel aus, begutachtet das pinkfarbene Innenfutter, in das ein Stück Stoff mit einem Gutschein eingenäht ist. »Hast du das gemacht?«

Karola schüttelt den Kopf: »Das haben wir uns zusammen ausgedacht.«

Till windet sich so, dass auch er einen Blick auf den Inhalt erhaschen kann. Die Schwester schirmt sich vor ihm ab, als müsse sie sich vor einem lästigen Abschreiber schützen.

»Wow!« Anna-Marie fällt erst Oskar, dann Karola um den Hals. »Eine Silvesterparty!« Sie liest aus dem Mantel vor: »Dich und deine acht besten Freundinnen bringt die Lincoln Stretchlimousine zu deiner eigenen Homeparty! Champus on board werdet ihr drei Stunden durch die Stadt chauffiert – sehen und gesehen werden! Zurück am Gig wird die Party bereits in vollem Gange sein! Achzig Leute werden dich und deine Freundinnen erwarten, ein Butler euch in Empfang nehmen, ein DJ fette Beats auflegen – die Party kann starten!«

»Das ist schon jetzt das beste Weihnachten aller Zeiten!« Anna-Marie küsst die Eltern überschwänglich auf die Wangen. »Das muss ich gleich Lilli und Mia erzählen! Darf ich?«

»Nur zu.«

Anna-Marie zückt ihr Smartphone, wählt, redet, läuft dabei kreuz und quer im Wohnbereich herum.

»Lilli und wer?«

Oskar zuckt mit den Schultern.

Vor dem Abendessen hat das Fest seinen Höhepunkt bereits überschritten. Die übrigen Geschenke sind schnell verteilt. Ein Siebentagetrip für die Eltern auf die Kanaren, Vulkanbesteigung und pittoreske Fischerdörfchen, um eine sturmfreie Wohnung zu garantieren. Karola schenkt ihrem Mann noch ein Pfeifenset, das aus Acrylmundstücken, Stopfwerkzeug und Putzstäbchen besteht. Sie lässt sich eine schlichte Halskette aus Bernstein umhängen. Für die Tochter gibt es noch weitere Accessoires, den neuesten E-Reader, den Prometheus LernAtlas der Anatomie vorinstalliert. Till steht wie angewurzelt da, schaut, ob vielleicht auch ein Geschenk an ihn adressiert ist.

Vom Rehbraten steigt eine Dampfsäule auf. Sie haben sich an die Tafel gesetzt. Oskar und Karola sitzen an den Tischenden, Anna-Marie gegenüber Tills altem Platz. Als sie sich die Hand reichen und sich ein frohes Weihnachtsessen wünschen, Till danebensteht und nicht in den Kreis aufgenommen wird, schwankt er, den Kopf gesenkt, in sein Zimmer zurück.

»Was war denn das?«

»Hm.«

»In ein, zwei Wochen ist er der Alte.«

»Ja?«

»Das ist die letzte Tiefphase. – Jetzt wird er wissen, dass er sich anstrengen muss, um wieder ein Teil der Familie zu werden.«

»Hoffen wir mal.«

Oskar tranchiert das Fleisch. Karola reicht Weißbrot herum, gibt jedem aus der Keramikschüssel je einen Klecks Kartoffelpüree. Als Letztes tut sich Oskar selbst ein Stück auf, hebt das Glas. Sie prosten sich zu und nehmen kleine Schlucke aus ihren Rotweingläsern. Schweigend kosten sie das Fleisch.

18

Kopfsteinpflaster. Rund um den Popperbrunnen eine Szenerie wie ein nächtliches Straßenfest: eine Menschenansammlung, in Grüppchen verstreut vor dem Eingang des Tegetmeyer'schen Hauses, viele in der Schlange vor dem Dönerstand, manche haben Boxen an ihre mobilen Geräte angeschlossen und vor sich auf die Pflastersteine gestellt, volle Lautstärke. Es wird viel getrunken, Weißwein oder Sekt von den Mädchen, vornehmlich Bier von den Jungs. Es müssen Hunderte sein. Zwei schleppen einen Bierkasten herbei, sind sogleich von einer durstigen Meute umringt, die schnell in den Gesäßtaschen nach den Geldbeuteln greift. Ein Mädchen in Minirock und Neon-Leggings klettert auf eine der großen Mülltonnen vor der Bäckerei Tretter, in deren Backstube noch Licht brennt. Zu einem monotonen Beat reckt sie den rechten Arm in die Luft. Jungs pfeifen und spornen sie weiter an, sie macht eine Hüfkreisbewegung, geht in die Knie, ein Junge mit einer Girlande um den Hals nähert sich ihren Beinen, sein Kopf verschwindet unter ihrem Rock. Böller werden gezündet und in die Menge geworfen. Als würden sie seilspringen, hüpfen die Versammelten auf und ab, wenn sie ins Straucheln geraten, fallen sie sich in die Arme. Die Knaller hallen die Häuserschlucht hinunter.

Ein Junge von etwa zwölf Jahren, der eine Kapuze tief ins Gesicht gezogen hat, trägt eine Kerze vor sich her, darauf bedacht, nicht mit der Menge zusammenzustoßen, das Licht nicht erlöschen zu lassen. Unter dem Erker, dessen Fenster verdunkelt sind, stellt er sie zu den anderen. Es ist ein Meer an Lichtern in unterschiedlichen Größen und Farben. Die übrigen Fenster des Hauses sind hell erleuchtet, aus dem geöffneten Wohnzimmer der Tegetmeyers wummert der satteste Bass. Die improvisierten Anlagen der Leute auf der Straße erscheinen geradezu kümmerlich dagegen. Der vermummte Junge hat kurz unter dem Erker verweilt, ist dann durch die tanzende und grölende Menge hindurch wieder in die Dunkelheit verschwunden.

Die ganze Stadt ist auf den Beinen. Silvesterraketen erhellen für kurze Augenblicke den tiefschwarzen Nachthimmel, färben den in Rauchschwaden versinkenden Mond blutrot, lassen Sterne auf die Erde regnen. Eine hochgebockte Stretchlimousine blockiert die halbe Straße. Das Mädchen auf der Mülltonne hat den Jungen zu sich heraufgezogen, er tanzt sie nun von hinten an und geht mit ihr in die Knie. Die Freunde johlen und singen: *Tonight will be that night*, klatschen und feuern das tanzende Paar weiter an. Auffällig ist, dass alle sehr spärlich bekleidet sind, allerhöchstens mit Pullis oder leichten Jacken, die Luft ist ungewöhnlich mild, der Schnee schon lange wieder geschmolzen.

Auf der gegenüberliegenden Straßenseite raucht ein Herr im Schutz des Hauseingangs eine Zigarette. Kim, die sich dicht an die Hauswand gedrückt der Szenerie nähert, bleibt vor dem Hauseingang stehen, sucht in ihren Taschen nach einer Zigarette. Der Herr beobachtet sie von der Seite, eine Kamera scheint mit seiner Hand wie verwachsen. Kim trägt schlichte Bluejeans und eine zu große Daunenjacke. Wenn eine Rakete den Himmel, die Häuserschlucht und all diejenigen erhellt, die hinaufschauen, sieht man ihre dunklen Augenringe.

Der Herr, der eine Jogginghose trägt, hält ihr eine Marlboro Gold hin. Mit einem kurzen Lächeln nimmt sie an und lässt sich Feuer geben. Der Aufnahmeknopf der Kamera blinkt rot. Während sie rauchen, strömen vonseiten des Popperbrunnens immer mehr Menschen heran und blockieren die enge Straße. Die meisten scheinen sich nicht zu kennen, denn sie bleiben in ihren Gruppen unter sich. Manche haben auch ihre Smartphones gezückt, filmen sich, die anderen, die Hausfassade. Sie lachen und grölen, viele sind bereits angetrunken gekommen. Ab und an ist eine vereinzelte Person dazwischen mit ernster Miene, geduckter Haltung, den Blick starr vor sich gerichtet: eine junge Frau, Ende zwanzig, vornehme fahle Haut, Sommersprossen. Zielstrebig bahnt sie sich ihren Weg durch die Masse. In der geballten Faust hält sie einen Zweig. Weit in der Ferne ertönt eine Sirene. Es könnte auch das Wimmern eines Kindes sein. Unter dem Erker bleibt die junge Frau stehen, legt den Zweig zwischen den Kerzen ab, blickt zu Tills Zimmer hinauf. Erst jetzt, von der gegenüberliegenden Straßenseite aus, erkennt Kim, dass Till nicht einfach eine Jalousie heruntergelassen hat, sondern die Fenster zugeklebt haben muss.

Sie braucht eine Weile, bis ihr Atem wieder in den normalen Rhythmus findet, bis sie die richtigen Mengen Luft inhalieren kann. Sie zertritt die Zigarette auf dem Boden, versteckt ihre Hände in den Taschen ihrer Daunenjacke, sucht nach der jungen Frau, die aber von der Menge für immer verschluckt zu sein scheint. Der Herr neben ihr hat sie nicht aus den Augen gelassen. Kim entgeht nicht, wie er mehrmals dazu ansetzt, etwas zu sagen. Um das Unvermeidliche über sich ergehen zu lassen, wendet sie sich ihm ihrerseits zu, sagt: »Kann ich Ihnen helfen?«

»Nein, nein«, sagt der Herr und schaut demonstrativ auf einen bestimmten Punkt in der Menge. »Ich dachte nur für einen kurzen Augenblick, ich würde Sie kennen.« Er schaut sie flüchtig an, dann wieder auf den bestimmten Punkt in der Menge. Ein Böller explodiert unmittelbar vor ihnen, eine Horde Jugendlicher grinst vor sich hin.

»Die haben ihren Spaß.« Der Herr schüttelt den Kopf, die Kamera baumelt an seinem schlaff nach unten hängenden Arm.

»Was filmen Sie da?« Kim zeigt auf seinen Arm.

»Ich weiß es nicht«, sagt er, »vielleicht einen besonderen Moment.«

»Und das ist noch nichts Besonderes, die vielen Leute?«

»Das spricht sich schnell herum.«

»Was spricht sich schnell herum?«

»Na, so was heutzutage übers Internet.« Er funkelt sie an. »Einer stellt etwas rein, drei andere nehmen das auf, verbreiten das an neun Weitere, von den neun erfahren es 27, bis es viral durch die Decke geht.« Als wäre das ihr Stichwort gewesen, zischt eine vor ihnen entzündete Rakete in den Himmel und regnet als ein Feuerschauer wieder herunter. »Und schon sind Tausende hier und reißen die Bude ein.«

»Haben Sie noch eine für mich?«

»Klar.« Er streckt ihr die Schachtel hin. Sie rauchen.

Bereits an seinem Gang erkennt sie ihn. Er ist braun gebrannt, um einige Zentimeter größer als zuvor, der Bartansatz lässt ihn verwegen erscheinen. Auffällig sind seine blond-braunen Locken, die er lange nicht mehr geschnitten zu haben scheint und die wie ein Afro sein Gesicht umkränzen. Die Leute drehen sich nach ihm um, wenn sie ihn bemerken.

»Kim!«, sagt er freudig und umarmt sie. »Ewig nicht mehr gesehen.« Dann wendet er sich dem Herrn zu, streckt ihm die Hand hin: »Jan.«

»Karl.«

Kim schüttelt kichernd den Kopf.

»Was ist los? Kennt ihr euch?«

»Ich weiß nicht«, sagt Kim. »Es ist alles so abstrus hier. Da lässt man ihn mal ein paar Tage in Ruhe, und dann das!« Sie zeigt um sich, grinst, schüttelt den Kopf.

Karl hört gespannt zu, bietet Jan eine Zigarette an, der dankend ablehnt, seine eigene Schachtel zückt. Mittlerweile sind weitere Jugendliche auf Tretters Mülltonnen gestiegen. Vom Popperbrunnen her blinkt Blaulicht.

»Das glaubst du nicht, was da oben aus dem Popperbrunnen säuft.« Jan zieht an der Zigarette, pustet den Rauch in die Nacht. »Pferde! Eine Reiterstaffel um den Brunnen herum. Sieben mannshohe Dinger, die mir bis über den Kopf reichen, mit den Hufen stampfen. Wenn du dich ihnen näherst, merkst du, dass sie echt heiß darauf sind, zum Einsatz zu kommen. Und auf ihnen Polizisten in Reiterstiefeln, gepanzerten Uniformen, mit Visierhelmen geschützt wie auf einer Festung.«

»Ist der nicht wieder abgedeckt?«

»Bei dem lauen Winter wohl nicht nötig.«

Der Abstand zwischen den einzelnen Raketen- und Böllerschüssen wird immer geringer. Bald werden die Farbexplosionen ununterscheidbar ineinander übergehen.

»Und nun?«, sagt Kim. »Wollen wir rein?«

»Wir sind nicht die Einzigen. Ich glaube, wir sind chancenlos. Da wird keiner aufmachen.« Jan zückt sein Smartphone. »Ich ruf ihn an.« Er wählt, hält sich das Telefon fest ans Ohr, das andere hält er sich mit dem Finger zu. »Diese Rufnummer ist nicht vergeben«, ahmt er die Ansagestimme nach, »hast du eine aktuelle?«

Kim schüttelt den Kopf: »Er wollte nicht, dass ich anrufe.«

»Ich war ja weg«, sagt Jan. »Wie soll ich da seine aktuelle Nummer haben?«

Kim nickt. »Habe ich gehört.«

»Da denkt man nicht an so etwas.«

»An was?«

»An so etwas halt.« Er steckt sich erneut eine Zigarette an. »Ich kaufe mir jetzt ein Bier. Wollt ihr auch eins?«

Kim schüttelt abermals den Kopf, Karl nickt. Während Jan sich seinen Weg durch die Menge bahnt, neu eintreffende Jugendliche mit Bierkästen abfängt, dehnt sich auch das Kerzenmeer beinahe unmerklich, aber doch schrittweise immer weiter aus. Jan öffnet die Bierflaschen und reicht Karl eine.

»Und was machst du so?«, fragt Jan Kim.

»Fragt man das jetzt?«

»Was sollen wir sonst machen?«

»Anna-Marie anrufen. Zum Beispiel.«

»Vergiss es. Die geht nicht ran.«

»Gut.«

»Was, gut?«

»Ich arbeite in einer Lebkuchenfabrik.«

»Du verarschst mich jetzt.«

»Bis mein Notendurchschnitt gut genug ist, um zu studieren.«

»Warum sollten sie dich nicht haben wollen, du warst doch immer die Begabteste. Mit Kunst meine ich.«

»Ich habe nicht vor, Kunst zu studieren. Wer sagt das?«

»Till meinte das.«

»Wann hast du das letzte Mal mit ihm gesprochen?«

»Muss eine Weile her sein.« Er trinkt einen großen Schluck, wischt sich den Mund ab. »Für ihn bist und bleibst du die größte Künstlerin aller Zeiten.«

»Weil ich drei Bilder gemalt habe?«

»Das zählt nicht, würde er sagen.«

»Das hat er von seinen Eltern, die haben ihm das eingeimpft.« Sie schüttelt wieder den Kopf. »Nein, Psychologie, das hättest du bestimmt nicht gedacht.«

Er trinkt noch einen Schluck. »Dann haben wir uns alle getäuscht. Ich meine, im positiven Sinne.«

»Und du?«, fragt Kim.

»Architektur.«

»Klassisch.«

»Der Jan bleibt *real*, auf den Jan ist Verlass.« Er grinst.

»Und wozu?«

»Das führt jetzt zu weit, ich meine, ich frage dich ja auch nicht, warum du Psychologie studierst.«

»Noch arbeite ich ja in einer Lebkuchenfabrik. Und ich kann dir genau sagen, warum.«

»Okay.« Er überlegt. »Also. Alles, was einen umgibt, das sind Räume. Ja?«

»Einverstanden.«

»Und es macht doch einen Unterschied, wie die beschaffen sind, ich meine, wie diese Beschaffenheit sich auf die Menschen auswirkt. Ja?«

»Kann ich mir vorstellen.«

»Ich meine, nur so als Beispiel, stell dir mal vor, welcher Mensch du geworden wärst, wenn du in einem Schloss aufgewachsen wärst. Ich will damit jetzt nicht sagen, dass es, so wie du aufgewachsen bist, schlechter sein soll oder so. Nur dass die Räume einen Einfluss auf die Entwicklung des Menschen haben. Manche eben fördern, andere eher hemmen.«

»Das kommt nicht von dir.«

»Und deswegen werde ich Architekt.«

»Das kommt nicht von dir!«

»Doch.«

»Umso besser, wenn du das glaubst.«

Auf den Mülltonnen tanzen indessen so viele Menschen, dass an den Seiten in regelmäßigen Abständen mehrere in die Menge fallen und neue hinaufklettern können. Nachdem Jan eine Weile sichtlich nachgedacht hat, greift er entschlossen hinter sich nach Kims Arm, sagt: »Komm!«, und bahnt sich seinen Weg in Richtung Eingang. Kim folgt dicht hinter ihm. Um den Eingang eine Menschentraube. Die Tür geschlossen, ein Klopfen und Schlagen dagegen, dazu Sprechchöre, die in unbestimmten Abständen an- und abschwellen: »Ann! Ann! Ann!« Sie gehen vorbei an dem fast schon vollständig verblassten *TillTeg* vor die großen Fenster der Bäckerei. Die Theke ist leer geräumt, die Brot- und Gebäckkörbe warten darauf, wieder gefüllt zu werden, es scheint, als sei von der Bäckerei bloß das Skelett übrig geblieben, dem alles Fleisch vom Körper gefallen ist. Im fahlen Schein des Lichts aus der Backstube steht Frau Tretter dicht am Fenster. Ihre Augen sind geweitet, ihr fülliger Körper wirkt wie in Schockstarre versetzt.

Kim an der Hand stellt sich Jan in ihre Sicht. Eine Weile bleibt sie in ihrer Haltung, zwickt dann die Augen zusammen. Jan winkt, sie schaut verwundert, tritt einen halben Schritt zurück, als sähe sie einen lange Verschollenen. Jan macht mit der Hand eine Drehbewegung, sie klopft sich auf die weiten Taschen ihres weißen Bäckerumhangs, zieht den Schlüssel hervor, signalisiert den beiden, aufzupassen, dass sie ja keinen mit sich hineinlassen, und öffnet die Tür einen Spalt. Unter dem Geräusch des Windspiels, das sonst einen neuen Kunden meldet, quetscht sich erst Kim, dann Jan durch die Tür. Ein Geruch nach Puderzucker, Croissant und Kindheit umhüllt sie. Die Bäckersfrau zieht die Tür hastig zu, dann dreht sie den Schlüssel zweimal im Schloss herum.

Lange umarmt sie Jan, ihr Umhang ist vor Aufregung feuchtwarm geschwitzt, ihre Brust bebt. Auch Kim hält sie lange in den Armen. »Bin ich froh, euch hierzuhaben.« Sie wischt sich Schweiß von der Stirn. »Der Jan, wer hätte das gedacht! Der Jan und die kleine Freundin von Till, nicht wahr?« Kim schüttelt den Kopf, Jan nickt. »Bin ich erleichtert – bei den ganzen

Wahnsinnigen!« Drei junge Männer haben sich der Scheibe genähert, versuchen durch Klopfen und Grimassenschneiden auf sich aufmerksam zu machen. »Die müssen doch langsam einschreiten, nicht? Ich meine, die Polizei, für was bezahlt man die sonst?«

»Keine Sorge«, sagt Jan und berührt ihren Arm. »Ist gleich vorbei.«

»Danke«, sagt Frau Tretter. Einen der jungen Männer drücken die anderen beiden nun an die Scheibe und tun so, als penetrierten sie ihn von hinten. Das Stöhnen ist unüberhörbar. Der Schrecken kehrt in ihr Gesicht zurück. »Es geht dem Ende zu, nicht? Wie sie uns immer gewarnt haben. Der ganze Morast kippt auf die Straße, schau dir die Affen doch mal an! Die ganze verkorkste Jugend ist nicht mehr zu halten, der Mob, ja! Erst schlagen sie sich gegenseitig, dann gehen sie auf die friedlichen Bürger los, verschandeln deren Fassaden, setzen unsere Autos in Brand, reißen die gepflasterten Straßen auf, zünden Häuser an, plündern die Geschäfte, nicht?«

»Nein, Frau Tretter«, sagt Jan. »Das ist nur ein blöder Jungenstreich. Heutzutage trifft man sich auf diese Art und feiert.«

»Aber doch nicht auf meiner Mülltonne!«

Kim zeigt hinter der Theke auf die Tür zur Backstube: »Geht es da durch?«

»Aber ihr könnt mich doch hier nicht alleine sitzen lassen!«

»Frau Tretter, wir sind gleich wieder zurück.«

»Aber wenn sie die Scheibe einschlagen?«

»Die werden die Scheibe schon nicht einschlagen. Verschanzen sie sich zur Sicherheit in der Backstube, machen sie das Licht aus, stellen sie irgendwas vor die Tür – wir sind gleich zurück!«

Gemeinsam gehen sie in die Backstube, dort surren die Maschinen wie eh und je. Frau Tretter zieht die schwere Tür hinter sich zu, Jan hilft ihr dabei, einen Teigmixer davor zu platzieren. Sie sucht an ihrem Schlüsselbund einen weiteren Schlüssel, öffnet die Tür zum Treppenhaus.

Das Treppenhaus ist menschenleer und es dringen kaum Geräusche vom Tumult der Straße nach innen. Lediglich von oben wummert sanft der Bass. Jan hastet die Stufen hinauf, keucht: »Fuck!«

Vor der *Mi-casa-es-tu-casa*-Fußmatte bleiben sie stehen. Die Tür der Tegetmeyers ist zugezogen. Ein Stimmengewirr, das von vereinzelten helleren Lachern oder Schreien durchlöchert wird, beginnt unmittelbar hinter der Schwelle. Die beiden holen tief Luft, schauen sich an, dann klopft Jan zaghaft an die Tür. Sofort öffnet sich diese, als hätte sich über lange Zeit ein Druck angesammelt, der sich nun entlädt. Mit dem einsetzenden Windzug fällt den beiden ein junges Mädchen entgegen. Sie hat Glitzer überall auf sich verstreut. Es ist Lilith. Sie riecht süßlich nach Wodka Redbull. Nachdem sie den beiden einen Kuss auf die Wange gedrückt hat, lässt sie sie passieren. Der Rauch sammelt sich unter der Decke, der Flur ist vollkommen überfüllt, die LED-Spots sind aufs Minimum heruntergedreht. Die Mädchen sind in der Überzahl und sehr knapp bekleidet. Viele der Jungs tragen Sonnenbrillen und Badehosen. Körper an Körper quetschen sie sich durch den Gang. Da ist die Anrichte, die Tür zum Elterntrakt ist verschlossen. Die Küche ist zur Bar umgebaut, ein Herr in Anzug und mit vor Gel glänzenden Haaren schüttelt einen Cocktail und schaufelt Eis aus einer Truhe mit hinein. Mädchen mit kurzen Röcken sitzen auf Granitflächen und ziehen an ihren Strohhalmen. Einem Jungen wird der Cocktail ausgehändigt. Es ist Wurst. Ihm fehlt tatsächlich ein ganzer Finger. Jan zieht Kim von der Küche weg, bevor sich Wurst zu ihnen umdrehen kann.

Im Wohnzimmer wird getanzt. Das DJ-Pult, bestehend allein aus einem Tablet-Computer, auf dem der DJ herumwischt, ist vor den Fenstern aufgebaut. Jemand schichtet Holz pyramidenförmig, legt eine Lunte, versetzt den Kamin ins Lodern. Unter den Tanzenden befindet sich Anna-Marie, die Augen geschlossen, eine ganze Schar Jungs um sich versammelnd. Ein Mädchen steht am Fenster, hat ihr T-Shirt bis unters Kinn hochgezogen und wackelt mit den Brüsten. Zwischen den Häusern überschlägt sich ein kriegsähnliches Schauspiel, neben beinahe sekündlich näher am Fenster explodierenden Krachern brausen Raketen durch die Luft und zerbersten weit über den Dächern. Wie Leuchtsignale sinkender Schiffe. Eine Sirene wird zum verzerrten Soundtrack, schwillt in der Ferne an, klingt schief und übermäßig schrill. Unter dem Fenster kippt die Tonlage in ein bedrohliches Brummen. Kim kommt es vor, als höre sie das metallene Klackern von Hufeisen auf Pflastersteinen.

Jan packt Kim grob am Arm, zieht sie von den Tanzenden weg, wieder in den Gang hinaus. Die Tür, die vom Gang aus in Tills Zimmer führt, ist von einem knutschenden Pärchen blockiert. Sie öffnen die Tür zu Anna-Maries Zimmer.

Der Fernseher ist ausgeschaltet, quer über den Bildschirm verläuft ein Riss, als hätte jemand hineingetreten. Eine ungewohnte Stille hat sich in Anna-Maries Zimmer breitgemacht. Das Deckenlicht flackert nervös. Es muss einen Wackelkontakt haben oder ist absichtlich so eingestellt und lässt die Gruppe von Menschen vor Tills Zimmertür, die ihr Ohr gegen das Türblatt drücken, grell aufblitzen, ihre Umrisse dann wieder in die Dunkelheit zurücktreten. In gezackten Bewegungen trommeln sie nun auf die Tür ein, lachen dabei und machen Geräusche, als wollten sie ein ängstliches Tier aufscheuchen, das sich in seiner Höhle vor ihnen versteckt. Ein Junge tritt gegen die Tür, er trägt rote Schuhe und ist schwarz gekleidet. »Komm raus, du Freak!«, ruft der Junge. Die anderen lachen.

»Psst«, macht ein Mädchen, das sich hinter dem Jungen versteckt. »Ich habe was gehört.« Tatsächlich sind aus Tills Zimmer Geräusche vernehmbar, etwas fällt um, etwas wird in zwei Teile zerschnitten. Kim löst sich als Erste aus der Schreckstarre, ballt eine Faust und zieht den Jungen mit den roten Schuhen von der Tür weg. »Lasst ihn in Ruhe!« Der Junge ist so perplex, dass er sich erst gar nicht wehrt. Die anderen lachen wieder. »Und ihr – verschwindet!«

»Zick nicht rum«, sagt das Mädchen. »Wir wollen nur Spaß mit ihm haben! Und den Fernseher haben wir auch nicht kaputt gemacht, das war einer von unten, der sich rächen wollte – den haben sie abgeführt.«

Kim spricht klar und deutlich: »Das ist mir scheißegal – verpisst euch!«

»Fuck«, murmelt Jan apathisch, der sich noch keinen Zentimeter bewegt hat, während sich die anderen von der Tür entfernen, aber nicht das Zimmer verlassen, sondern aus dem Hintergrund das Geschehen betrachten. Das Mädchen hat ihr Smartphone gezückt und auf die Tür gerichtet.

Nach dem Geschrei ist wieder Stille eingetreten, als würde in der nächsten Sekunde eine Welle tosend und donnernd über ihnen zusammenbrechen. Auch auf der Straße ist es sonderbar still geworden.

»Ich schlag die Tür ein«, sagt Jan und ballt beide Fäuste.

»Till, bist du da drin?« Kim legt ihre Hand auf die Tür.

»Ich schlag sie ein, ich schlag sie endlich ein!«

»Till, wir sind es, hab keine Angst.« Kim tritt von der Schwelle weg.

Jan nimmt Anlauf und wirft sich mit seinem Körper gegen die Tür. Die Tür ächzt zwar, bricht aber nicht auf. In der gleichen Sekunde johlt und applaudiert die Menge auf der Straße dicht unter Tills Erker. Jan nimmt ein weiteres Mal Anlauf, auch diesmal gibt die Tür nicht nach. Die Lautstärke auf der Straße nimmt weiter zu, es ist ein seltsames Gemisch aus freudigen Rufen und erschrockenen Schreien. Beim dritten Versuch endlich wird die Tür aus der Verankerung gehoben und fällt krachend in das Zimmer hinein. Wie eine heruntergelassene Zugbrücke, die den Abgrund zwischen Außen- und Innenwelt überwindet. Ein großer Schwall an modriger und extrem heißer Luft strömt ihnen entgegen, als flute aus dem aufgebrochenen Zimmer Tills gesamte Atemluft der letzten Monate.

Im Zimmer ist es stockfinster, lediglich das flackernde Licht erhellt den Türbereich für einen Sekundenbruchteil, der Rest bleibt im Dunklen. Da taucht der Leguan auf, beinahe von der Tür erschlagen. Im kurzen Lichtschein schimmert er rot, von schwarzen Streifen wie in Stücke geschnitten. Sein Kopf liegt schwer auf den aufblitzenden Vorderpfoten, die wie in einem letzten Kraftakt erstarrt erscheinen. Kim übertritt die Schwelle als Erste, bückt sich zum Leguan. Da erkennt sie, dass ein Brief mit Klebeband an dem Körper des Tiers befestigt wurde. »Das Licht geht nicht an«, sagt Jan panisch, der um den Türrahmen herum nach dem Lichtschalter tastet. Am Rahmen sind Kratzspuren sichtbar. »Der Schalter ist abgeklebt.« Jan wischt sich über die schweißnasse Stirn, weil im Zimmer Saunatemperaturen herrschen, zückt sein Smartphone und benutzt das Display als Taschenlampe. »Till, erschreck dich nicht!« Kim hat den Brief abgezogen und starrt in die Dunkelheit. »Till?« Sie tastet sich ins Dunkle vor, stößt hier und da einen Gegenstand um. Jan leuchtet den Boden aus und bewegt sich vorsichtig vorwärts. Eine ganze Weile tasten sie sich langsam in die Tiefe des Raumes, bis schlagartig vom zugeklebten Fenster her ein schmaler Streifen Licht ins Zimmer fällt und eine Wand voller

Essen, eine Wand voller Obst und Gemüse, eine Wand voller Sprudelkisten hell beleuchtet. Das Licht fällt so, als strahle ein Scheinwerfer direkt auf das verdunkelte Zimmer, und lässt den schmalen Spalt, der das Fenster senkrecht teilt, hell aufglühen. Kim und Jan stürzen über Gegenstände und Inschriften hinweg zum Fenster. Schritt für Schritt nimmt der Lärm auf der Straße zu, schlagen Pferdehufe lauter auf, preschen mehr Sirenen heran, grölt und schreit die Menge ekstatischer. Die Klebebandschichten am Fenster klaffen wie eine Wunde auf, die beiden greifen in den Spalt hinein und ziehen ihn rechts und links weiter auf, so dass größere Lichtbündel ins Zimmer fallen und sie nach draußen schauen können.

Durch den Spalt im Fenster strömt warme Luft hinaus und kalte hinein. Silvesterraketen steigen noch immer hinauf in den Himmel. Die Menschenmassen – zwischen ihnen Pferde und ein hupender Krankenwagen – wogen wie im Sturm hin und her. Der Großteil der Menge versucht an die Hauswand heranzugelangen, als gäbe es dort etwas zu sehen. Ein kleiner Teil aber drückt dicht geschlossen gegen die Masse, weg von dem Erker, weg von den Menschen. Kim lehnt sich weit vornüber, so dass sie fast aus dem Fenster kippt. Unter ihr die Kerzen und Zweige. Würde Jan sie nicht an der Jacke halten, zerschellte sie dort am Boden. »Till?« Kim sucht nach ihm, kann ihn aber unter all den Menschen nicht ausmachen. Die Menge ist nun direkt unter ihnen, die Kerzen und Zweige zertrampelnd – da das Wiehern eines Pferdes, dort das Geräusch zerberstender Scheiben, das Martinshorn, wie es verebbt. Till ist weiter nicht zu sehen. Wie sieht er überhaupt aus, wie lang mögen seine Haare sein, fragt Kim sich, nach all der Zeit? Als hätten sie das eigentliche Ereignis verpasst, wendet sich die Menge plötzlich enttäuscht ab, strömt auseinander, dem Popperbrunnen oder dem nächstbesten Kiosk entgegen. Die kleinere Gruppierung hat sich indessen ihren Weg durch die enge Straße gebahnt, weg vom Popperbrunnen, ins Dunkel einer Seitengasse. Sie bilden einen Pulk um etwas in ihrer Mitte: ein dunkles Etwas, vielleicht in Decken gehüllt, vielleicht humpelnd, vielleicht über den Boden schleifend. Eine Rakete explodiert unmittelbar vor dem Erkerfenster. Als sich der Rauch verflüchtigt, die tränenden Augen wieder etwas erkennen können, sind sie verschwunden.

19

liebe kim,

wenn dich dieser brief erreicht, wird alles gut sein. kraule dem tapferen tier – es ist ein grüner leguan! – zur belohnung den schuppigen kehlsack. es wird mit den augen rollen, erschrecke dich nicht! das ist ein zeichen. es wird einen weiten weg hinter sich gebracht haben.

uns ist der grundstoff ausgegangen. der strom ist die brücke zur anderen seite. das will ich dir schreiben. meine hand zittert, der wind weht eiskalt hier. jemand hat mir in den rücken getreten, so dass ich über die kante des baumhauses fiel und am fuße des brokkolibaums hart auf einen stein aufschlug. da liege ich nun in welt 0, und es fühlt sich an, als wäre mein schädel aufgebrochen, ein fenster eingeschlagen worden, aus dem alles ein- und austreten kann. sie haben mich hier vergessen. ich musste mich übergeben. bin ich gescheitert? ich kann den urin nicht mehr bei mir halten. viele male. mein kopf dröhnt, ich sehe mich da unten liegen, meine glieder sind an den raum, aus dem alle Farbe gewichen scheint, wie festgenagelt. wenn ich den kopf zu heben versuche, macht es ein geräusch, als zöge ich nägel aus einem alten stück holz. aber das sind nur gefühle, die ich wieder zu vergessen weiß. wie damals, als das tier mich prüfte und meinen finger kaute. habe ich dir davon erzählt? es hat öfters ans aufgeben gedacht. ihm gefällt der gedanke, doch das leben eines behüteten haustieres zu führen. vielleicht ist welt 0 nicht gut genug? aber hier ist es doch ein star! stattdessen wollte es immer ein tegetmeyer-nutztier sein, wo es bloß zwei, drei kunststücke zu erlernen hätte, um sehr, sehr weit zu kommen. wer will denn nicht von nutzen sein? – ich muss mich beeilen, ihm fehlt schnee und regen. stärkung für die reise. ja, eine schneearme zeit. kein wasser. sonst begnügen wir uns mit pilzen, die ich in reichweite meiner arme finden kann. kim? uns ist der grundstoff ausgegangen! wie soll mich jemals jemand finden? wie soll ich jemals von alleine wieder die sprossen erklimmen? kim, wir könnten auf dem dach des baumhauses sitzen und duftenden tee schlürfen, aus den wipfeln würden vögel aufsteigen und über dem dichten laubmeer ihre bahnen ziehen, im tal würden schafe weiden, deinen kopf an meine brust gelehnt hätten wir so viel zeit, dass wir jedes einzelne von ihnen zählen könnten. in den pausen würden wir unsere körper so fest aneinanderpressen, dass wir das gleiche fühlten, und sei es ein schmerz oder die erleichterung danach. das farbenspiel des sich brechenden lichts wäre jederzeit um uns herum, die leuchtenden gestirne und glühwürmchen, nach denen wir greifen, die wir uns gegenseitig an unsere kleidung stecken könnten. – du fragst, ist das alles vorbei? – ich sage: es gibt welt 0. – du fragst: wie kamen die anderen dorthin? – ich sage: vor langer zeit haben sie sich in ihre kokons zurückgezogen. dort liegt der eingang zu 0. – du fragst, ob es sich wirklich lohnt, dafür alles aufzugeben. – ich sage: dort thront ein jeder über seiner eigenen welt, es kann eine ganze insel sein, oder ein film in endlosschleife, oder auch nur ein einzelnes bild! – du fragst: ein einzelnes bild? – ich sage: ja, ein einzelnes bild. – und das wird dann besiedelt? – ja, das wird dann besiedelt und lebt ewig weiter. – ewig? – ich sage: um nichts anderes geht es, und ich erzähle dir, dass es welten sind, die sich gegenseitig überlappen und die durch zigtausende pfade untereinander verbunden sind, die sich aber nicht gegenseitig den raum streitig machen, im gegenteil, die sich wechselseitig beleben, zwischen denen man hin und her wandern kann, als gäbe es keine verschlossenen fenster und türen. wo ein austausch zwischen den welten stattfindet, wo kleine expeditionstrupps im auftrag der ei-

genen welt die benachbarten erforschen. und du wirst sehen: wenn du erst hier bist und deine welt aufbaust, werden deine finger die expeditionstrupps sein, die über die anderen welten streichen, als wären diese mit häuten überspannte knochen.

so finde ich dich?, fragst du.

du suchst, bis du einen körper spürst, eine dieser welten streifst, die bei deiner berührung sofort zu frösteln beginnen wird, deren härchen sich wie antennen aufstellen werden – über sie wirst du sanft fahren und du wirst wissen, dass es meine haut ist, dass ich es bin, der da neben dir liegt. und du wirst mich in deine arme nehmen und meinen schweren kopf halten, weil mich der weite weg hierher so sehr anstrengte, dass ich mich nicht mehr bewegen kann. in deinen armen werde ich an kraft gewinnen, durch deine finger, durch deinen geruch nach erde und geborgenheit, durch deine schmalen lippen auf meiner stirn wird mein blut erneut zu fließen beginnen, werde ich die kraft haben, auf unseren brokkolibaum zu steigen, den leuchtturm erneut erstrahlen zu lassen, so dass sich die neuankömmlinge an ihm orientieren, wir von da aus die zerbrochene welt o wieder zusammensetzen können.

ob das alles wahr ist, fragst du, was ich erzähle.

das happy end hat sich verzögert. eine stille, als hätten die menschen alle ressourcen aufgebraucht und anschließend sich selbst. ich höre sie nicht, ich rieche sie nicht, ich spüre sie nicht. ich hoffe nur für sie, dass sie im entscheidenden moment aufmerksam sein werden. das vorhaben wird wachsen und eines tages werden wir selbst an ihre türen klopfen. oder an die verrammelten türen ihrer kinder. kim, wenn du diesen brief in händen hältst, wenn es das tier zu dir geschafft hat, wirst du überzeugt sein. wenn jan von seiner reise zurückkehrt, dann sage ihm alles, was du weißt. – ich klebe dem leguan die botschaft auf den rücken und wünsche ihm alles gute. wir rollen zum letzten mal gemeinsam genüsslich mit den augen. es bleibt mir keine andere wahl. ich will wieder ein junge sein. till

Ohne Unterstützung, den Blick von außen, ist Schreiben nicht denkbar. An erster Stelle gilt das für meine Familie, die aufopferungsvoll Phantasieräume erst ermöglichte, und Hanns-Josef Ortheil, dem ich – neben vielem anderen – den Schritt in die Literatur zu verdanken habe.

Julia Eichhorn und Karin Graf danke ich für die Ausrichtung des Romans und die entlastende Beratung. Birgit Schmitz für das Vertrauen in meine Arbeit und Themenwelten. Ein besonderer Dank gilt meinem Lektor Anvar Cukoski, mit dem ich nicht nur den Text auf seine ihm eigene Form zugeschliffen, sondern von dem ich auch viel über Präzision und Einfühlungsvermögen gelernt habe.

Thomas Pletzinger und Nikolas Hoppe rechne ich die frühe Arbeit am Text hoch an, das Ausloten von Möglichkeiten, das Aufzeigen so mancher Sackgasse.

Dank gilt auch der Leitung des *textwerk*-Romanautorenseminars des Literaturhauses München – Sibylle Lewitscharoff, Mathias Gatza und Katrin Lange – sowie allen beteiligten Autoren, die über ein Jahr das Vorhaben intensiv begleiteten.

Zu guter Letzt war es Vea Kaiser, die mich vom Hemingway bis ins Rita – und darüber hinaus – stets schreibend motivierte und träumen ließ.